U0542409

文治

更好的阅读

〔日〕**东野圭吾**——著

王蕴洁——译

拉普拉斯的魔女

ラプラスの魔女

图书在版编目（CIP）数据

拉普拉斯的魔女 /（日）东野圭吾著；王蕴洁译. —北京：北京联合出版公司，2021.10（2024.8重印）
ISBN 978-7-5596-4827-3

Ⅰ.①拉… Ⅱ.①东…②王… Ⅲ.①推理小说—日本—现代 Ⅳ.①I313.45

中国版本图书馆CIP数据核字（2020）第248267号

北京市版权局著作权合同登记号　图字：01-2021-4934

Laplace's Witch
© Keigo Higashino 2015
First published in Japan in 2015 by KADOKAWA CORPORATION, Tokyo.
Simplified Chinese translation rights arranged with KADOKAWA CORPORATION, Tokyo through BARDON-CHINESE MEDIA AGENCY.
The Simplified Chinese Language edition © 2021 by Beijing Xiron Culture Group Co., Ltd.

拉普拉斯的魔女

作　　者：（日）东野圭吾
译　　者：王蕴洁
出 品 人：赵红仕
责任编辑：牛炜征

北京联合出版公司出版
（北京市西城区德外大街83号楼9层　100088）
河北鹏润印刷有限公司印刷　新华书店经销
字数：253千字　880毫米×1230毫米　1/32　印张：11.5
2021年10月第1版　2024年8月第10次印刷
ISBN 978-7-5596-4827-3
定价：56.00元

版权所有，侵权必究
未经许可，不得以任何方式复制或抄袭本书部分或全部内容
如发现图书质量问题，可联系调换。质量投诉电话：010-82069336

Laplace's Witch

Higashino Keigo

东 野 圭 吾

·序章·

她在轻微的震动中醒来，睁开眼睛，看到了陌生的景象。她愣了片刻，才发现那是车顶，随即想起刚才去了旭川机场旁的租车公司，却完全不记得自己坐上了什么车。因为上车后不久，强烈的睡意袭来，就这样她躺在后车座上睡着了。

羽原圆华缓缓坐了起来，看向车窗外。窗外是一片农田，有着成排的塑料布温室。远方的丘陵映入眼帘。

"你睡得真熟。"驾驶座上的母亲美奈说，"我忍不住提心吊胆，很怕你一翻身就从座椅上滚下来。"

"现在到哪里了？"

"快到了，差不多再有二十分钟。"

"我睡了那么久吗？"圆华眨了眨眼睛，又揉着眼睛。母亲的娘家离机场大约三个小时的车程。

她拿起塑料瓶，喝口茶润喉，又从自己的小提包里拿出镜子，检查头发有没有睡乱。要是父亲看到她的这种举动，会瞪大眼睛纳闷，小学生带什么镜子？但对女生来说，这根本就是常识。

她正在照镜子时，车身突然左右摇晃了一下。"啊？怎么了？"

"风。"美奈回答，"今天风很大。"

"难怪今天的飞机有点摇晃。"

"是啊,目前这个季节,这一带的大气经常会有不稳定现象。"

美奈虽然是文科系毕业,但可能受到丈夫的影响,会很自然地谈论自然科学的事。圆华的父亲是医生。

车子继续沿着笔直的道路行驶,不一会儿,就看到了熟悉的景象。道路右侧是一片广大的田园,左侧有许多工厂。工厂旁有一个综合公园,继续看向前方,是一个由城镇经营的小滑雪场。目前才十一月初,还没有下雪。

驶过这个区域后,就有很多住家和店铺,终于有了城镇的味道。但这是一个小城镇,小学、初中和高中都在方圆数百米内。

美奈转动方向盘,将车子在荞麦面店旁的街角左转,很快就停了下来。眼前是一栋长方形的木房子。

圆华下了车,按了对讲机。美奈打开后备厢,把行李拿了出来。

玄关的门很快打开了,外婆弓子走了出来。

"哎哟,是圆华,你又长高了。"弓子穿了一件粉红色的开襟衫,轻快地走下阶梯,衣服下摆也飘了起来。她还不到七十岁,腰腿很灵活,身体也很硬朗。

"外婆,午安。"圆华向外婆鞠了一躬。

"这么大老远来这里,是不是累坏了?"

"我刚才在车上睡了一觉,一点都不累。"

"累的是我,帮我把这个拿进去。"美奈递上纸袋和行李袋,用粗鲁的语气对母亲说道,"我去把车子停在平时停车的停车场。"

美奈面对弓子时,态度就会变得很傲慢。这也是一种撒娇的方式。

弓子顺从地说着:"好,好。"

十一月的北海道真的很冷。圆华在长袖T恤外只套了一件连帽衫,所以在弓子请她进屋之前,就自己跑上了通往玄关的楼梯。

圆华坐在面对庭院的客厅里,喝着外婆倒的红茶,和她聊着学校和同学的事。虽然并不是特别有趣的事,但外婆似乎听到外孙女的声音就感到高兴,面带笑容地不时附和。

美奈很快就回来了,从冰箱里拿出塑料瓶的水喝了起来。

"全太朗还是没办法休假吗?"弓子问美奈。全太朗是圆华的父亲。

"他在准备一台大手术,要我代他向你们问好。"美奈站着回答。

"医生的工作果然很辛苦,没办法找人代班吗?"

"那是全世界首创的手术,只有他能够完成。虽然详细情况我也不是很清楚,但听说这次接受手术的是一个十二岁的男孩。"

"是噢,那么小的孩子,真可怜啊。十二岁的话,只比圆华大两岁。"弓子眨了一下眼睛,看着圆华。

圆华之前听父母聊过,所以也大致了解。听说那名少年发生意外,至今仍昏迷不醒。

"应该庆幸你们可以回来。你爸爸还在担心,会不会因为全太朗工作太忙,连你们也不回来了。"

"你们想见的不是我们,只是圆华而已吧?"

即使听到女儿酸溜溜的发言,弓子仍然若无其事地回答:"对啊,当然是这样啊。"然后又问圆华:"对不对?"征求她的意见。圆华笑了起来。听外婆和妈妈斗嘴,也是这次旅行的乐趣之一。

圆华就读的学校校庆刚好在十一月上旬,所以经常会放连假,今年也放了四连假。全太朗工作不忙时，就会全家一起去旅行。去年之前去了好几次夏威夷，但全太朗说，今年还是回美奈的娘家看看。他似乎对很久没有带妻女回去看岳父、岳母感到有点愧疚，但因为安排了那场手术，所以全太朗无法和她们母女同行。

"爸爸呢？他出门了吗？"美奈问。

"参加葬礼。"弓子回答，"前公司的董事去世了，你爸爸年轻时曾经受过他很多照顾。听说是癌症，已经八十岁了，也不算太早过世。"

葬礼在邻镇举行。

她们正在聊天时，客厅矮柜上的电话响了。

"看吧，才说到他，他就打电话来了。"弓子说话的同时站了起来，接起电话，"喂，这里是蛭泽家……哦，我就知道。葬礼结束了吗？……是噢。美奈她们已经到家了……但是老公，你不是喝了酒吗？没问题吗？"

美奈似乎已经察觉到了什么，走了过来，从弓子手上抢过电话。

"喂？爸爸吗？我是美奈……嗯，很好啊，但你喝了酒不可以开车……你在说什么啊？不行就是不行。我去接你，你在那里等我……我骑脚踏车去……别担心，才三公里而已。还是那辆 HIACE 吧？那到时候可以把脚踏车放在车上……嗯，我知道，我马上过去，那就先这样。"美奈挂上电话后，叹了一口气看着母亲，"明知道他会喝酒，怎么可以让他开车出门呢？"

"我当然知道啊，但他根本就不听。"

"因为你都顺着他，他当然不理你啊。你刚才也听到爸爸说话的声音，根本已经口齿不清了。再这样下去，早晚会出事。"美奈走出客厅时说道。

"等等我，"圆华也跟了出去，"我也要去。"

"圆华，你等在家里，只有一辆脚踏车。"

"你可以载我啊，我想要在北海道的路上骑车兜风。"

美奈在穿鞋子时笑了起来。

"才不是那种可以骑出去兜风的脚踏车，我是要去阻止喝酒开车，结果还得自己骑车载人。算了，没关系。"

"嗯，没关系，没关系，走吧走吧。"

"但你穿这样太冷了，你不是带了羽绒背心吗？去把背心穿上。"

"好。"

圆华穿好羽绒背心走出来时，美奈刚好从屋后推了脚踏车出来。那辆脚踏车的确和"骑车兜风"的感觉有很大的落差。外形粗糙的工作用脚踏车有不少地方已经出现了锈斑，但看起来还很牢固，大面积的载货架坐起来应该很稳当。

"好像快下雨了。"美奈仰望着天空嘀咕道。

圆华也抬起头。远方的天空很黑，好像随时都会下雨。

"那我们快去吧。"

"有道理，你抓紧我。"

"好。"圆华双手抱住了母亲苗条的身体。

美奈踩着踏板。迎面吹来的风很冷，但圆华把脸贴在妈妈的背上，所以并不觉得冷。隔着蓝色毛线上衣，可以感受到妈妈的体温和香味。

这是一个小城镇，骑了一会儿，两侧的住宅就明显减少了。来到通往邻镇的道路时，周围突然暗了下来，脚踏车也同时停下了。

"怎么了？"

在圆华发问的一刹那,她感觉有什么东西从天空掉落下来。那不像是雨。当她看到落在自己手臂上的东西时,不由得吓了一跳,是小冰块。

"惨了。"美奈说完,立刻把脚踏车掉头。这时,圆华看到有一条黑色的线从漆黑的天空向地面延伸。

"妈妈,那是什么?"

"龙卷风!"美奈大声叫着,"要赶快逃!"

雨滴落了下来。美奈拼命踩着脚踏车。圆华转头看向后方,再度被吓到了。巨大的黑色圆柱追了上来,把无数东西卷向空中。

"妈妈,快追上来了。"

美奈停下脚踏车:"赶快下车,来这里。"

美奈把脚踏车丢到一旁,拉着圆华的手跑了起来。冰冷的强风几乎把她们推回去。

附近虽然没有民宅,但道路旁有一栋像是仓库的建筑物。建筑物前放着重型机械和卡车。美奈冲进了建筑物,里面似乎是办公室,一个戴着眼镜的中年女人看着窗外。从那个窗户看不到龙卷风。

看到有人突然闯入,中年女人露出困惑的表情:"有什么事吗?"

"有龙卷风!"美奈大叫着,拉着圆华的手臂,让她躲进旁边的桌子下。

随即传来一声巨响,整栋建筑物都开始摇晃。巨大的风势笼罩着周围,圆华躲着的桌子也横了过来。趴在地上的美奈身体悬空,渐渐远去。"妈妈!"圆华哭着大喊。

玻璃碎片和瓦砾在空中飞舞。因为粉尘弥漫,甚至无法睁开眼睛。圆华用力闭着眼睛,等待像噩梦般的这一刻离去。

巨响消失后,她战战兢兢地睁开眼睛。周围格外明亮,她立刻发现建筑物的墙壁不见了。停在建筑物前的卡车倒在地上,难以想象是这个世界的景象。

像黑龙般的圆柱正渐渐远去,但她还无法从桌子下走出来。因为天空中飘着各式各样的东西,她吓得不敢动弹。

附近传来很大的声响,她不知道发生了什么事,探头一看,原来是铁皮屋顶。刚才被吹起的屋顶掉落下来。圆华深呼吸后爬了出来,她的双腿发抖,根本无法走路。

她打量四周,不禁感到愕然。她们刚才逃入的建筑物已经不见踪影,只剩下一堆瓦砾。

"妈妈!妈妈!"圆华声嘶力竭地叫喊着,但没有听到回答。

她一边哭,一边叫着妈妈,在瓦砾堆中寻找。远处传来警笛声。黑色的龙卷风吹向城镇的方向,不知道外婆是否平安。

圆华的眼角扫到熟悉的蓝色。她转头看向那里,没错,那是美奈的毛线上衣。她被压在倒塌的墙壁下方。

圆华用尽全身的力气把墙壁碎块移开,美奈的上半身终于从瓦砾堆中露了出来。她面如土色,闭着双眼。

"妈妈,妈妈,你快醒醒。"圆华拼命摇着母亲的身体,拍着她的脸。

美奈的眼皮动了几下,然后微微睁开眼。

"啊,妈妈,妈妈,你要撑住,我马上去找医生。"

美奈不知道有没有听到圆华的叫喊,但她脸上露出了微笑,然后嘴唇轻轻动了几下。

"啊?你说什么?"圆华把耳朵贴近母亲的嘴边。

太好了——美奈似乎这么嘀咕道，然后再度闭上了眼睛。

"不要，不要，不要！妈妈，你不可以死，你不可以死。我不要，我不要。"

圆华紧紧抱着美奈的身体呼喊，泪水不停地滑落。

1

对武尾彻来说，那通电话简直就是"及时雨"。

他和任职的警卫安保公司之间的合约在两个月前到期，警卫安保公司之所以没有和他续约，是因为他健康检查的结果不太理想，尿酸值高于正常的数值。人事部负责人说："如果在紧要关头痛风发作就伤脑筋了。"虽然武尾一再保证，会好好注意养生，努力让数值降低，对方还是没有点头，但是他猜想真正的原因可能和尿酸值并没有关系。因为公司的业绩始终不见好转，高层在情急之下，决定缩减经费。

虽然他立刻开始找工作，却迟迟找不到工作。身材高大和曾经当过警察是他的两大优点，警卫安保公司成为他找工作的首选，但超过四十五岁的年龄成为他找工作的障碍，甚至曾经有警卫安保公司的主管当面对他说，如果再年轻两三岁就好了。

关于离开警界的原因，他只说是家庭因素，可能也给人留下了不太好的印象。他曾经在外地的警察分局任职将近十年，但因为看到上司对女下属性骚扰，忍无可忍，委婉加以制止后，恼羞成怒的上司把他调去了偏僻地区的派出所，他一怒之下递了辞呈。由于武尾向来不喜欢说明这些事，所以别人怀疑他可能是因为闹出了什么丑闻而被踢出警界。

如果想找警卫安保公司以外的工作，那就更难找了，更何况他最讨厌坐办公室，账簿上的数字对他来说简直就像密码。

他渐渐萌生回老家的念头。武尾老家在宫崎，哥哥继承了从祖父那一代就开始经营的养鸡场，之前就希望他回家帮忙养鸡场的工作，同时协助照顾父母。

但是，他不太愿意回去。他十八岁时离开故乡，即使现在回去，也根本没有朋友。

就是在这样的状况下，他接到了这通电话。

名叫桐宫玲的女人打电话给他。起初听到这个名字时，他一时没想起来，但对方提到开明大学时，他立刻想起来："哦，就是上次那位。"

"我有事想要拜托你，请问方便见面吗？"桐宫玲问。

"没问题。你知道我已经离开安保公司了吗？"

"我知道。因为我已经问过公司了。"

"所以，你找我并不是为了工作？"

"不，是工作的事。详情见面再谈，总之，这次希望你护卫一个人。"

"护卫……"他忍不住握紧了电话。

"怎么样？你愿意见面吗？"

"没问题，我要去哪里？大学吗？"

"对，如果你方便来学校就太好了。"

桐宫玲提议了一个时间，武尾回答说没问题，在讨论细节后，挂了电话。

武尾握紧了拳头。他对有工作上门心存感激，"护卫"这两个字更让他心情激动。

以前当警察时，他主要在警备课。因为他体格健壮，再加上是柔道三段，所以单位经常派他保护高官政要。用自己的生命保护他人生命的工作激发了他强烈的使命感和正义感，甚至觉得那是自己的天职，曾经有一段时间，他梦想能成为特勤人员。

当初和警卫安保公司签约时，他曾经提出希望不只是当安保，而且能够执行保护任务，最好是护卫客户的任务。事实上，他也经常接到这类工作。听到国外知名艺人访日时，他就跃跃欲试，很希望可以派自己担任保镖工作。

他弯起右臂后用力，左手握住了右臂隆起的肌肉。

该好好训练了。他心想。

开明大学是以理科系见长的知名综合大学，曾经培养出好几位成就非凡的研究家。桐宫玲是那所大学的人。

武尾在两年前第一次见到她。武尾当时任职的警卫安保公司接到了将某样物品从东京运送到纽约的工作。准确地说，委托内容是护卫运送物品的人员。包括武尾在内的三个人负责当时的护卫工作。

运送的物品放在小皮包内，但并没有向他们说明到底是什么东西。运送人员是一名中年男子，桐宫玲也同行协助。

武尾和其他两名同事护送他们从大学前往成田机场，之后只有武尾单独陪同他们前往纽约。男人把皮包交给在纽约等候的人之后，就直接返回了日本。回程时，只有他和桐宫玲两个人，但他们在飞机上并没有交谈。因为她坐的是商务舱，武尾则坐经济舱。他们在成田机场道别，武尾回到公司，报告完成了任务。

之后就再没见过桐宫玲，所以武尾猜不透她这次为什么不是委托安保公司，而是特地找上自己。

约定的那一天，武尾穿上西装前往开明大学。胡子刮得干净，昨天还去了理发店，他做好了充分的准备。

来到大学正门时，他看着散发出庄严气氛的门柱，拨打了桐宫玲的电话。

打通后她立刻接了电话，请他留在原地，她会马上去接他。

武尾站在正门旁，看着学生进出校门的样子。所有的学生看起来都很聪明，脸上都带着自信满满的表情。也许是出于身为天之骄子、天之骄女的自负。

不一会儿，一辆轿车停在他旁边，驾驶座旁的车窗打开。"武尾先生。"

武尾认识开车的女人，有着鹅蛋脸的美女，鼻子很挺。武尾鞠了一躬后走了过去。

"好久不见。"桐宫玲笑着对他说。

"好久不见。"

"你看起来没什么变化。"

"托你的福。"

"太好了，那我就放心了。"桐宫玲满意地点了点头。她的眼尾有点下垂，看起来好像没睡醒的样子，但眯起的双眼发出冷静观察对方的锐利眼神。武尾第一次见到她时就有这种感觉，所以不敢大意。

"请上车吧，"她说，"要带你去的地方离这里有一小段距离。"

"好。"

武尾绕到副驾驶侧，打开门后坐上了车。

桐宫玲穿了一件黑色长裤，修长的腿踩下了油门。

"接到你的电话,我有点惊讶。"

听到武尾这么说,她微微收起下巴说:"我想也是。"

"为什么会找我?"

她停顿了一下后,看着前方说:"详情等一下再谈。"

"知道了。"武尾回答。

轿车开了十分钟左右,来到一栋白得有点不自然的房子前。门口挂着"独立行政法人 数理学研究所"的牌子。

下车之后,武尾跟着桐宫玲走进了房子。大厅尽头有安检门。"给你。"桐宫玲递给他一张访客证,访客证上有绳子,武尾将它挂在了脖子上。

通过安检门后,沿着走廊继续往前走。桐宫玲在一道门前停下了脚步,她敲了敲门,里面传来一个男人粗犷的声音:"请进。"

桐宫玲打开门说:"武尾先生来了。"

"请他进来。"

她用眼神示意武尾进屋。"打扰了。"他打了声招呼后走进了室内。

里面似乎是会议室,大桌子周围放了几张沙发。

坐在正中央座位的男人站了起来,年纪和武尾差不多,但体格完全不同。那个男人很瘦,下巴也很尖。他们最大的不同就是长相。对方看起来聪明、理智,相比之下,武尾觉得自己长得像猩猩。

男人走了过来,上下打量武尾后问:"数值下降了吗?"

"啊?"

"我是说你的尿酸值,有没有顺利降到正常值?"

武尾太惊讶了,"啊"了一声,张大了嘴巴。

"降低了,目前很正常。"武尾回答之后,才开口问,"请问你怎么知道……"

男人露齿一笑。

"既然要委托这么重要的工作,事先当然要做好充分的调查。"

"是向公司打听的吗?"

如果是这样,就不能原谅前公司,怎么可以随便透露个人隐私?

男人似乎察觉到了他的想法,面带笑容地摇了摇头。

"你的公司并没有透露没有和你续约的原因,但记录留在电脑上,我们稍微瞄了一下。这个研究所有这方面的高手。"

他们似乎黑进了公司的网络。

武尾回头看着桐宫玲问:"护卫对象是这位先生吗?"

"并不是我。"男人回答,然后问桐宫玲,"他知道详细情况吗?"

"我还没有说。"

"是吗?"男人再度看着武尾,点了点头,"桐宫推荐了你,祝你顺利通过面试。"

"有……面试吗?"

"对,我只是想和你打声招呼而已,那就拜托了。"他对桐宫玲说完后,走出了房间。

武尾注视着他离去的那道门。桐宫玲指着沙发说:"请坐,虽然听说保镖基本上都不会坐下,但目前还没有决定录用。"

好像是这么回事。"失礼了。"武尾打了声招呼后,在沙发上坐了下来。

桌子上放了几页资料,其中的一张上面有武尾的证件照,密密麻麻的文字似乎记录了他的经历。这应该也是从之前的安保公司窃取的。

"你都不问?"桐宫玲整理着桌上散乱的资料时说,"你不问刚才那个人是谁吗？"

"我应该问吗？"

听到武尾的问题，桐宫玲的嘴角露出了笑容。

"这正是你的优点，不会多问不必要的事，这也是我推荐你的理由之一。"

"既然他不是护卫的对象，知道了也没有意义。"

"但有的人不是会难掩好奇心吗？你还记得上一次的工作内容吗？"

"当然记得啊，护送一位带着皮包的男士去纽约。"

"你一次都没问皮包里放了什么，好像也完全不感兴趣。"

"公司告诉我们，是很昂贵的东西，还说我这条命也赔不起。"

"你不想知道究竟是什么东西吗？"

武尾耸了耸肩："只要不是危险物品，什么都无所谓。"

桐宫玲点了点头说："这样的态度很重要。如果很想知道，只是因为工作而克制好奇心，我们也会感到有点不安。"

这次的工作似乎很敏感，可能要保护无法公开的对象。

他没有吭声。桐宫玲说："是质数。"

"啊？"

"数学中的质数，像2、3、5一样，除了1和本身以外，无法被其他数字除尽的数字。当时的皮包里放了某个质数，但位数很惊人，即使使用超级电脑，也无法轻易发现那个质数。你知道目前这种质数用于情报密码化吗？"

"曾经听说过，只是不太了解其中的原理。"

即使桐宫玲说明，恐怕也很难理解。

"需要那个质数，才能解开变成密码的情报，也就是说，那个质数很重要，运送过程也必须格外小心，所以当初才会委托你们公司。"

"原来如此。"武尾点了点头，看着桐宫玲的脸问，"所以呢？"

她依然带着微笑，微微偏着头说："你好像没什么兴趣。"

"应该和我一辈子都扯不上关系。不是吗？"

"不，这样很好。那个人很快就到了。"她从上衣内侧口袋拿出一张便条纸放在桌子上。

武尾拿起那张纸，上面写着"羽原圆华"这个名字。

"她就是你这次要护卫的人，发音是u-haramadoka。平时她都待在这栋房子内，但有时候会外出。当她外出时，希望你担任保镖保护她。无论她去哪里，都绝对不能让她离开你的视线，避免她遇到任何危险。"

"还有，"桐宫玲竖起食指，"有一个注意事项，绝对不能对她产生兴趣，完全不可以问她为什么在这里、在这里干什么之类的问题。你同意吗？"

"即使是与护卫有关的事也不可以问吗？"

"如果有必要，我会告诉你。忘了说一件事，在她外出时，我也会同行。没问题吧？"

护卫对象似乎是一个棘手人物，但武尾早就有了心理准备，知道这次是棘手的工作，否则桐宫玲不可能特地委托自己。

"没问题。"他回答说。

这时，听到了敲门声，桐宫玲回答："门开着。"武尾站了起来，走向门口。

门打开了，一名年轻女子走了进来，看起来不到二十岁。头发很长，但个子并不高，穿了一件格子衬衫，牛仔裙下露出的双腿很细，眼尾微微上扬，眼睛很大，令人联想到猫。

武尾有点意外，因为他原本以为护卫对象是上了年纪的女人。

桐宫玲站在他们两个人中间说："这位是武尾彻先生，我正在委托他担任你的保镖。"说完，她又转头看着武尾说："她是羽原圆华小姐。"

"请多关照。"武尾点头打招呼。

羽原圆华一双大眼睛目不转睛地注视着他，然后上下移动视线，打量他的全身。

"有什么问题吗？"武尾问。

"你走路让我看看。"她说。她说话的声音略微带着鼻音。

"啊？"

"你在这里稍微走几步，直到我请你停止为止。"她指着地板，画了一个圆。

武尾纳闷地看向桐宫玲，她微微点了点头，示意他按照圆华的指示去做。

武尾只好在沙发周围慢慢走了起来，绕了一周回来后，圆华点了点头，指着他的身体问："跑步时不会痛吗？"

"痛？哪里痛？"

"腰，右侧的腰。你不是有腰痛的毛病吗？"

听到圆华如此断言，武尾感到惊讶不已。她说得没错，武尾从年轻时就深受腰痛之苦。

"你怎么知道？"

"一看就知道了,因为你身体不平衡。怎么样?可以跑吗?如果保镖在紧要关头不能跑,恐怕会有很大的问题。"

桐宫玲听到她这么说,露出了担心的表情。

武尾拍了拍自己的胸脯说:"没问题,我的确有腰痛的老毛病,但平时都很注意。"

"嗯。"圆华用鼻子发出声音后,指着武尾的嘴说,"平时很注意当然很好,但去找牙医治疗一下会好得更快。你身体不平衡的主要原因是牙齿的咬合有问题。"

武尾忍不住摸着自己的下巴。至今为止,他从来没有觉得自己的咬合有问题。

圆华放下了手,对桐宫玲说:"他没问题。"然后转过身,打开门走了出去。武尾一脸茫然地目送她离开。

桐宫玲转头看着他,露出苦笑说:"你好像马上就想问关于她的事了。"

"啊,不,没这回……"虽然他语尾含糊起来,但被桐宫玲说中了。那个年轻女子是怎么回事啊?

"你通过了她的面试,怎么样?你愿意接受委托吗?如果你愿意——"桐宫玲说了报酬的数字,金额远远超乎武尾的想象。

他没有理由拒绝,立刻回答说:"我接受委托。"

武尾隔天立刻开始工作,但第一天,他在研究所的大厅枯等了一整天。一问才知道,圆华一天都在所内。傍晚六点时,桐宫玲说他可以下班了。

"她外出的频率高吗?"武尾问道。

桐宫玲摇了摇头。

"完全看她的心情，有时候每天外出，有时候一个星期都不出门。每次都要到出门时才知道，我应该事先告诉你这件事吗？"

"不，现在知道就没问题了。"

只是等待就可以领薪水真是太轻松了。他决定从这个角度接受这件事。

但这种好日子并没有持续太久，第二天，武尾第一次陪同圆华外出。桐宫玲开车前往一个大型购物中心。圆华逛了好几家店，试穿了很多衣服，看了不计其数的饰品。无论她走到哪里，武尾和桐宫玲都跟在她身后，同时确认周围是否有可疑人物。

陪年轻女子逛街很辛苦，但如果是工作，就算不上太大的困难。武尾的目光追随着圆华的一举一动，内心感到很纳闷。她为什么需要保镖？她看起来就像是普通的年轻女子，如果是有钱人家的千金小姐，或许需要小心谨慎，但果真如此的话，不可能住在研究所。

但是，武尾禁止自己继续思考下去。因为桐宫玲之前说过，不可以对圆华产生兴趣，而且他也认为这些和自己没有关系。

这一天，发生了一件让他印象深刻的事。买完东西后，桐宫玲开车离开立体停车场时，圆华突然说："停一下。"

桐宫玲踩了刹车："怎么了？"

武尾看向后车座，圆华指着窗外说："有一个伤脑筋的家伙。"

武尾抬头看向她手指的方向，看到立体停车场的三楼有一个男人探出身体，正在抽烟。他一只手正在玩智能手机，另一只手拿着香烟，不时抽几口后，把烟灰往下弹。开车来购物中心的客人在正下方的通道上走来走去。

"不用管他啊。"桐宫玲说。

"那怎么行？如果有小孩子经过，烟灰掉进眼睛就惨了。"圆华巡视周围后，说了声，"太好了。"然后打开车门走了下去。

虽然不知道她想干什么，但武尾也跟着下了车。车子旁有一个手上拿了很多气球的男人，正在免费发给小朋友。圆华走向他，和他说了两三句话，接过一个红色气球。

"你要气球干吗？"

圆华没有回答武尾的问题，走向立体停车场，似乎要他继续看下去。三楼那个正在抽烟的男人仍然专心地操作手机，根本没有看这里。

圆华停下脚步。二楼的高度将近十米，横向的距离也差不多。

她偏着头，向左侧移动了两步，然后看准了时机，松开了手上的气球。

红色气球渐渐升向空中，而且随着风斜向移动。好像有一股力量让气球飞向三楼的男人。

气球飞到男人的左手旁，"砰"的一声，破裂了。气球似乎碰到了男人手上的烟。男人吓了一跳，身体向后仰。

接着，有什么东西掉了下来。掉下来的是智能手机。男人受到惊吓时，手上的手机掉了下来。抬头一看，男人的脸皱成一团，随即消失了。他可能打算下来捡掉落的手机。

"手机应该摔坏了。哼，活该！"圆华说完后走向车子。

武尾和圆华走回车上后，桐宫玲问："满意了吗？"她刚才并没有下车，但应该看到了整个过程。

"嗯，是啊。"圆华冷冷地回答。

桐宫玲发动了车子，对圆华的行为没有问任何问题，也没有发表任何评论。

武尾当然也没有发问，之后，三个人都默然不语地回到了研究所。

之后，圆华也不时外出。正如桐宫玲所说，她有时候频繁外出，有时候连续多日不出门。出门的目的各式各样，看电影、逛街、去发廊，但每次都是一个人，从来没有和朋友见面，独自住在郊区一栋房子的老妇是她唯一会去见面的人。门牌上的姓氏写着"蛯泽"，所以应该是她的外婆。武尾没有和她交谈过，那是位个子不高、气质优雅的老妇人。

羽原圆华外出时，担任保镖的武尾会随时跟在她身旁，却完全不知道她到底是谁。只是在共同行动后，渐渐发现了一件事。圆华周围经常会发生不可思议的事情。

那是某次去她外婆家时发生的事。外婆家旁有一条河，圆华和外婆一起在河边散步，武尾和桐宫玲跟在她们不远处的后方。这时，突然吹来一阵风，吹走了外婆头上的宽檐帽子。帽子掉进河里，顺着河水慢慢漂走，离岸边有超过十米的距离。

圆华留下外婆，独自沿着河边小跑起来，似乎想要捡那顶帽子。武尾的目光追随着她，心想不可能捡回来。他不认为帽子会刚好漂回来。

圆华跑了二十米左右后停了下来。之后发生的事才令人惊讶。风向稍微改变，掉进河里的帽子竟然改变方向，漂向圆华的方向。和之前的气球一样，好像被她吸了过来。

她捡起帽子，回到外婆身边。身材娇小的老妇人接过帽子，笑着说了声："谢谢。"

还曾经发生过这样的事。在逛街买完东西后，她在公园散步，刚好有几名少年在玩纸飞机，但他们的纸飞机都飞不起来。有一架纸飞机掉在圆华的脚下，当她捡起来时，折那个纸飞机的少年跑了过来。

圆华对少年说了些什么，调整了纸飞机的形状，巡视周围，让纸飞机飞了起来。纸飞机离开她的手，好像得到了动力，在空中飞行，缓缓旋转的样子很优雅。不光如此，纸飞机在空中飞行后，又回到了圆华他们所在的位置。她接住了纸飞机，交还给少年。少年瞪大了眼睛，说不出话来。其他几个孩子也都愣住了。

圆华露出了微笑，迈开了步伐。武尾他们也跟在她的身后，走了几步后，回头一看，发现刚才的少年还想让纸飞机飞上天，但他再怎么用力丢，也无法让纸飞机像刚才一样飞起来。

还曾经发生过这样的事。那次是去发廊的时候，圆华在剪头发时，武尾等在店外。抬头看向天空，发现天色越来越暗，最后终于下起了雨。那家发廊没有停车场，等一下必须走着去停车的地方，但他们并没有带伞。

武尾走进店内，对坐在等候区的桐宫玲说他去买伞。她摇了摇头说，不需要。武尾问她为什么，她回答说，买了也派不上用场，然后请他继续去外面等。

武尾虽然无法接受，但还是走了出去，看着持续下着的雨。已经十月了，气温已经相当低，一旦被淋成落汤鸡恐怕很不好受。

没想到一个小时后，雨渐渐变小，最后终于停了，但天色仍然很黑。

接着，店门打开了，圆华走了出来。她的头发稍微剪短了。

桐宫玲也跟着走了出来，两个人默默地走着，而且都走得很快，好像事先说好似的。武尾慌忙跟了上去。

在他们走到停车的地点之前，完全没有下一滴雨。武尾松了一口气，坐在副驾驶座上。当他系好安全带后，桐宫玲甚至还没有发动引擎，雨滴便开始滴落在风挡玻璃上。雨势在转眼之间增强，天空下起了倾盆大雨。那场雨持续下到晚上。

所有的事都称不上是奇迹，也许只是巧合而已，但让武尾感到奇怪的并不是这些现象，而是即使发生了这些事，不光是圆华，就连目击者之一的桐宫玲也似乎完全无动于衷。照理说，不是应该会说"幸好帽子又漂回来了"，或是"没想到你这么会玩纸飞机"，或是"刚好躲过了雨，真是太幸运了"之类的感想吗？但是，她们两个人都闷不吭声，似乎觉得一切都是理所当然的。

这到底是怎么回事？武尾好几次都想问，但最后还是把话吞了下去。当然是因为桐宫玲禁止他问任何有关圆华的事。

2

那名客人上门时，前山洋子有点讶异。男人单独旅行并不稀奇，很多人都会在冬天来温泉旅馆好好疗养平时疲累的身体，但是，那些男人大部分都已经上了年纪，看起来都退休了。

但是，今天入住的这名客人无论怎么看，都是才二十出头的年轻人。因为个子不高，所以说他是高中生也会有人相信。他穿着牛仔裤和登山夹克，背着背包。

"我叫木村。"年轻人报上了姓氏。

"好的,欢迎光临。"洋子面带笑容地迎接他。她已经确认有一位木村浩一的男性客人预约今天入住。

洋子请客人在不大的柜台上填写住宿登记卡,年轻人的字虽然写得不好看,但还是整齐地填写了姓名和住址。他来自横滨。

洋子带年轻人去了客房,山景房的窗户面对着后山。

"听说今年这里还没下过雪。"年轻人站在窗边说,"我在巴士上听到本地人聊天时提到的。"

"是啊,过年之后才会下雪,这几年一直都是这样。以前这个季节也曾经有过整座山都变成一片雪白的情况。"洋子用茶壶倒水的时候回答,"请问你总是一个人旅行吗?"洋子忍不住问了自己关心的问题。

"并不是每次,偶尔会一个人旅行。"年轻人脱下夹克,坐在和室椅上,"一个人比较轻松——谢谢。"他伸手拿起茶杯。

"很多客人都这么说,可以随时自由自在地泡温泉。如果有什么事,请尽管吩咐。"

"好的。"

"请慢慢休息。"洋子鞠了一躬后,离开了房间。

过了一会儿,洋子在柜台接待其他客人时,看到木村走出旅馆。他背着背包,手上拿着相机,可能打算在附近拍照。背包里应该装了其他摄影器材,也许他会把拍到的照片上传到网络上,真希望他把这里拍得漂亮些,因为可以成为良好的宣传。

洋子并不知道木村什么时候回的旅馆。晚餐时间,在餐厅内的十几名客人中,洋子看到他在独自默默吃饭。

隔天早晨，洋子又看到了木村的身影。她刚打开玄关的门锁，身穿夹克的木村就出现了。那时候才六点多。

"早安。"他面带笑容地打招呼。

"早安，真早啊。"

"一早就醒了，所以想去散散步。"

"是吗？请路上小心。"

送他出门后，洋子内心不由得感到纳闷。住温泉旅馆的客人早起时，几乎都是去泡温泉。

木村一身和昨天相同的打扮，手上拿着相机。洋子心想，也许比起泡温泉，他更喜欢摄影。

木村住了两晚后离开，这段时间也没有发生什么事。

一个星期后，十二月上旬时，有一对夫妻来旅馆投宿。丈夫名叫水城义郎，妻子名叫千佐都，但洋子看着水城义郎填写的住宿登记卡，怀疑他们应该并不是夫妻。因为他们的年纪相差太大了。义郎穿着花哨的毛衣，努力让自己显得年轻，但无论怎么看，都已经年过六十岁了，千佐都最多才三十岁。洋子猜想千佐都应该是义郎的年轻情妇。

但是，洋子看到千佐都的无名指时吓了一跳。因为她竟然戴着婚戒，义郎的手上也戴了戒指，戒指看起来并不旧，也许他们刚结婚不久。

千佐都是很适合留长发的典型日本美女，皮肤晶莹剔透，一双长长的大眼睛发出妖艳的光芒。如果她以前在声色场所工作，一定有很多恩客。

洋子把他们带到房间，义郎坐在和室椅上，千佐都站在窗边。

"今日两位大驾光临本旅馆，万分感谢。"洋子说了制式的谢词后，为他们倒了茶。

义郎拿出了香烟。

"不瞒你说，我对这里的温泉不熟，但我太太一再坚持，无论如何都想来看看，所以这次才会来这里。"

"是吗？原来是夫人的意见。"洋子抬头看向千佐都。

千佐都露出微笑，在旁边的椅子上坐了下来："我是在杂志上看到的，听说这里是秘汤。"

"自从有人称这里为秘汤后，的确增加了不少客人。"

"偶尔来泡泡温泉放松一下也不错，那就麻烦你们了。"义郎说道。

洋子向他鞠了一躬说："彼此彼此，如果有什么要求，请尽管吩咐。"

水城夫妇预定在这里停留三天两夜，从他们的衣着来看，在经济上应该颇宽裕，洋子心想，要好好服务他们，希望他们再度光临。

洋子要去村公所办事。去村公所必须开车，于是她走出旅馆，去一段距离之外的停车场，五年前买的国产车停在那里。

这一带的温泉区有十几家旅馆和民宿，这家旅馆是洋子两年前去世的丈夫在三十多年前建的，但在这一带还算是比较新式的旅馆，大部分旅馆的外观都像是古老的民宅。几年前曾经在这里拍过一部历史剧，当时镜头不小心拍到了洋子的旅馆，之后不得不用电脑修掉。

出了村后，在国道上行驶一小段路，右侧有一条没有铺柏油的岔路。那里是登山道的入口。洋子看到站在那里的人，忍不住放慢了速度。因为她发现那是上个星期来旅馆投宿的年轻人，她努力回想名字，但一时想不起来。

她持续踩着刹车，车子停了下来，她回头张望着。

年轻人没有看洋子的车子一眼，眺望着远方，脸上的表情很严肃。不一会儿，他就走进了登山道。

连续两周来这里吗？是因为很喜欢这里的温泉吗？还是为登山道而来？那里有什么特别的吗？

算了——洋子甩了甩头，再度发动了车子，这时，她想起他的姓是"木村"。

翌日的早餐时间，她在餐厅见到了水城夫妇。义郎在浴衣外穿了一件宽袖棉袍，红光满面，可能一大早去泡了澡。千佐都穿了一套颜色素雅的运动服，已经化好了妆。

"早安，两位对这里的温泉还满意吗？"洋子为他们送上早餐时问道。

"真是太棒了。"义郎挺直身体，满脸笑容地说，"整个身体都暖和起来了，露天浴特别棒，和刺骨的寒风简直是绝佳的搭配。"

"谢谢。本旅馆有三个温泉，两位都去泡过了吗？"

"不，别馆那里的温泉还没去，要留到今天晚上好好享受。"

"是吗？今天的天气很不错，星空应该很漂亮。"

"太好了，让人更期待了。"

义郎的心情很好。洋子看向千佐都，发现她满脸笑容，似乎觉得不枉此行。看着他们夫妻，洋子觉得他们虽然实际年龄有点落差，但精神年龄可能差距不大。

"我们打算今天去看瀑布，"义郎说，"听说有一个瀑布是名胜，我太太说非去观赏一下不可。"

"哦……嗯，是啊。"洋子附和道。

附近的确有一个瀑布,但称不上是名胜。因为这里除了温泉以外没有其他卖点,所以村公所观光课的人硬是把瀑布列为名胜。虽然水质很干净,但水流量并不丰沛,既不壮观,也没有痛快的感觉,看过的客人几乎都败兴而归。

洋子匆匆离开,她不想成为观光课的"共犯"。

上午十一点左右,洋子正在为客人办理退房手续,看到水城夫妇经过柜台前。两个人都一身登山装扮。洋子想到他们要去看瀑布,心情就有点忧郁。等他们回来时,该怎么向他们解释呢?

差不多三十分钟后,千佐都独自回到了旅馆。当时客人都已经办理完退房手续,洋子正在柜台旁和员工讨论事情。

"怎么了?"洋子问。

"东西忘了带。"千佐都苦笑着走向楼梯。

几分钟后,她再度走过洋子他们面前,说了声:"我出门了。"洋子也向她打招呼:"路上小心。"

十五分钟后,柜台上的电话响了。洋子接起电话后,发现是千佐都打来的。她在电话中的声音不太对劲,情绪很激动,而且声音发抖,一个劲儿地说着"出事了""赶快"。

"喂,水城太太,请你先别紧张,到底发生了什么事?"

洋子说着,听到电话中传来调整呼吸的喘息声。

"出事了。我老公在山路上昏倒了,一动也不动,可不可以请你帮我叫救护车?"

虽然洋子知道出事了,已经做好了心理准备,但还是忍不住慌张起来。客人昏倒了?在山路上?到底是怎么回事?

"水城太太，请问地点在哪里？"

"就在那个、山上啊……沿着国道走一小段路，右侧有一条小路。"

"登山口吗？"

"呃，可能吧。"

"那里有没有牌子？写着登山道入口的牌子？"

"啊，刚才好像有看到。"

应该就是那里。

"你们沿着登山道往上走吗？"

"不，在那里又走进了岔路……"

"岔路……吗？"

登山道只有一条路，但有好几条兽径，难道他们走进其中一条兽径了吗？

"我知道了，我会马上叫救护车，我也会赶过去，可不可以请你把手机号码告诉我？"

"那就麻烦你了，我的手机号码是——"

洋子记下了千佐都所说的号码后，挂上了电话，直接拨打了119，请救护车前往登山口后，再度挂上电话。

一名资深员工刚好在旁边，洋子交代了大致情况后离开旅馆，跑到停车场，坐上车子后立刻驶了出去。

来到登山道的入口，把车子停在路肩上后，沿着登山道往上走，同时拨出电话。电话立刻就通了，千佐都接起电话说："你好，我是水城。"

"我在登山道上，请问你在哪里？"

"那我也去那里。"千佐都说完,挂上了电话。

洋子停下脚步。因为她觉得胡乱走动,两个人反而可能都找不到对方。

但是——

她巡视四周,忍不住偏着头。水城夫妇为什么会来这里?如果他们要去看瀑布,方向完全不对啊。

她闻到了淡淡的温泉味道。这一带经常有这种情况,所以并不稀奇,但有一种不祥的预感掠过她的心头。

洋子听到声音,立刻四处张望。茂密的树林中出现了一点红色。那是千佐都夹克的颜色。

千佐都从狭小的兽径中走了出来,神色非常紧张。

"在哪里?"洋子问。

"这里,稍微往里面走一小段路。"

千佐都回答时,听到了救护车的鸣笛声。

3

中冈佑二在自己的座位上吃着泡面,浏览着网络新闻,发现了"影视制作人水城义郎在温泉地身亡"的报道,差一点被呛到。他慌慌张张地立刻点了进去。

根据报道,水城义郎偕妻造访赤熊温泉,在附近山上散步时昏倒死亡。意外发生时,他太太刚好回旅馆拿遗忘的东西。水城义郎被人发现时，周围飘着硫化氢特有的气味。报道在最后提到，附近一带有好几个地方，都会从地底释放出硫化氢，推测被害人可能刚好走到气体浓度特别高的地方。

中冈把吃到一半的泡面放在桌上，打开抽屉。抽屉里塞了很多东西，所以迟迟找不到他想要的，最后才终于从一堆资料中抽出一个信封。信封上写着"麻布北警察分局　杀人事件负责人启"。这封信在三个月前寄到分局，转到了刚好手上没案子的中冈手上。成田股长把信递给他时，一脸兴趣缺乏地说："信上写了一堆老人家的胡言乱语，但你还是看一下吧。"

寄件人叫水城三善，在看信之前，中冈甚至不知道是男是女。

中冈打开信纸，发现信纸上用蓝色墨水写的字迹很漂亮。

在问候语之后，先写道"很抱歉，冒昧写此信叨扰，因为有一件事无论如何想要请教，所以才提笔写这封信"，然后写了以下的内容。

我今年八十八岁，虽然人生中经历了很多事，但所幸没有吃过太大的苦，一直活到了今日。如今只希望能够没有病痛地走完最后一程，努力过好每一天的生活。

我的人生并没有太大的遗憾，但最近发生了一件让我牵挂的事。不是别的事，就是我那个儿子。我儿子已经六十多岁，也差不多迈入老年了，照理说，应该不必管他了，但我看在一旁，实在无法不为他担心。

我儿子名叫水城义郎，从事电影方面的工作多年。警界的人可能没听过他的名字，但他经手的电影中，有不少被誉为日本电影的代表作，或许是出于身为母亲的偏爱，我认为他在电影界建立了相当的地位，也为此感到欣慰。

义郎对建立幸福家庭这件事毫无兴趣，偶尔见面时听他聊起的一些事都让我瞠目结舌。他去国外赌博，一下子输掉好几百万日元；一下子邀请一大票艺人去家里狂欢三天三夜，从来没听过他任何安分守己过日子的消息。因为这种个性，所以婚姻生活也无法持久，离过两次婚的他在六十岁后，似乎做了孤独终老的心理准备。既然他自己能够接受，我也没什么好说的。

没想到两年前，他突然说自己又结婚了。一听到对方的年纪，我更是吓坏了。女方才二十六岁，和义郎相差将近四十岁。我表示反对，因为我不认为这么年轻的女人会被义郎这个人吸引而嫁给他，必定是为了财产，我也对义郎这么说。

没想到我儿子说，他当然知道。虽然知道，但这样也没什么不好。他喜欢那个女人，只要能够娶她为妻，不管对方是为了自己的钱财或是其他都无所谓。虽然别人会指指点点，但别人想说什么都随他们去说，还叫我也别在意。

既然他这么说了，我也不能继续反对，但是，当我看到那个女人时，感到极度不安。那个女人的确很漂亮，足以让义郎着迷，而且她浑身散发出会迷惑男人心的妖气。我立刻有一种预感，我儿子一定会毁在这个女人手上。

我目前独自住在附有照护服务的老人公寓，我儿子每隔几个月就会带着年轻的太太来看我，每次看到那个女人，我内心的不安就会越来越强烈。虽然她表面上看起来温柔婉约，但我觉得只是妖女在巧妙伪装。只有我看出这一点，公寓管理事务所的人和其他朋友都说，我儿媳妇虽然年纪很轻，但很懂事，而且也很体贴，说我儿子老了之后，终于娶到一个好太太。我觉得那些人都是有眼无珠。

我儿子说，他的太太即使是为了钱嫁给他也无所谓，所以我想那个女人或多或少有这种想法也是无可奈何的事，但现在我想到一件更可怕的事。

既然是为了钱，任何人都希望钱赶快到手。那个女人一定希望我儿子早死，但义郎的身体向来都很健康，从没生过大病。如果想要他早死，只有一个方法。

之所以会这么想，是因为不久之前听我儿子说，他去买了保险。义郎向来对这种事不感兴趣，觉得何必理会自己死了之后的事。我详细问了之后，才知道是他太太的建议。那个女人可能在策划可怕的事。

我越想越担心，但因为事关重大，也找不到别人商量，烦恼再三，觉得这种事还是要仰赖专家，所以才写了这封信。之所以选择贵分局，是因为我儿子的居住地属于贵分局的辖区，如果不是贵分局的辖区，烦请转交给适当的分局，希望可以向我提供良好的意见。

第一次看完这封信时，中冈终于知道为什么成田会露出兴趣缺乏的表情。

这种事很常见。当累积了相当财产的儿子要和比他小四十岁的女人结婚时，当母亲的都会感到不安，但目前还没有发生任何状况，警察也没有闲到理会民众的杞人忧天的地步。

既然收到了这么长的一封信，如果没有任何行动，日后万一发生意外，就会受到舆论的无情抨击。虽然意兴阑珊，但中冈还是决定去见寄信人一面。那封信的最后留了地址和电话。

水城三善住的老人公寓在调布,公寓内有食堂、大浴场和护理中心等设施,除此以外,和普通的公寓没什么两样,可能算是高级的老人公寓。中冈和水城三善在小会议室内见了面,听水城三善说,房间是面积颇大的套房,有足够的空间放床、桌子和沙发,除了有厕所、浴室以外,还有厨房。

"我七年前搬进来的,义郎帮我付了钱。"个子矮小,脸也很小的水城三善喜滋滋地说。

一问之下才知道,那不是买的,而是入住时一下子支付了十六年的房租。中冈立刻在脑袋里算了一下,发现至少四千万日元,难怪水城三善这么得意。

水城三善虽然面带笑容,但当中冈提起信的事时,她立刻撇着嘴,脸上的皱纹看起来更深了。

"真是让我担心死了,我整天提心吊胆,不知道她什么时候会给我儿子下毒。"

"之前有没有发生过让你产生这种怀疑的情况?"

"只要看那个女人,就会有这种感觉,她的脸上就写着阴谋。"

"我问的不是这种感觉,而是有什么具体的事,比方说,你儿子吃了他太太做的菜,有没有觉得味道不对劲?"

"那个女人好像从来不下厨,整天都在外面吃,所以她根本没有好好照顾我儿子。"

水城三善滔滔不绝地数落着那个名叫千佐都的年轻儿媳妇。

"你之前有没有听说你儿子差一点发生车祸,或是遇到什么危险之类的事？"

矮小的老太太偏着头，低声哼哼了几下。

"我记得好像曾经听说过，但即使真的发生过这种事，义郎也不会告诉我。"

也就是说，所有的一切都只是水城三善的想象而已。虽然无法称之为妄想，但听起来只是杞人忧天而已。

水城三善可能察觉到中冈内心的想法，双手合十说："刑警先生，拜托你去调查一下那个女人。突然要我儿子买保险，不是很奇怪吗？她一定想杀了我儿子，请你好好监视她，不要让她轻举妄动。"

"即使你这么说，目前的阶段还没有发生任何状况，我们也无法采取行动。"

水城三善听中冈这么说，突然露出严厉的眼神，撇着嘴狠狠地说："税金小偷！等发生状况就来不及了，你们警察是吃白饭的吗？我付了那么多年的税金，这种时候，不是需要你们采取行动的时候吗？你这个废物！"

水城三善翻脸比翻书还快，中冈看得目瞪口呆。老婆婆哼了一声，把头转到一旁。

中冈抓了抓头，虽然不能轻易承诺任何事，但水城三善显然不会轻易放过自己。

"好，我会请辖区课的警察在巡逻时特别注意你儿子的家。"

虽然这只是官腔官调的回答，但老婆婆并不了解警察的情况，可能以为刑警愿意保证儿子的安全。她转头看向中冈，露出了满意的笑容。

"是吗？太感谢了，那就拜托你了。"她连连鞠躬。中冈离开时，她拿出用和纸包的东西对他说："谢谢你特地来这么远的地方，这是我老公以前最爱吃的,你留着在回程的电车上吃。"中冈打开一看,发现是两个栗子小馒头。他不喜欢吃甜食,但拒绝太失礼了,所以就接了过来,也的确在回程的电车上吃掉了。

他立刻向成田报告了和水城三善之间的对话,上司仍然毫无兴趣,即使中冈问他"要不要向生活安全课和辖区课打一声招呼"时,他也回答说:"没必要吧?"

三个月之后,正如水城三善所担心的,她儿子死了。

中冈把看完的信重新放回了信封,再度看着网络新闻,微微摇着头。太可笑了。无论怎么看,都只是单纯的意外,根本没必要在意。

他拿起泡面的容器,开始吃剩下的泡面,但面已经冷掉了,只好放弃不吃了。

这时,他突然想起了从调布回来路上吃的栗子小馒头,虽然应该是恰到好处的甜味,但不知道为什么,他回想的时候,竟然觉得有淡淡的苦味。

4

前来吊唁的客人在僧侣的诵经声中依次上香,不知道还要多久,才能让所有的人上完香。千佐都利用向上完香的吊唁客鞠躬的空当看向上香的队伍,内心感到很不耐烦。她原本希望只邀请亲朋好友,举行小规模的仪式,但周围的人说,这样无法向多年来曾经合作的朋友交代。守灵夜已经这么夸张了,明天的葬礼恐怕会有更多人来参加。

光是想到要和每个人打招呼，她就忍不住忧郁起来。

她不经意地看向亲属席，和坐在最前排的胖女人眼神交会。女人狠狠地瞪了千佐都一眼，垂着嘴角，把头转到一旁。

她是义郎的堂妹，千佐都今天第一次见到她。虽然她是为数不多的亲戚之一，但一见到千佐都，就咄咄逼人地说："姑姑今天不会来。"她口中的姑姑就是义郎的母亲。

"姑姑打电话跟我说，虽然她很想捡骨，但想到义郎的不甘，她不想来参加这种徒具形式的葬礼。姑姑真的太可怜了，她一直担心会发生这种事，没想到真的发生了，还在电话中放声大哭。"

她的言外之意，就是说她们什么都知道，义郎是被千佐都害死的。

"是吗？真遗憾，我老公应该很希望婆婆送他最后一程。"千佐都立刻反唇相讥，那个女人懊恼地瞪大了眼睛。

和义郎结婚后，千佐都始终没有和他的亲戚见面，但可以轻而易举地想象他们在背后如何议论自己。如果自己站在和他们相同的立场，也会说同样的话。为了钱而结婚；一定期待老公早点死；如果有机会，一定会下毒手杀老公……

随便他们怎么说，千佐都心想。自己的确是为钱嫁给义郎的，义郎也知道这件事。他经常笑着说："如果我没钱，你才不会让我这种老头子碰你。"当千佐都回答说："当然啊。"他笑着继续说："但你要做好心理准备，我身体很好，可没那么容易翘辫子。"

义郎的确比她想象中更加健康，觉得他可能很长命，但对千佐都来说，这并非失算。再怎么健康，也不可能活到一百岁，他最多再活二十年，只要再等二十年，所有的财产都属于自己，这样就足够了。

如果他更早死，当然就更好，所以她曾经查过有什么巧妙的方法，也曾经对地下网站产生兴趣，但并没有登录过。

千佐都心不在焉地想着这些事，突然发现灵堂的气氛不一样了，周围人的目光都看向祭坛前。千佐都也看向那个方向。

一个瘦男人站在祭坛前，头发长及肩膀，冒着胡茬儿的脸颊凹陷，下巴很尖。千佐都脑海中同时浮现出基督耶稣像和饿鬼的样子。

男人目不转睛地注视着祭坛上的遗照后，缓缓上香。灵堂内没有任何人发出声音。

上完香，男人走向千佐都。她鞠了一躬，向他道谢说："谢谢。"

男人小声地说了什么，千佐都没有听到，抬头"啊？"了一声。

"运气不好吗？"男人用没有起伏的声音小声说道，"吸入硫化氢只是因为运气不好吗？"

他的声音很可怕，仿佛从地狱深处传来的声音。千佐都感到背脊发毛，只回答了一声："是啊。"除此以外，她想不到其他的话。

"是吗？那真是太可怜了。"男人行了一礼后离去，他的背影散发出一股妖气，千佐都的视线久久无法移开。

守灵夜之后，大家都转移到另一个房间，那里为前来吊唁的宾客准备了酒菜，身为丧主的千佐都当然无暇拿起筷子，而是忙着向宾客致意，但大部分人都是第一次见到，在义郎手下工作多年的村山负责为她介绍。五十多岁的村山个子不高，长得像狐狸，所以让人感觉很狡猾，但义郎说他其实胆小谨慎、为人正派。

虽然宾客都是从事影视工作，但有各式各样的人，除了制作人、编剧和导演以外，还有很多艺人。千佐都的皮包很快就被收到的名片塞满了。

"辛苦了，招呼打得差不多了。"村山用手帕擦着汗说道。

千佐都巡视室内："那位先生好像不在。"

"哪位先生？"

"就是头发很长、很瘦的男人，感觉很与众不同……"

村山似乎立刻知道了，点着头说："原来你是问甘粕先生。"

"甘粕？"

"他是电影导演，你不认识他吗？他的姓氏这样写。"

村山用手指在自己的手掌上写了"甘粕"。

"甘粕才生？"

"没错没错，你果然知道他。"

"我只知道名字，因为我先生经常提起他，说他很有才华。"

甘粕才生并不只是天才而已，他是电影的魔鬼。为了拍出自己想要的画面，他可以牺牲一切，根本不把演员的生命放在眼里，所以他的作品有灵魂。他是独一无二的，全世界找不到第二个——义郎这么评论他。

"他就是所谓的鬼才，只是这几年都没有拍电影，也很久没有公开露面了，我有一段日子没见到他了，所以刚才也有点惊讶，因为他之前不是现在这个样子。"

"发生了什么事吗？"

村山皱起了眉头。

"他的家人发生了不幸，一场意外夺走了他太太和孩子的生命，而且意外是——"村山说到这里，突然住了嘴，"啊，不好意思，在悼念你先生的场合听到别人的不幸,会让你不舒服。"

"不,没这回事。"

"先不说这些了。总之,水城先生对甘粕先生的实力极为肯定,不久之前还曾经提到,差不多该让魔鬼拍片了。我问他魔鬼是谁,他回答说是甘粕才生,也许他们之间曾经联络过,所以他才会来上香。"

千佐都点着头,思考着要不要把甘粕刚才说的话告诉村山,但最后还是没说,因为她觉得那句可怕的呢喃像是会解除掉某种封印。

5

武尾在研究所大厅待命时的最大乐趣就是看报纸。最近他不再订报,都在网络上看新闻,但报纸果然比网络新闻更有味道,即使原本不想看的报道,因为刚好在看完的报道旁边,就会顺便看一下,如果看到了有用的信息,就有一种赚到的感觉。

这一天,他也看到了这个报道。游客在知名的秘汤赤熊温泉因为吸入硫化氢气体而中毒身亡。他觉得那名游客太可怜了,原本要去温泉区放松休养,没想到竟然送了命。

开始护卫羽原圆华至今已经七个月,圆华身边不时发生一些不可思议的事,但都没有对她造成任何危险。虽然武尾随时带着特殊警棍,但幸好至今从来没有用过。

"所以我不是说,一定会保持联络吗?为什么不行?"

"问题不在这里,你应该也知道。"

圆华和桐宫玲一边争执，一边从走廊深处走了过来。武尾之前没有看过她们发生争执，所以有点不知所措。

"要出门吗？"武尾从椅子上站起来问。

圆华看着他，正想要说什么，看到桌上的报纸，伸手拿了起来。她翻开报纸，站着看了起来。武尾所站的位置看不到她在看哪一篇报道。

武尾看向桐宫玲，她偏着头，耸了耸肩。

圆华收好报纸，放回桌上。

"今天要去哪里？"武尾再度问道。

圆华没有回答，转头看着桐宫玲说："你无论如何都不答应吗？"

"因为这是规定。"

"是噢，好吧。"圆华板着脸，对武尾说，"哪里都不去。"然后转身离开了。

桐宫玲抱着双臂，目送她的背影。

"她说想单独外出。"

"原来是这样。"

"她有时候会提出这种要求，这次可能又是这样。"桐宫玲弯下腰，打开桌上的报纸，"她为什么突然看报纸……"

武尾也不知道原因，所以只好默不作声。

"算了，可能又是心血来潮，不管她了。"桐宫玲向他点了点头，也沿着走廊离去。

大厅内只剩下武尾一个人，他再度坐下来看报纸。

武尾发现，这天之后圆华的态度有了微妙的变化。她原本话就不多，如今比之前更加沉默了，坐在车上时都一言不发，一直看着窗外的风景，总是一脸黯然的表情,完全没有笑容。这种情况持续了几个星期。

新年过后不久,圆华又说要去找她的外婆。武尾得知后,忍不住有点犹豫。这阵子天气都很冷,今天早上更是寒冷,天气预报说,可能会下小雪。如果可以,他真不希望在这种日子外出。

他们坐上桐宫玲开的轿车出发了。可能考虑到天气冷,圆华比平时做了更充分的防寒准备,还带了一个大背包。虽然武尾很在意里面装了什么,但他当然没有问。

出发后二十分钟左右,天空果然飘起了小雪,但之后的天气完全不符合预报的情况。因为下的根本不是小雪,而是鹅毛大雪,行道树很快就白了头。

"雪下得很大,没问题吧?"桐宫玲看着后视镜问道。她在问圆华。

"嗯,没问题。"圆华回答,但武尾听不懂她们对话的意思。

雪始终没有停的迹象,周围一片白色,视野也变差了。武尾觉得继续行驶很危险,果然不出所料,前方发生了车祸。一辆车子在路口准备停下来时轮胎打滑,冲到了对向车道,和迎面而来的卡车相撞。幸好双方的速度都很慢,所以没有酿成大祸,但武尾他们的车子也差一点被卷入车祸。桐宫玲在踩刹车时,车子朝向侧面滑动。

周围的车子也都接二连三停了下来,陷入一片混乱。桐宫玲想要再度发动,但轮胎打滑,无法前进。她心浮气躁地双手拍着方向盘。"到底是怎么回事?"她难得发脾气,这句话似乎是对圆华说的。

"好像很伤脑筋啊。"圆华说,但她说话的语气很冷漠。

"你说得好像事不关己。"

"本来就不关我的事。"

武尾听到她这么说，忍不住回过头看她。

"再见。"圆华说完，打开了后车座的门下了车。

"啊？"武尾一时不知道发生了什么事，她为什么要在这里下车？

"惨了！"桐宫玲说，"去追她！赶快去追她！"

武尾解开安全带，急忙下了车，立刻巡视四周。到处都是茫茫白雪，雪越下越大，车子在路上失控，四处传来喇叭声和叫骂声。

他看到了圆华的背包。"圆华小姐！"他叫着。

圆华停下脚步，回头看他。武尾想跑过去，但鞋底打滑，无法顺利前进。圆华走了过来。

"对不起，"圆华向他道歉，"有一个地方，我非要一个人去不可。"

"去哪里？"

圆华露齿一笑。

"他们没有对你说，不可以向我发问吗？"

武尾没有说话，她说了声"拜拜"，转过身小跑着离开了。他急忙想要追上去，但脚下一滑，双手撑在已经积了雪的地面上，右腿膝盖重重地撞到了地上。

武尾看着圆华离去的背影，发现她的脚步很轻快，定睛一看，才发现她的鞋底装了什么东西，好像是冰爪鞋链。难道她预测到会下大雪吗？

自己的工作很可能不是担任圆华的保镖，而是监视她，不让她逃走——武尾目送着她离去的背影想着。

6

经过检票口,青江修介立刻发现了来接自己的人。那个人穿着绿色防寒衣,戴着有护耳的帽子。现场那么冷吗?他感到有点不安。距离上次来这里已经好几个星期了,目前已经正式进入冬季,昨天首都圈也下了大雪。

"教授,你好,辛苦了。"矶部双手贴着身体两侧,恭敬地向他鞠躬。他戴了一副厚镜片的眼镜,有点龅牙。第一次见到他时就觉得他很像是以前欧美人用揶揄的方式描绘的日本人。

"谢谢,还麻烦你特地来接我。"

矶部听到青江这么说,睁大眼睛,用力摇着头。

"千万别这么说,让教授特地从东京来这种地方,我们真的感到很抱歉。"

"没事,这也是工作。"

"听你这么说,真是太好了。"

车站大楼前有一排商店,但几乎都拉下了卷帘门。上次来这里时听说,离这里不远处建了大型购物中心,当地人都去那里购物。地方城镇的状况都大同小异。

矶部把四轮驱动的厢型车停在车站的停车场,青江坐进了后车座。

"之后的情况怎么样?"车子驶离停车场一段路后,青江问道,"上次在电话中听说还是没有规律性。"

坐在驾驶座上的矶部看着前方,摇了摇头。

"还是老样子,你看了资料之后应该就知道,每天的情况都不一样,大家都很烦恼，搞不清楚到底是什么状况。"

"也不能禁止民众进入整个区域。"

"是啊，一旦这么做，我们村庄就完了，根本无法糊口了。"矶部的声音中带着悲伤。

青江吐了一口气，看着窗外。车子很快穿越了城镇，行驶在一片田园风景中，很快就会驶上山路，到目的地大约需要四十分钟。

去年年底，青江的研究室接到了D县警察总部的电话，希望他能够协助侦查工作。

青江感到纳闷，既然要自己协助侦查工作，代表已经发生了什么事件，但他并不认为自己能够提供什么协助，因为他只是普通的学者。

对方说，很可能不是事件，而是事故，所以希望他能够协助验证。

那起事件发生在D县山区的赤熊温泉村，一名前往观光的游客在附近山中散步时昏倒后死亡。警方认为很可能是火山气体中毒造成的，但至今为止，从来不曾发生类似的事件，所以想查明原因。

原来是这么一回事。青江终于了解了状况。几年前，另一个温泉地也曾发生类似的事件。硫化氢气体积在积雪下方的空洞中，有一家人刚好踩到，不幸中毒身亡。当时青江曾经去现场协助调查，之后就着手研究那一带的硫化氢气体的发生状况。D县警方认为这次的悲剧可能是类似的意外，所以才会来找他。青江专门研究地球化学，在学校教授环境分析化学课程。

青江本身也对这件事很感兴趣，所以决定协助县警进行调查。接到电话的翌日，他立刻来到当地。

意外现场在离旅馆区数百米的地方，沿着往山顶的登山道走一小段路，中途转入一条兽径，沿着这条兽径一直走，前方是溪流。那名男客就倒在那里。

发现者是和那名男客一起来旅行的妻子。他们一同离开旅馆去那里，但妻子发现相机电池留在旅馆房间内忘了带而独自返回旅馆。当她拿了电池再度回到现场时，发现丈夫昏倒在地。

救护人员赶到时，发现现场附近有硫化氢气体的味道，但在有温泉的地区，这并不是特别罕见的情况，地表的洞穴中不时会释放出火山气体。

火山气体有一大半是水蒸气，但含有百分之几的有毒气体硫化氢，通常都会在空气中扩散，所以不会达到致死浓度。事实上，消防队员在现场多次测量了硫化氢的浓度，最高数值也只有百分之零点零零一，这种浓度只会对眼睛造成刺激而已。

硫化氢比空气重，容易积在地面的坑洞内。现场的溪流周围地势的确比周围低，当无风状态持续一段时间后，气体很可能无法扩散，而被害人刚好在那里。当硫化氢的浓度很高时，十几秒就会使人失去意识，如果继续吸入硫化氢气体，很快就会死亡。

青江在当地停留了一个星期左右，和当地的消防、警察和公所人员合作，共同展开了调查，但在那段时间内，无法取得足够的数据，于是决定请县政府的人持续搜集一个月的数据之后，再认真研拟对策。矶部是D县环境保全课派到赤熊温泉村的公务员，这次负责搜集数据的工作。

沿着蜿蜒的山路向上行驶了大约二十分钟，终于看到了一个小村庄。在一片令人联想到历史剧的房子中，有一栋长方形的水泥建筑。

那里是集会所，火山气体事件的对策总部就设在那里。

青江下了车，走进集会所。房间中央放了一张会议桌，桌前放着铁管椅。周围堆着纸箱，里面放满了各种文件和资料。

"不好意思，这里很乱。"矶部说着把厚厚的一沓资料放在桌上，"这是至今为止搜集的数据资料。"

"我来看看。"青江在椅子上坐了下来，打开那份资料。

里面有好几张折起的长条记录，有很多密集的锯齿状曲线。记录纸总共有五张，包括发生意外的地点在内，总共在五个地点二十四小时监测硫化氢的浓度。

矶部用茶壶倒了茶，放在青江旁问："怎么样？"

青江一边看着记录纸，一边喝着茶。

"在A地和D地都曾经有瞬间超过百分之零点零零二的情况。"

但这个数值并不算太高，硫化氢引起急性中毒的大致标准为百分之零点零七。

"对，但并不是事发现场的X地，那个现场最近也都没有超过百分之零点零零一，而且无论A地还是D地都只有一次而已，其他时候的数值都很低。超量的时间也不足三十秒，很快就下降到安全的数值。"

"所以只有那一天的那个时间点，X地的浓度上升。"

"只能这么分析，所以才伤脑筋啊。禁止民众进入那一带的现场当然没问题，问题是其他地方是否安全呢？"矶部把眉毛皱成了八字形。

"从这些记录来看，新年期间的数值疾速下降，有什么特殊状况吗？"

"哦，因为下雪，这一带下了大雪。"

"原来如此,大雪封住了火山气体的喷出口。"

"是啊,所以之后搜集的数据不太有参考价值。"

青江忍不住皱起眉头。必须等冰雪融化后才能有结论吗?但产生火山气体的地点地热较高,冰雪融化较快,想到积雪下方聚集的气体同时喷出可能会造成的危险,现在就得研拟对策。

"可不可以再去看一次现场?"

"当然没问题,我带你去。"

青江再度坐上了矶部开的车前往现场,为了安全起见,带上了氧气筒、防毒面罩和手提式浓度计。

把车子停在登山道入口后,从那里走去现场。入口拉起了绳子,挂着禁止进入的牌子。

青江看着浓度计的数值,走在白雪覆盖的登山道上。数值几乎是零。他用鼻子吸了空气,也没有闻到硫黄的味道。

走了一小段路,路旁放了两个红色交通锥,似乎用来指示那里是通往事故现场的岔路。积雪上有脚印。

青江跟在矶部身后走进岔路,积雪虽然不深,但还是不太好走。

上次来这里时,他最纳闷的是为什么被害人会来这种地方,听说被害人的妻子回答:"我先生走错路了。"他们离开旅馆想去看瀑布,但找不到瀑布,她丈夫凭着直觉走进这条兽径。在发现忘了带相机电池时,他们完全没意识到自己走错了方向,以为前方就是他们要去看的瀑布。

几个不幸的偶然撞在一起,结果酿成了悲剧。

他们很快抵达了现场。离地一米的高度设置了一个大塑料箱,里面有浓度计和记录器。这是在事故发生后设置的。

青江看了手提式浓度计,数值仍然是零。

他抬头巡视四周。因为下了雪,和一个月前来这里时看到的风景完全不同,但地形并没有改变,附近的溪流也没有被雪掩埋。

溪流两侧的地势比周围低,有一种名叫 U 型场地单板滑雪的竞技项目,这里的地形就有点类似于其比赛场地,在别处产生的硫化氢很可能被风吹到这里,但问题在于气体滞留的时间。这里的地形通风良好,即使气体被吹到这里,照理说,一刹那就会被吹去其他地方。

只能认为气体被微风吹到这里后,风向改变,气体刚好滞留在这里,然后又刚好有人——

"事故发生时,这一带的天气很稳定吧?"

"对,那个季节的气候相对比较稳定。"矶部回答。

青江闷哼了一声,抓了抓头:"真难啊。"

"到底是怎么回事?"

"对策会议是在明天上午十一点开始吧?"

"对,在集会所召开,打算决定禁止进入的地区……"矶部观察着青江的表情。

明天的会议上,青江必须从专家的角度发表意见。

"先回集会所吧,在确认火山气体发生地点的同时,好好思考这个问题。"

"好。"

两个人沿着来路往回走。来到登山道时,看到前方有一个人影。"咦?到底是谁啊?"矶部嘀咕着。

走近一看，是一名年轻女子。她穿着有帽子的防寒衣，戴了一顶粉红色毛线帽，只是站在那里看周围的风景。

"会不会是住在哪家旅馆的客人？"青江问。

"八成是这样——喂，小姐。"矶部叫道。

年轻女子转头看着他们，但既没有惊讶，也没有害怕，态度镇定自若。

她的年纪比想象中小，可能才十几岁，眼尾有点上扬。

"你在这里干什么？这里是禁止进入的区域，不可以进来啊。"

那个年轻女子并没有感到畏缩，一脸冷漠的表情轮流看着矶部和青江，最后看向他们身后。

"事故发生的地点是在前面吗？"她说话的声音略带有鼻音。

矶部似乎有点意外，回答慢了一拍。

"既然你知道有事故发生，应该也知道为什么禁止进入吧。赶快离开这里。"矶部挥着手掌，做出赶人的手势。

那个年轻女子想要说什么，但最后什么也没说，沿着登山道走了下去。青江目送着她的背影，忍不住嘀咕："她是谁啊？"

"不知道。"矶部也偏着头。

"既然知道这里曾有事故发生，又特地来这里，显然不是看热闹而已，会不会是被害人的家属？"

"啊，有可能。但如果是那样，刚才应该说一声，我态度也会不同，甚至可以带她去现场。"

"可能有什么隐情吧。你见过被害人太太吧？还有其他家属吗？"

"没有，"矶部摇了摇头，"我只见过被害人的太太。我有没有告诉过你，他太太很年轻漂亮？"

"上次听说了，你好像说她是再娶的吧？"

"被害人六十六岁，但他太太无论怎么看，都不到三十岁，所以不可能是原配。"矶部说完，好像突然想到什么似的拍了一下手，"刚才的年轻女子会不会是被害人前妻生的女儿？"

"啊，有可能噢。"

"果真如此的话，那我刚才的态度太残忍了，她可能想看看父亲死去的地点。"

"你不必放在心上，她不一定是被害人的女儿啊。"

"也对。"

矶部迈开步伐，青江也跟了上去。原本以为很快就会追上那个年轻女子，但一直走到登山道入口，都不见她的踪影。

"一路上都没有看到那个年轻女子。"矶部说道，他似乎也想到了同样的事。

"可能有朋友和她一起来，她朋友在车上等她。"

"哦，原来如此。也对，一定就是这样。"矶部打开了车门锁。

青江坐上车后，看向登山道入口。那里只有一条路，周围都是树木，没有可以躲藏的地方。

他脑海中浮现那个年轻女子躲在某处，屏息敛气地等待青江他们离开的样子，但他没有继续深想。即使果真如此，她应该也有她的苦衷，而且目前那里已经不是危险地，并不需要禁止进入。

青江在集会所确认了几份数据资料，影印完成后，和矶部讨论了明天会议的计划，之后就和矶部道别，独自前往今晚住宿的旅馆。他预约的"前山旅馆"是这个村庄内最大的旅馆，也是被害人生前投宿的地方。上次来调查时，青江也住在这里。

青江来到旅馆前，一个认识的男员工正在清扫玄关，对方似乎也记得青江，立刻鞠躬说："啊，辛苦了，欢迎光临。"然后为他打开了玄关的门，对着旅馆内叫了一声："老板娘，青江教授到了。"

青江走进旅馆，老板娘立刻满面笑容地跑了过来："欢迎光临。"

"又要麻烦你们了，但这次只住一晚。"

"我知道教授很忙，工作辛苦了。"

青江走向柜台时，不经意转头一看，忍不住停下了脚步。刚才见到的那个年轻女子坐在面对电视的沙发上，正在玩手机。

那个年轻女子也看到了青江，尴尬地站了起来，沿着旁边的楼梯快步上了楼。

"怎么了？"老板娘问。

"没事……刚才那个年轻女子是这里的客人吗？"

"是啊，今天刚到。"

"她和家人一起来的吧？"

老板娘摇了摇头。

"她一个人，她说自己是学生，一个人来旅行。"

"是吗……"

如果她是大学生，应该只有一二年级。她看起来不超过二十岁，总之，从老板娘说话的语气判断，她应该不是被害人的家属。

"她朋友以前也曾经住过这里。"

"朋友？"

"对,一个年轻男生。她拿了照片给我看,问我那个人之前是不是住过这家旅馆。因为我记得那个客人,就回答她说,对,的确曾经住过这里。我问她是否认识那个人,她说他们是朋友。"

"嗯。"青江用鼻子发出声音后,拿起了圆珠笔,在填写住宿登记卡时对老板娘说,"老板娘,你真厉害,竟然记得来这里住过的所有客人的长相。"

"不可能记得所有人啦。"老板娘摇着手,"因为有一件事引起了我的注意,所以才会记得那位客人。"

"什么事?"

"那位客人住在我们旅馆的隔周,我又看到他,在登山道附近。"

"所以那位客人连续两周都来过这里吗?"

"是啊,第二次好像住在其他旅馆,而且在我看到他的隔天,就发生了那起事故。"

"你是说硫化氢的意外事件吗?"

"对啊。"老板娘神色凝重地点了点头,"因为这件事,所以对那位客人留下了印象。"

"原来如此。"

如果是这样,的确比较容易记住。青江完全能够理解。

翌日八点起床后,去餐厅吃早餐。和上次投宿时相比,客人似乎增加了。上次事故才刚发生不久,听说有不少客人取消了预约。目前已经过了一段时间,客人可能又逐渐增多了。

青江快吃完早餐时,那个年轻女子走进了餐厅。她穿着牛仔裤和运动衣,也许因为没有化妆,感觉比昨天看到时年纪更小。

她坐在青江的斜前方,虽然视线交会,但青江立刻移开了视线。

吃完早餐,青江去大浴场泡了澡才回房间。桌上堆满了资料,青江昨天晚上直到深夜都在研究这些资料,但还是无法想到理想的方案,在今天的会议上只能表达一些不痛不痒的意见。他不由得想起矶部伤脑筋的表情。

上午十点,他收拾完行李走出房间,在一楼的柜台结账时,再度看到那个年轻女子。她背着背包,可能也打算离开。她像昨天一样坐在沙发上,把手机放在桌子上看电视,没有转头看青江的方向。

另一张沙发上坐了一对夫妻带着一个孩子,那个男孩可能还没上小学,右手拿着塑料瓶。

老板娘递上结算的账单,青江从皮夹里拿出信用卡放在柜台上。这时,旁边传来"啊"的叫声。转头一看,那个像是母亲的女人捡起塑料瓶,瓶内饮料洒在桌上了。那个男孩似乎把手上的塑料瓶打翻了。

青江看向那个年轻女子。她不慌不忙地把桌上的手机移开二十厘米。

饮料在桌上扩散,同时流向年轻女子的方向,但她事不关己地继续看着电视。青江很担心她的手机会被弄湿。

饮料到达手机前停止流动,她的手机没有受到任何影响,但如果她刚才没有移动,一定会被弄湿。

"对不起。"那个母亲一边道歉,一边用面纸擦桌子。旅馆的女员工也立刻拿着毛巾跑过来一起擦拭。那个年轻女子似乎觉得会影响到别人擦桌子,这才拿起自己的手机。

"青江教授。"老板娘叫着他,柜台上放着签账单。

"啊,不好意思。"青江急急忙忙签了名。

一看时钟，上午十点十五分，会议十一点开始，时间还很充裕，他决定提前去集会所和矶部进行最后的讨论。

青江向老板娘道别，离开了旅馆，前往集会所的途中，一直在想那个年轻女子的事。

7

新年刚过，中冈所属的麻布北分局辖区内就发生了棘手的事件。

一名住在西麻布附近公寓的女性在街上遇刺，警方接获目击者报案后，立刻在附近一带展开大规模搜索，很快就逮捕了一个年轻男人。遇刺的女性没有生命危险，意识也很清楚。

凶手曾经和被害女子交往，因为对方提出分手而怀恨在心，所以才行凶杀人。

问题在于，被害女子曾经在两个月前向麻布北分局反映信件遭人偷看。她和那个男人分手后曾经二度搬家，但以前住的地方也曾经发生相同的事，之后前男友冲去她家。她认为前男友跟踪她，得知她所住的公寓后，通过信件确认她住的房间。

当时由生活安全课负责跟踪事件的副警部负责接待她，副警部联络了她的前男友，向他了解情况。那个男人承认曾经去前女友以前住的地方偷看她的信件，但并不知道前女友目前的住处，也从来不曾跟踪她。副警部从他的态度中判断他并没有说谎，所以认为是那名女子的被害妄想，并没有采取进一步的对策。

然后就发生了这次的事件。那个男人说谎了,而副警部没有识破他的谎言,会被人指责有眼无珠也是无可奈何的事。

东京下大雪的翌日早晨,中冈和其他刑警一起听分局长训话。"如果有民众上门反映,无论反映的事多么微不足道,也不要轻易做出结论,必须尽最大的努力加以协助,找回民众对警察的信心。"

"那个可怜的副警部好像要被调走了。"坐在中冈旁边的后辈说。

"是吗?"

"因为目前处理跟踪事件和家暴都是生活安全课的主要工作。失去民众的信赖,会造成很大的影响,这次的事算是不幸中的大幸。如果被害人死了,后果更加不堪设想,家属搞不好会起诉。"

"那倒是。"

"但对家属来说,即使告赢了也不会高兴。"

后辈的这番话刺激了中冈这一阵子耿耿于怀的事。

那就是赤熊温泉的意外。不知道水城三善怎么看那起意外。

他犹豫再三,最后还是用手机拨了电话。水城三善没有手机,但可以打她房间的电话。

但是,电话无法接通,更令人惊讶的是,电话中传来"您所拨打的号码是空号"的语音应答。他直接拨打通信簿中记的号码,不可能拨错数字,但还是从抽屉里找出那封信,按照上面写的号码重新拨打了一次。

结果还是一样,电话无法接通。

他查了老人公寓的总机后打了过去,立刻有人接起了电话。

中冈报上了自己的姓氏,说想要找水城三善。

"水城奶奶吗？啊……"上了年纪的女人在电话中听起来有点困惑。

"怎么了？"

"呃，那个、因为，"对方停顿了一下后说，"水城奶奶去世了，一个星期前去世了。"

走进老人公寓的大门，左侧就是管理事务所的柜台。一个圆脸的女人站在柜台前，中冈走过去，报上了自己的姓名。

"哦，你就是刚才那位先生吧。"女人点了点头，她胸前的名牌上写着"小森"，就是电话中那个女人。

"可不可以请你带我去看一下？"

"好。"她小声回答了中冈的问题后走出柜台，准备带他去看水城三善的房间。

"太惊讶了，"中冈走在小森身旁时说，"没想到她会自杀。"

"是啊，我在这里工作多年，曾经遇过在房间内昏倒，然后就去世的人，第一次遇到这次的情况。"

"听说是上吊？"

"对啊，"小森点点头，"那种死法真的很惨。"

刚才在电话中得知，发现水城三善的尸体时她也在场。中冈知道上吊自杀尸体的惨状，也许小森很希望自己没有看到。

正如水城三善之前所说的，套房内很干净，空间也很宽敞，走廊上有一个梳妆台，后方就是房间，床和其他家具还留在房间内。

小森打开了一道拉门，前方是盥洗室，后方是厕所和浴室。

"这里装了一个感应器，"她指着盥洗室的天花板，"当有人经过时，管理事务所的屏幕上就会留下记录。如果没有外出，超过十个小时没有记录，会被判断可能发生了异状，就会派人来房间察看。"

"水城奶奶也是因为这样被发现的吗？"

她点了点头，走向衣柜，推开折叠门后，指着上方说："她把绳子绑在这里上吊了。"

"原来如此……"

水城三善个子矮小，体重应该也很轻，完全可能用这种方式自杀。

"有没有遗书？"

"有。"小森指着小桌子说，"就放在那张桌子上面。"

"你有没有看内容？"

"有……只写了一句，活着很痛苦。"

中冈觉得好像有什么沉重的东西沉入了胃底。

"警方说什么？有没有什么可疑的点……"

她轻轻摇了摇头。

"警方认为的确是自杀，有遗书，也大致可以猜到动机。刑警先生，你知道奶奶的儿子去世……"

"我知道。"

"水城奶奶很受打击，一直郁郁寡欢，让人看了于心不忍。大家都担心她的身体会不会出问题，完全没想到她会自杀。我们太大意了。"

"水城奶奶对她儿子的死有没有说什么？"中冈问道。

小森露出苦涩的表情，似乎不知道该不该把自己的想法说出口。

"无论是什么内容都没关系，并不会留下记录，请你有话直说吧。"

小森深呼吸后，直视着中冈说："她对我说，她儿子是被人谋杀的。除了我以外，还有好几名职员也都听到了。"

中冈的心脏用力跳了一下。

"我对她说,不可能有这种事,报纸上也说是意外,但水城奶奶无法接受,她说虽然已经找过了警察,但没想到还是被那个女人害死了。"

"那个女人是?"

"当然是——"

在中冈发问时,门口传来动静。小森转头看向门口,立刻露出紧张的神情:"啊……辛苦了。"

走廊上传来脚步声,不一会儿,一个女人走进了房间。她穿着深色洋装,外面套了件灰色的毛皮大衣。那个女人看起来不到三十岁,五官长相是典型的日本美女,化妆也很淡,却散发出一股妖艳。中冈立刻知道她是水城三善口中的"儿媳妇"。之前听水城三善说过,她的名字叫千佐都。

刚才没有听到开门的声音,不知道她是什么时候进来的。

"这位是?"女人一双长长的大眼睛看向中冈。

"哦,呃……"小森结结巴巴,似乎不知道该怎么介绍。

中冈立刻递上名片:"我是警视厅麻布北分局的中冈,冒昧请教,你是水城义郎先生的太太吗?"

女人接过名片后瞥了一眼,没有放进皮包,还给了中冈,似乎并不想要刑警的名片:"是啊。请问刑警为什么来这里?"

中冈接过自己的名片,放回了口袋。

"因为水城三善女士生前曾经向我们咨商一些事。"

"咨商?请问是什么内容?"

"恕我无可奉告。虽然水城三善女士已经去世,但我们仍然有义务保护她的隐私。"

千佐都轻轻皱了皱高挺的鼻子。

"是吗?那就没办法了,我也就不多问了。"

"呃,我可以离开了吗?因为还有工作……"小森露出探询的眼神看向中冈。

"可以,谢谢你,我也准备离开了。"

"那就失礼了。"小森逃也似的离开了房间。

中冈将视线移向千佐都:"请问你今天来这里有什么事吗?"

她把毛皮大衣挂在衣架上,转头看着中冈问:"这是讯问吗?"

"当然不是。"中冈摇着手,"只是随便问问,你不想回答也无妨。"

千佐都的嘴角露出笑意。

"我没什么好隐瞒的,我来收拾这里的东西。因为合约上规定,当入住者死亡时,必须在一定期限内把房间清理干净。"

"原来如此。之前听三善奶奶说,当初入住时预先付了十六年的房租,如果居住不满十六年,要怎么处理?"

"当然会把剩下年月数的房租退回啊,有什么问题吗?"

"没什么,只是觉得金额相当可观。不好意思,这个问题太低劣了,请你当作没听到。发生这样的事,真的太令人难过了。"中冈将双手贴在身体两侧,行了一礼后说,"包括你先生的事,在此表示由衷的哀悼。"说完,他又深深鞠了一躬。

千佐都好像戴了能乐面具般面无表情,用没有起伏的声音说:"谢谢你的关心。"

中冈走向阳台,在窗前俯视着多摩川。

"这里的风景太美了,房间也很干净,服务也很完善。三善奶奶在这里的生活每天都很幸福。"他转头看向千佐都,"在她儿子发生那种事之前。"

"对,是啊。"千佐都用冷漠的眼神看着他,"我也做梦都没想到会发生那种事。大自然的力量实在太可怕了,刑警先生,你去温泉区的时候也要小心一点。"

"我会小心。"中冈点了点头,看向旁边的小型佛龛。遗照中的老人应该是水城三善的丈夫,遗照前放着已经干掉的栗子小馒头。

"刑警先生,"千佐都叫着他,"还有什么事吗?我要开始整理了。"

"你要自己整理这里吗?"

"会请专业人士来整理,有什么问题吗?"

"不,没问题,那我就告辞了。"中冈再度看向佛龛。这些东西也马上会被丢弃吧。

"刑警先生。"中冈穿好鞋子,正准备伸手打开门时,千佐都再度叫住了他,中冈转过头。

"请你彻底调查,直到满意为止。"千佐都露出了无敌的笑容和冰冷的眼神,"警方彻底调查之后,仍然没有发现任何问题的话,那些杂音也就自然消失了。"

中冈确信她刚才听到了小森和自己的对话。

"对,警方会全力以赴。"

千佐都的嘴角露出充满自信的笑容,轻轻点了点头。

8

中冈离开公寓后走向车站。千佐都确认他离开后,从皮包里拿出了智能手机,拨打了备注为"木村"这个姓氏的电话。

"喂。"电话马上就接通了,电话中一如往常地传来一个阴森的声音。

"刑警来老太婆住的地方了。"千佐都没有自报姓名,就直接说了起来,"麻布北分局一个叫中冈的刑警来老太婆住的老人公寓了。"

"停!"他在电话中说,"你目前还在老太婆的房间吗?"

"对啊。"

"那马上离开那里,去其他地方。"

"为什么?"

"先别问那么多,按照我说的去做。"

千佐都完全不知道是怎么回事,但还是拿着手机走出了房间。电梯厅放着沙发,她在那里坐了下来:"我离开房间了。"

"那个刑警有没有给你什么?伴手礼之类的。"

"他递给我名片,但我还给他了。"

"嗯,这样很好,现在的 IC 芯片可以藏在纸里面。"

"怎么回事?为什么要我离开房间?"

"因为那个刑警很可能在房间里装了窃听器。"

"啊……"

的确没错。虽然刑警和名叫小森的职员在一起,但没有人能够保证,他不曾单独一人留在房间内。

"呃,所以刑警说什么了?"他问,语气中并没有丝毫紧张。

"好像在怀疑我，好像老太婆曾经找他们咨商过，担心儿子惨遭年轻儿媳妇的毒手。"

"是噢，所以呢？有什么问题呢？"

"没什么问题，只是想和你说一声。"

"嗯。"电话中传来鼻子发出的声音，"不是之前就猜到会引起周围人的怀疑，警方也可能会有所行动吗？但你根本不需要紧张，没什么好怕的，我说错了吗？"

千佐都把电话贴在耳边，摇着头说："不，你没说错。"

"对不对？因为你并没有做任何特别的事，一切都很正常。和年龄相差很大的老公去温泉区，去山上找被称为名胜的瀑布。虽然犯下忘了带相机电池的疏失，但这没什么好责怪的。无论麻布北分局的刑警怎么查，也查不出什么东西。因为他本来就在找根本不存在的东西。"

"我知道，所以只是跟你说一声而已。"

"如果遭到窃听，你这通电话就可能搞砸一切。你要小心点，不然就伤脑筋了。"

"对不起，我以后会注意。"

"不过这通电话来得正是时候，我正想联络你，差不多该进行下一步了。"

"……已经决定执行的日期了吗？"

"大致决定了,地点也决定了。你只要负责把一个人带去那个地方，步骤就按照之前说好的，没问题吧？"

"对，没问题。"

"准确的日期决定之后，我会再和你联络，但你只有在一个人的时候才能接电话。"

"我知道。"

"除此以外,还要注意有没有人跟踪,也许这一阵子警察会监视你,如果你露出什么破绽,我们的计划就毁了。"

"我知道,请放心吧,我也不想失去好不容易得到的一切。"

"对啊,那就再联络。"

"我等你电话。"千佐都挂上电话,把手机放回了皮包。她的手心流汗了,和他说话时,每次都很紧张。

自己和恶魔做了交易吗?——她突然这么想。

9

"——正如我刚才所说,罗耶指出,当二氧化碳的浓度低于五百ppm的时代,全世界有很多冰床,并得出结论,在浓度超过一千ppm的时期,整个地球都处于温暖状态。除此以外,还有其他人从地球化学的角度,分析二氧化碳浓度的温室效应和气候之间的关系。具代表性的有显生宙前七亿年左右的雪球地球说、五千五百万年前的急速暖化事件、讨论四千万年前之后的寒冷化和喜马拉雅隆起之间关系的雷默假说。但对于这些研究,都持续有赞同和反对两方面的论文发表,所以至今仍没有明确答案。下一堂课我们将解说雪球地球说和雷默假说,今天的课就上到这里。"

青江在讲台上行了礼,走出了教室。可以容纳两百人的阶梯教室中,只有二十几名学生。修地球环境科学这门课的学生逐年减少,他也不知道原因,可能只是受到少子化的影响。

回到办公室,他发现桌上有一张字条,完全反映了奥西哲子一丝不苟性格的工整字迹写着"有访客,在研究室等候"。旁边附了一张中冈佑二的名片,但看到那个人的头衔,青江忍不住吓了一跳,因为访客来自警视厅麻布北分局刑事课。

虽然他完全不知道对方为什么来找自己,但任何人听到警察找上门,都不可能心情平静,更何况对方是刑事课的人,如果是交通课,之前打过几次交道。到底是什么事?他感到不安。

青江把上课的资料丢在桌上,走出办公室。研究室就在办公室隔壁,他没有敲门,就直接走了进去。

研究室内的桌子都面对墙壁,几名大学生和研究生坐在电脑前。由于频繁有人出入,所以听到开门声,也没有人有反应,即使走进来的是教授也一样。

奥西哲子戴着黑框眼镜,坐在正中央的会议桌前写东西,就连她也没有瞥青江一眼,只有坐在她对面的陌生人看到他后站了起来。

"请问是青江教授吗?"

"我就是,呃,"青江看了一眼手上的名片,"是中冈先生吗?"

"对,很抱歉,在你忙碌的时候上门打扰。"

中冈看起来不到四十岁,结实的身材像运动员,黝黑的脸上很有刑警的精悍,身上的西装并不高级,但很整洁。

好像不是怀疑我犯了什么案。青江心想。中冈好像带了伴手礼,旁边放了一个纸袋。

"要不要去我的办公室?就在隔壁。"

"可以吗?谢谢。"中冈很有精神地回答,拿起纸袋和公文包。

回到办公室后,中冈再度自我介绍,递过来的纸袋很沉重。中冈说,里面装的是葡萄酒。

"因为我听说青江教授是葡萄酒专家。"

"谈不上专家……请问你是听谁说的?"

"赤熊温泉的矶部先生。"

"原来是那件事。"

青江感到困惑,上个星期才召开了对策会议。

中冈从皮包里拿出记事本。

"青江教授,你负责那起事故的调查工作吧?今天上门打扰,是想请教你几件事。很抱歉,在你忙碌的时候上门打扰,可不可以占用你一点时间?"

"没问题,呃……"青江低头看着名片,"为什么麻布的刑警先生会调查在那里发生的意外?"

"因为水城先生住在麻布。"中冈很干脆地回答。

"水城先生?"

"被害人。"

"哦……"

青江想起曾经看过被害人姓水城,名字好像叫义郎。

"关于水城先生的事,我想调查几个问题,请问现在方便吗?"

"哦。"

青江在点头的同时,仍然感到纳闷,因为他对被害人一无所知。

"首先想请教一下,那场意外是有办法预料的吗?昨天我去了现场,那里成为禁止进入的区域,听说是你决定的?"

"不不不,"青江在脸前摇着手,"并不是我决定的,而是对策总部讨论之后做出的决定,也听取了警方和消防人员的意见。"

那只是妥协后的产物。他吞下了这句真心话。现在回想起那天的会议,仍然会感到郁闷。消防部门和警方提出,只要检验出硫化氢,即使浓度再低,也要全部列为禁止进入区域,但如果这么做,观光产业会受到严重打击,整个村庄的经济就毁了。如果不全区列为禁区,该如何设定数值的界限?双方在这个问题上争执不休,因为所有地方的数值都不相同。即使要参考这一个月来的最高值,也会因为受到气候变化的影响而发生变化。

最后决定暂时全面封闭在这次调查中出现高浓度硫化氢的地方,其他地方贴出警告告示,极力阻止民众进入,下个月再讨论这个问题。

"教授,听说你几年前也曾经调查过相同的事故,可以认为有硫化氢温泉的地方或多或少都有发生类似事故的危险吗?"

"嗯,的确是这样,而且事实上也的确发生了。"

"能够预测什么时候发生、在哪里发生吗?"

青江"嗯"了一声,摇了摇头。

"如果是火山爆发之前,或许能够从数据中了解某些异变,但像这次规模的意外很难预见,应该说,应该不可能。"他措辞非常小心。

"只能说,多项不幸的偶然因素撞在了一起。在那天之后,事故现场硫化氢的浓度从来没有达到危险的程度。虽然目前设为禁止进入区域，但只是为了以防万一。"

"不幸的偶然吗？这种事发生的概率有多少？"

"概率……虽然我认为很难用数字表示，但这一个多月的浓度都没有上升，所以最多也是一年数次而已。当然，必须测量一年，才能够明确回答这个问题。即使浓度上升，也只是局部地区而已，而且只是瞬间，这个时候刚好有人进入的概率，也许可以说几乎等于零。"

"零……也就是说，会发生那样的意外很不可思议吗？"

"的确很不可思议，所以需要进一步详细调查。"

中冈露出凝重的表情后，微微探出身体。

"所以，你认为有没有可能并非偶然呢？"

"并非偶然的意思是？"

"我是说，"中冈舔了舔嘴唇，"人为引发事故的可能性。"

"啊？"青江看着刑警的脸，"人为引发？怎么引发？"

"有没有可能有人制造出硫化氢气体？几年前，不是曾经多次发生用这种方式自杀的事件吗？"

"哦，"青江张着嘴，点了点头，他之前完全没有想到这件事，"原来是这个意思，但这也不可能。"

"为什么？"

"为什么……我还想问你为什么啊，你为什么会这么想？"

"你刚才不是说了答案吗？你说像这次的事故发生的概率几乎是零，既然这样，认为人为造成这起事故的想法不是很合理吗？难道你不这么认为吗？"

"不，这个，"青江微微摇着头，"应该不可能。虽然我刚才说，概率几乎是零,但并不等于零。相反,人为造成这起意外的可能性可以说是零。"

"是吗?有很多人用硫化氢自杀啊。"

"那是在室内,不是吗?这次的被害人是在户外身亡。"

"大部分自杀者之所以选择室内,是因为不想危害他人,而且在室内的气体浓度比较高。即使在户外,只要选择无风的日子,在附近制造气体,不也可以造成中毒吗?"

青江忍不住苦笑起来。中冈似乎感到很不高兴,露出严肃的表情问:"有这么滑稽吗?"

"不,不好意思,不是觉得滑稽,而是感到佩服。这个想法很独特,而且也不无道理,只可惜并不可能。中冈先生,你知道制造硫化氢气体的方法吗?"

"我在网络上查过,听说只要把某种入浴剂和洗衣精混合……"

"被频繁用于自杀的那种入浴剂已经停止生产了,因为有人到处去宣扬这种无聊的事。先不谈这个,正如你所说的,基本上需要将两种以上的液体混合才能产生,还需要装液体的容器,才能产生气体而自杀。现场自然会留下制造气体所使用的容器,但救护人员并没有发现任何容器。"

中冈点了点头。

"这我知道,所以我在怀疑有人收拾容器的可能性。"

"收拾?"青江原本想要问是谁,但他也立刻知道了答案,"你是说他太太吗?"

"并非不可能吧?因为最先发现水城先生的是他太太,只要把容器和液体的空瓶丢去远处，谁都不会发现。"

"他太太为什么要这么做？为什么要把自杀伪装成意外？这么做有什么好处？"说到这里，青江突然灵光一现，"啊，我知道了，难怪麻布的刑警会出动。哦，原来如此，警方真的什么事都要怀疑一番啊。"

"你似乎终于了解了。"中冈似乎有点扫兴地说。

"我了解了，是不是怀疑诈领保险金？我以前曾经听说过这种事，如果是自杀，就领不到保险金，所以你怀疑她把自杀伪装成意外。"

中冈没有回答这个问题，反问青江："你认为我的推理如何？"

"诈领保险金的问题，请你去请教法学教授。"

"我不是问这个，而是在问我刚才说的方法有没有可能。"

"不可能，只能回答说，这很不现实。接近正在产生硫化氢气体的容器根本就是自杀行为。"

中冈右手摸向自己的下巴："如果戴防毒面具呢？"

青江一时说不出话来，但中冈并不认为自己说了奇怪的话，一脸严肃地等待学者的回答。

"有动机吗？"青江问，"被害人有自杀的动机吗？"

中冈重新坐好，挺直了身体。

"一直由我发问似乎有点不安，所以我回答你这个问题。老实说，水城先生没有任何自杀的理由。他是知名的影视制作人，有万贯家产，当然也没有任何债务让他被逼到自杀。"

青江第一次听说被害人从事影视工作，对他来说，完全是不同世界的人。

"既然这样……"

"是啊,"中冈收起下巴,"我也认为他不可能自杀,只是对到底是不是单纯的意外存疑,所以正在调查各种可能性。"

"请等一下,既不是自杀,也不是意外的话,只剩下……"他不敢继续说下去。

"医生曾经开给被害人水城先生安眠药,如果在离开旅馆前吃下安眠药,走在山上时,很可能会想睡觉。如果坐下来休息一下,很可能会直接睡着。之后,只要在附近制造硫化氢气体,自己离开现场。等待充分的时间之后,再戴着防毒面具回到现场,收拾容器。这样的可能性存在吗?你能够断言绝对不可能吗?"中冈用平静的口吻说完之后,用挑衅的眼神看着青江问,"怎么样?"

青江舔着嘴唇。

"警视厅认为那是杀人事件,而且凶手是被害人的太太吗?当地警察完全没有往这方面想。"

中冈露齿一笑:"这就难说了。"

"如果他们怀疑,一定会说啊。"

"警察的工作就是怀疑各种可能性,但我现在更想知道你的意见。"

青江摇了摇头:"我认为不可能。"

"为什么?"

"我刚才也说过,这根本是自杀行为。因为在户外导致中毒身亡,当然需要产生大量的气体,即使戴了防毒面具靠近也很危险,需要穿化学防护衣。而且,容器中剩下的液体要怎么处理?如果丢弃在现场,之后赶到的救护人员一定会发现。"

中冈听了青江的说明后似乎很不满意,但还是点了头。

"原来如此,的确有点困难。"

"警察真的是什么事都要怀疑。"

"因为这是我们的工作。"

"虽然我不知道该不该问这个问题,有动机吗?那位太太有杀害丈夫的动机吗?"

"这个嘛……"中冈有点吞吞吐吐。

"对了,我听说被害人的太太很年轻,所以是为了遗产吗?"

中冈苦笑起来:"任君想象。"

"有钱人死了,警察也不得安宁,不会轻易放过。"

"你说得对,只是这次的事并不光是因为有动机而怀疑。"

"所以?"

"也有私人因素,身为刑警,我想要争一口气。算了,不说这些,和你没有关系,我会继续调查,今天非常感谢。"中冈恭敬地鞠躬后,大步走向门口。

10

列车停在站台之前,他就隔着车窗看到了对方。深蓝色防寒大衣、黑色毛线帽,又用大围巾围着脖子,看不太清楚长相,但因为戴着圆框眼镜,应该没错。那是之前在电话中说好的特征。

车门打开,那须野走上站台。外面并没有想象中那么冷,冷风吹在有点发热的脸上很舒服。

圆框眼镜的女人走了过来："你是那须野先生吧？"

"对，今天就麻烦你了。"

"彼此彼此，请多关照。把行李交给我吧。"

"啊，不好意思。"

女人接过那须野递给她的行李袋，她手上戴着毛线手套。

"接下来要开车吗？"

"对，车子停在下面。"

"很远吗？"

"差不多十五分钟。"

他们走下站台的阶梯，经过自动检票口。走出车站大楼，天空中飘着雪，果然是北国。

那须野小心翼翼地跟着圆框眼镜的女人走在路上。虽然人行道上还没有积雪，但有些地方结了冰，如果在这里滑倒骨折就惨了。

停车场内是一辆小型休旅车，看车牌就知道那是租来的车子。

圆框眼镜的女人用遥控器打开了门锁，坐进驾驶座。那须野打开后车座的门，在宽敞的座椅上坐了下来。

女人发动引擎后说："那我们出发了。"然后把车子驶出停车场。

那须野看向窗外，路面的雪都清除了，道路两旁的雪堆得很高。这辆车是四轮驱动车，在雪地行驶应该没问题。

"今天从几点开始拍摄？"那须野问。

"应该从早上六点左右。"

"六点吗？真辛苦啊。"

他看了一眼手表，目前刚过下午三点半。

"但真是太惊讶了,"那须野说,"我完全没想到吉冈先生会找我,吉冈导演竟然来找我。"

"是吗?"女人的语气很冷漠,可能对别人的喜悦不感兴趣。

"听说是替身,是代替谁啊?"

女人听了那须野的问题,微微偏着头说:"我不太清楚。"

"但你应该知道演员表吧?演员表上的人有谁没来?"

女人还是摇了摇头。

"对不起,我并不了解详细情况,只负责去车站接你。"

"是噢,那就算了。"

"不好意思。"女人看着前方,微微点了一下头。

"没关系,你不必道歉。"那须野叹了一口气,跷起了腿。

昨天接到一个姓木村的男人打来的电话,说电影导演吉冈宗孝正在拍摄新片,原本答应要演出的演员临时无法参加,问他能不能做替身。木村好像是助理导演。

"条件之一,必须会滑雪。那须野先生,你学生时代曾经参加过滑雪社吧?所以无论如何想拜托你。"

听木村说,是一部以雪山为故事舞台的推理电影,预计在年底上映。

那须野已经好久没有演电影了,更何况是贺岁片,一问酬劳,发现条件很不错。他这一阵子手头拮据,正在为此发愁。虽然有经纪公司,但公司的人根本不为他接工作,即使擅自接工作,也不会有人有意见,所以他二话不说就答应了。

"详情见面再聊,我会派人去车站接你,是一个戴圆框眼镜的女人,你只要穿能够在雪地行走的服装就没问题。"

木村还说，交通费可以报销，所以要记得拿车票的收据。

虽然不知道要演什么角色，但希望能够好好利用这个机会，之后能有一些像样的工作找上门——那须野心不在焉地看着前方想道。

他的视线移向旁边，圆框眼镜的女人默然不语地继续开着车。即使上了车，她也没有拿下帽子和围巾。因为穿着厚实防寒大衣，所以看不出她的体形，但似乎并不胖。那须野移动身体的位置，从后视镜中确认女人的脸，只能看到她戴着眼镜的眼睛，但感觉很漂亮。

他和女人在后视镜中视线交会。"有什么事吗？"女人问。

"没事。"那须野坐回了原来的位置。

车子在不知不觉中驶入了狭小的道路，右侧是一片城镇景象，好像是温泉街。

女人把车子停在路旁说："可以请你在这里下车吗？"

"在这里？"

那须野下了车，空气的温度和在车站时完全不同，他急忙穿上了刚才在车上脱下的羽绒衣。

周围什么都没有，被雪埋没的道路两旁都是树木。

女人拿出手机，不知道打电话给谁。

"辛苦了。我把那须野先生带来了……在入口的地方……请等一下——那须野先生，你的鞋子可以在雪地上走路吗？"

"没问题，我特地穿了这双鞋子。"那须野抬起穿了雪鞋的右脚。

"他说没问题……哦，是吗？……那我先把车子开回去……好，那就一会儿见。"女人把手机放回口袋，对那须野说，"会有其他工作人员来接你，可以请你和他会合吗？"

"会合?我在这里等就好吗?"

"不。可以请你沿着这条路走进去吗?"女人指着道路旁的一块广告牌,上面写着"散步道入口(往温泉街)"。

"中途有一张红色长椅,会有工作人员去那里接你。"

"我一个人去吗?"

"不好意思,因为我要把这辆车开去其他地方。这个给你。"

女人递上那须野的行李袋。

那须野接过行李袋,再度看着散步道的入口。不知道是否刚下过雪,小径上没有脚印。

他听到车子的引擎声,回头一看,发现驾驶座上的女人向他行礼后,开动了车子。她似乎要掉头,用力转动着方向盘。

那须野走进小径,鞋子并没有在雪地里埋得很深,所以应该不会太难走。

散步道蜿蜒曲折,被白雪和树木包围,小径上静悄悄的,只听到踩在雪上沙沙的声音。

他走了五分钟左右,但周围的景象没有太大的变化。

真远啊——

会不会走错了?不,这里没有岔路,不可能走错。难道是自己没看到成为记号的红色长椅?因为被雪盖住了,所以没发现?

正当他感到不安时,前方出现了一个小弯道,角落有一张红色长椅。那须野终于放了心,吐着白气。

一看手表,已经超过四点了,天色渐渐暗了下来。

他看向散步道前方。既然要会合,工作人员应该从反方向走过来。

如果对方没带手电筒就伤脑筋了。他突然很在意这种奇怪的事。

他从羽绒衣的口袋里拿出香烟和打火机,叼了一支烟,正准备点火。

突然闻到温泉的味道。

就是别人经常说的臭鸡蛋的味道。

这里是温泉地,当然会有这种味道——正当他这么想的时候,嘴上的烟掉了下来。

11

天空晴朗,东京难得空气如此清澈,但并不是整个日本都是晴天。这种时候,北国通常都下雪。日本海上空的水蒸气受来自大陆的冷空气冷却,变成了雪。讽刺的是,夏天持续得越久,那一年的雪量越丰沛,因为海水的温度并没有下降。

青江站在研究室的窗前,茫然地望着天空。不,他并没有茫然,脑袋中回想着四天前来这里的中冈所说的话。

赤熊温泉发生的事并不是自杀,也不是意外——他如此暗示,也就是说,那是谋杀,而且他怀疑被害人的妻子与这起谋杀有关。

太荒唐了。第一次听说时,他这么认为,而且断定这种可能性并不存在。

但是,随着时间的流逝,他渐渐觉得似乎太早认定这种想法是荒诞无稽的。

那天对中冈说,因为在户外,所以需要大量硫化氢气体才能致死,但仔细思考后，发现并没有这种必要。如果按照中冈所说的方法，让被害人睡着，只要在他头上套一个塑料袋，然后在塑料袋中产生硫化氢即可。由于浓度是关键，所以即使塑料袋内只有少量硫化氢也能够使人中毒身亡。在确认被害人死亡后，再用塑料袋将产生硫化氢的液体和容器封起来，丢弃在其他地方。虽然需要全程都戴上防毒面具，但使用这种方法并不需要穿化学防护衣。

青江之所以会有这种想法，是因为赤熊温泉事故太让人匪夷所思，让他始终耿耿于怀。

当地的确是释放硫化氢气体的活跃地区，但正如之前对中冈所说的，难以想象会发生导致死亡事故的"不幸偶然"。

还有另一件事，他难以理解被害人夫妻为什么会去那个地方。虽然当事人说是没发现瀑布走错路了，但走进这种兽道，难道不觉得奇怪吗？而且忘了带相机电池，只有被害人太太返回旅馆也很奇怪。如果是自己，至少会和妻子一起回到登山道入口。

如果这一切都是被害人太太所策划，一切就有了合理的解释。

但是，这个推理也有牵强之处。虽然中冈说，是用安眠药让被害人昏睡，但怎么可能刚好睡在那个地方？

果然是自己想太多了吗？他的思考每次都回到原点。

"教授。"背后传来声音，他吓了一跳，转过头发现奥西哲子板着脸站在那里，戴着眼镜的镜片好像闪出了一道光。

"怎么了？突然叫这么大声，吓了我一大跳。"

"我才没有突然叫你，刚才已经叫了好几次。"

"哦？是吗？不好意思，我没听到。"

"不是没听到,而是不想听吧。每次要讨论考卷的事,你都心不在焉。"奥西哲子瞪着他。因为她很瘦,所以脸上的皱纹比同龄的人更多,尤其眉间有很多皱纹,看起来总像是在生气。

"不是你说的那样,而是因为我信任你。"

"但我也不能擅自交上去啊,虽然你会觉得很无聊,但还是请你配合一下。"

"好,知道了,知道了。"

他低头看着奥西哲子手上的资料夹。

"请写出地球大气成分的化学式,其中哪一个会引起温室效应?浓度最高的成分又是什么?……这样可以吗?"

"嗯,很好啊,"青江抓了抓眉毛,"很不错的陷阱题,如果学生脑袋不清楚,可能会写二氧化碳。"

二氧化碳是对地球暖化影响最大的成分,但浓度最高的是 H_2O,也就是水蒸气,水蒸气也会造成温室效应。

"接下来是第二题,将零点一五克甲苯加入内径一点六毫米、长五十毫米细管的扩散软管内,将扩散软管设置在三十五摄氏度的恒温槽内,设置扩散软管的槽内加入零点五——"

奥西哲子念到这里时,桌上的电话响了。她叹了一口气,接起了电话。

"喂……是,没错……啊?"她皱着眉头,看向青江,"对,他在……好的,请稍候。"

"怎么了?"青江小声问。

奥西哲子按着电话,一脸严肃地看着他。

"报社打来的,说有事想要请教你。"

"报社?哪一家?"

"北陆每朝。"

那是地方报。青江心头掠过不祥的预感:"到底是什么事?"

"嗯,"奥西哲子舔了舔嘴唇,"L县苫手温泉好像发生了硫化氢中毒事故。"

一个个子娇小的女人等在苫手温泉车站,年纪四十五六岁,短发、戴着眼镜,看起来像是很亲切的大婶。车站内没有其他像是青江要找的人,所以她应该就是姓内川的记者。

虽然还有其他乘客走出检票口,但对方似乎也立刻发现了青江,跑了过来。

"请问是青江教授吗?"

青江回答:"是。"她深深地鞠了一躬。

"谢谢你远道而来,我是北陆每朝新闻的内川。"

她拿出了名片,青江也递上了自己的名片。

"请问接下来有什么打算?听说你已经订好了旅馆,要不要先去旅馆?"

"不,我想先去看现场,现在刚好接近事故发生的时间。"

"好,车子等在外面,我带你去。"

走出小车站,一片白雪茫茫的风景中,有一个小型环岛,原本停在角落的出租车开了过来,停在他们面前,车上亮着"包车"的灯。

"请上车。"内川说。青江上了车。

跟着上车的内川对司机说:"那就请你去我刚才说的路线。"她似乎已经猜到青江想要先去察看现场。

"看报纸上说,现场已经被列为禁止进入区域。"出租车出发后,青江说。

"对,我也向观光振兴课的人了解了情况,他们也完全没有想到会发生这种事。"

"之前有没有测量过硫化氢的浓度?"

"听说有定期测量,但之前很注意气体容易聚集的室内,完全没有想到户外。"

"原来是这样。"

青江看向车窗边,道路两旁出现了白色的雪墙,雪墙的后方有零星的民宅。

青江昨天接到内川的电话得知,两天前,苦手温泉发生了中毒事故,造成一名来自东京的观光客死亡。负责采访这起事故的内川在赤熊温泉的报道中得知了青江,所以打电话给他。

她想请教青江关于这场事故的原因,青江回答说,目前无法明确回答。因为他没有去过苦手温泉,也不了解现场的状况,当然不可能发表任何意见。

但内川并没有退缩,她说可以用电子邮件寄送现场的照片,如果需要什么资料,她会想尽一切办法张罗到。虽然声音听起来像是大婶,但强势的作风不愧是记者。

青江说,无法光靠看这些东西进行判断。但是,他对事故本身并不是没有兴趣,他反而很想亲自确认。于是,他就在电话中说:"如果你愿意负担交通费，我可以亲自跑一趟。"

原本以为对方不可能答应，没想到内川立刻兴奋地问："啊？真的吗？"然后说，希望他务必去一趟，她会负责带路。

青江之所以会产生兴趣，当然是因为一直惦记着赤熊温泉的事。他认为分析这次的事故原因，或许对赤熊温泉的对策也会有帮助。

没想到在短短两个月内，接连发生了两起罕见的事故——这是他接到内川的电话时最先想到的事。他猜测今后日本各地硫化氢型的温泉地都需要研拟相关的对策。

出租车沿着狭窄的雪路前进，很快来到一个三岔路口，但左侧禁止通行。一名身穿防寒大衣的警官站在那里。

"请在这里停车。"内川说。司机把出租车停在了路肩上。

内川下了车，走向警官，出示了名片和像是文件之类的东西，不知道在说什么。围着围巾的警官不时看向出租车。

内川走了回来。

"我已经谈妥了，但接下来要走路进去。"

"好的。"

青江下了车，和内川一起走在雪道上。他之前就预料到会有这种情况，所以特地穿了雪靴。之前为了调查赤熊温泉的事故买了这双鞋，没想到在其他地方也派上了用场。

狭小的道路穿越山的斜坡，从被雪覆盖的树木缝隙中可以看到右下方有几栋建筑物，问了内川，才知道那里就是温泉街。

"从刚才的岔路往右走，就通往温泉街。"

"这条路通往哪里？"

"在三月到十一月期间可以通到山的另一侧,但目前因为下雪,所以封闭了。"

"所以继续往前走就不通了吗?"

"不,前面还有岔路,沿着没有封闭的那条路一直走,也可以到温泉街。看目的地在哪里,有时候可能这条路反而比较近。"

前方有几个人影。当他们走过去时,站在最前面、戴着安全帽的男人问:"是报社的人吗?"

"对,今天早上我曾经联络过。"

男人点了点头:"对,我听说了。"

"目前的状况怎么样?"

"没怎么样……并没有什么改变。"

"这是浓度计吧,"青江看着男人手上的仪器,"数值是多少?"

"几乎是零……"男人讶异地回答。

"哦,这位是泰鹏大学的青江教授,我请他来验证一下这次的事故,所以带他一起来。"内川向他说明。

男人难掩困惑的表情,点了点头说:"请多关照。"

青江觉得没必要拿出名片,巡视周围后问:"请问现场在哪里?"

"在前面。"内川说完,又向男人确认,"可以去看一下吗?"

"可以啊,但只能到入口而已。"

"我知道,青江教授,我们去前面。"

"入口是指……"

"去了就知道了。"

走了一段路,看到几个男人在右侧进行作业,似乎正在设置禁止进入的广告牌,旁边是沿着斜坡向下走的小径入口。

"这里是散步道,"内川说,"沿着这条路往下走,就可以到温泉街,所以是快捷方式。"

"是噢……到温泉街的距离是多少?"

"大约一公里。"

"没想到那么远。"青江看向入口深处,路上积着雪,看起来很不好走,"被害人该不会走的是这条路吧?"

"没错,从这里走了三百米左右后倒在地上。"

内川从背包里拿出平板电脑,熟练地操作起来,然后把屏幕出示在青江面前:"这是事故现场。"

画面上是一条被树木包围的小径,内川用手指滑动画面,屏幕上陆续出现了好几张图片。虽然每一张看起来都大同小异,但青江看了之后,了解了大致的状况。那条宽两三米的小径上积着雪,有一定的弯度。因为积雪,比周围高了将近一米,小径旁有一张红色长椅,几乎被雪埋住了。

"从相反方向走过来的人看到他倒在长椅旁,发现者是本地人,每个星期会走这条路好几次。如果没有那位当地人,可能不会这么早被发现。"

"什么意思?"

"因为只有夏天至红叶的季节人们才会利用这条散步道,目前的季节几乎没有人会走这条路,穿普通的鞋子很不好走,所以很难理解被害人为什么会走这条路,而且是单独一个人。"

"被害人的确是从这里走进这条小径的吗?"

"的确是。因为那时候刚下过雪,所以留下了脚印。"

"脚印……"

青江的脑海中浮现雪地上出现脚印的情景,这时,他突然浮现出一个奇妙的想法。

"想请教你一个奇怪的问题,只有一个人的脚印吗?"

"啊?"

"不,我只是在想,那天除了被害人以外,会不会有其他人走这条散步道。"

"哦,"内川点了点头,"所幸并没有其他人,因为听说并没有其他脚印。"

"是吗?"

内川以为青江问这个问题的意思是,如果有其他人走进散步道,可能会造成更多人伤亡,但青江是为了确认其他可能性而问了脚印的问题。他想知道被害人是否有同行者,是否那个同行者用某种方法导致被害人硫化氢中毒。因为之前听了中冈的推理,才会产生这种奇怪的想法,但听到并没有其他脚印,终于松了一口气,因为不需要再继续思考这个奇怪的可能性了。

"你有什么看法?"内川征求他的意见。

"从事故现场的照片来看,现场被树木和雪包围,如果附近产生硫化氢气体,很可能会无法散开。以前没有发生过类似的事故吗?"

"我也向当地人确认了这件事,好像并没有发生过,这条散步道上也从来不曾出现过硫黄的味道。"

"不曾有过吗?太奇怪了。"

"所以我才希望借助教授的专业知识。"内川抬眼望着青江,好像在说,专家怎么可以像普通人一样感到纳闷!

"有这一带地形的详细资料吗?同时我还想知道泉源的分布情况,还要了解和温泉街的位置关系,因为从旅馆的浴池排出的硫化氢气体很可能被风吹来这里。啊,对了,我还想了解当天的天气,如果了解了风向和风速,可以作为参考。"青江把想到的都说了出来。

"好,我晚上之前应该可以张罗齐全,我会送到你住的旅馆。"内川说完,拿出记事本,迅速做了笔记。

他们又在附近察看片刻,坐上出租车回温泉街。

"被害人是男性吧?多大年纪?"青江在出租车上问道。

"我记得……"内川翻开刚才的记事本,"是三十九岁。"

"这么年轻吗?一个人来泡温泉,我还以为他年纪更大呢。"

"有各式各样的人,而且他并没有预约旅馆。"

"啊?是这样吗?"

"我去查了所有旅馆,都没有他的登记信息,可能是独自旅行途中,临时造访这里。"

"临时……吗?"青江回头看向后方,"不知道他是用什么方式去那个散步道的入口,在车站搭出租车吗?"

"应该是吧,因为并没有发现车子。"

"所以,他坐上了出租车,但并没有去温泉街,而是特地从散步道走去温泉街吗?司机先生,有很多这样的游客吗?"

"不,我从来没载过这样的游客。"司机偏着头说,"目前这个季节,只有本地人会走那条路。"

"那被害人为什么会去那里？"青江问内川。

"不知道。"她偏着头回答。

"他的家属有没有说什么？"

"目前还没有联络到他的家属。"

"哦？是这样吗？所以他的尸体在哪里？"

"应该在本县的大学附属医院。解剖之后，可能就先安置在那里。因为联络不到家属，警方也很伤脑筋，正在寻找可以认领尸体的人。"

"他是单身吗？所以只能从他工作关系着手调查，他从事哪个行业？"

"关于这个问题……"内川突然吞吐起来，"不太清楚，根据他身上的名片，似乎是演员。"

"演员吗？"内川的回答令人意外。

"但从来没有听过他的艺名，所以应该根本不红，很可能有什么副业。"

"他的艺名叫什么？"

"呃，"内川再度低头看着记事本，说出了"那须野五郎"这个名字。青江的确没听过，也没看过这个名字。本名叫森本五郎。

青江拿出智能手机，在网络上查了一下，搜索到几条信息，但都很旧了。

网络上还有照片，他把照片出示给内川看："是这个人吗？"

"对，没错，我也调查过了，没见过这个人吧？"

照片也很旧。他的长相很严肃，但的确有几分艺人的潇洒。

"我平时很少看连续剧，跟他们根本就是生活在不同世界的人。"

青江说完，把手机放回口袋时，突然想到了什么。不同世界的人、影视界的人——他记得最近也曾经对另一个人有过相同的印象。

他很快就想了起来。那是从刑警中冈口中听说的,在赤熊温泉死亡的水城义郎是影视制作人。

在短短两个月内,连续有两个影视界的人死亡,而且都是在温泉地吸入了硫化氢气体导致死亡,这真的是偶然吗?

青江想了一下,轻轻摇着头。那当然是巧合而已。对自己来说是不同的世界,但也许影视界比想象中更大,属于这个行业的人遇到相同的事故,应该也不是太不可思议的事。

出租车进入了温泉街,道路两旁是旅馆。由于不是假日,所以人并不多,只有零星几个像是观光客的老年人。

"啊!"青江忍不住叫了一声,因为他看到一张熟面孔从旁边的旅馆走了出来。

"对不起,请停车。"他对司机说道。

"怎么了?"内川问。

"不,呃……"他不知道该怎么说明,凝视着那个人。

果然没错,就是那个年轻女子。之前在赤熊温泉时,曾经住在同一家旅馆内的年轻女子。她和当时一样,穿着有帽子的防寒外套,戴了一顶粉红色毛线帽。

"怎么了?"内川再度问道,"是你认识的人吗?"

"不,其实也不算是认识……"

青江的目光追随着那名年轻女子,她走进了隔壁那家旅馆。

"呃,请问我住的旅馆在哪里?"

"就在前面,"司机指着前方,"你看,就在那里,挂着招牌的那一家。"

青江也看到了招牌，点了点头，看着内川说："那我就在这里下车，我走路过去。"

"没问题……等我把所有资料都搜集齐全，再和你联络。"

"好，那就麻烦你了。"

目送出租车载着内川远去后，青江看着年轻女子走进的那家旅馆。她住在这里吗？

没想到她再度出现在旅馆门口，板着脸走了出来，看到青江后，惊讶地停下了脚步。她似乎也记得青江。

青江一时不知道该怎么打招呼，于是说了声："你好。"

"你好。"对方露出了警戒的眼神，也打了招呼。

"呃，你……也去了赤熊温泉，擅自闯进禁止进入的区域，结果还挨了骂。"

"哦，原来你就是那时候……我就在想，好像在哪里见过你。"

"我们常见到啊。"

"是啊。"她冷冷地说完，迈开了步伐。

青江并肩走在她身旁："你在这里干什么？"

"散步。"

"我不是问这个，而是问你，为什么会来这里。"

"我不可以来温泉区吗？"

"为什么来这个温泉区？你不知道这里发生了事故吗？"

她停下脚步，但并没有看青江。

"你果然知道。"

她听到青江这么说，用力瞪着他说："你为什么这么问？"

"因为我很在意，在发生硫化氢中毒事故的赤熊温泉遇到的人，又来到发生了同样事故的这里，我不认为是偶然，当然会产生疑问，为什么会发生这种事。"

她扬起形状很漂亮的鼻子。

"那我也要问你，你为什么在这里？你不是也去了赤熊温泉，又来这里吗？我们不是都一样吗？"

"我来这里是因为受委托来调查事故。"

她皱起眉头问："调查？"

青江从口袋里拿出大学的名片说："这是我的名片。"

"原来你是大学教授。"戴着毛线帽的年轻女子瞥了名片一眼，并没有接过名片，"你看过这里的事故现场吗？"

"我去了现场附近，也看了事故现场的照片。"

"地点在哪里？我听说在散步道上，是在哪一带？"

这次轮到青江皱起了眉头："你也在调查事故吗？"

"如果我回答是，你就会告诉我吗？"

"你为什么要调查这些事？你看起来不像是火山学或是环境化学的学者。"

"因为我有兴趣，这样不行吗？"

"为什么有兴趣？这并不是年轻女子感兴趣的题材。"

"这是每个人的自由，请你把详细的地点告诉我。"

"你为什么想知道？"

"这和你没有关系，拜托你告诉我。"

"正如你说的，是在散步道上。"

"我想要知道更详细的地点。"她似乎有点不耐烦。

青江注视着她好胜的脸,她没有移开视线,直视着他。

"想要请教别人时,首先要自我介绍,这是礼貌啊。你是谁?"

她吐出一口白色的气:"好吧,那我不问了。"她举起一只手,迈开了步伐。

青江对着她的背影说:"我住在前面的'铃屋旅馆'。如果你改变心意,请和我联络,我明天下午就回东京了。"

她不可能没有听到,但并没有停下脚步,也没有挥手。青江叹了一口气,走向相反的方向。

"铃屋旅馆"并不大,是一栋典型的日式建筑。在办理入住手续时,青江突然想到一件事。

"今天有没有一个年轻女子来这里?戴着粉红色毛线帽。"

戴着眼镜的年轻员工眨了眨眼睛:"头发很长……"

"没错,没错,眼尾有点上扬,看起来很好强。"

男员工笑着点了点头:"对,有来过。"

果然没猜错。刚才在出租车上时,看到她从一家旅馆走出来,立刻又走进了旁边那家旅馆。她似乎正在逐一清查这里的每一家旅馆。

"她有没有问什么?"

"有,她拿出一张年轻男人的照片,问那个年轻男人最近有没有来这里。因为我没见过,所以就照实回答了。"

和赤熊温泉时一样,她也曾经问了被害人住宿旅馆的老板娘相同的问题。

到底是怎么回事?和事故到底有什么关系?

走进房间后，他换上了旅馆的浴衣，去大浴场泡了汤，有硫化氢温泉特有的味道。以前曾发生过客人因长时间泡澡而中毒，目前规定每家旅馆必须充分做好排气和换气，所以不必担心。

窗外飘着雪，泡着温泉赏雪——如果告诉奥西哲子，她一定会斜眼瞪自己，觉得这种打工太奢侈了。青江当然完全不打算告诉她。

回到房间后，青江接到了内川的电话。她已经搜集好所有的资料，马上就会送来旅馆。青江和她约好之后，挂了电话。

晚餐从七点开始，他在晚餐前和内川约在大厅见面。她递上的大信封中，有温泉附近的地形图、记录泉源位置的地图、事故现场和周围的照片，以及当天的气象资料，还有到目前为止，记录了各处硫化氢浓度的数据。青江不由得感到佩服，在短时间内竟然能够搜集得这么齐全。

"谢谢你，我会参考这些资料后好好研究一下。"

"那就麻烦你了。"

内川鞠躬后，恭敬地道了谢，才离开旅馆。

他直接去餐厅吃完晚餐后回到房间，虽然旅馆的人已经为他铺好了被子，但他折好被了，推到墙边，把桌子移到房间中央，把内川刚才给他的资料摊在桌上。

他首先打开地形图，调查了当天风的情况。硫化氢比空气重，容易流向地势较低的地方，然后积在那里，但如果风很大，情况就会有所不同。根据气象资料，当天几乎没有风。

既然这样，从温泉街排出的硫化氢被风吹到现场附近的可能性很低。他也确认了泉源的位置，但都离现场很远。

青江看着地形图,抱着双臂。散步道附近并没有泉源,很难预测火山气体会从哪里冒出来。极端地说,可能从任何地方冒出来。因为地面只是泥土而已,无法完全阻隔气体。也许散步道旁有喷出大量火山气体的点,但问题是该如何找出这个点?

最好做一个模型,青江想道。只要做一个忠实还原现场附近地形的模型,然后把模型放进水箱,用比重比水重的染料代替硫化氢,就可以确认到底以怎样的方式扩散。一旦了解了气体在事故现场停留的条件,或许可以推测出火山气体扩散的地点。

但他又想到了新的疑问。目前地面被雪覆盖,积雪是不是会阻隔火山气体的扩散呢?

他想通过喝啤酒来转换一下心情,正打算伸手拿电话叫客房服务时,电话铃声响了。他接起了电话。

"不好意思,打扰您休息了,这里是柜台。"电话中传来一个男人的声音,应该就是下午办理入住手续时负责接待他的男性员工。

"有什么事吗?"

"是,那位年轻女子来这里,说想要见您,我可以告诉她您的房间号码吗?"男性员工小声地问。

"那位年轻女子……哦,是粉红色帽子。"

"是的。"

青江很惊讶,虽然告诉她自己住的旅馆,但并没有想到她真的会找上门。

"没问题,请她来我房间。"

"好的。"男性员工挂了电话。

穿着浴衣和棉袍的青江急忙换了衣服。下午对她说是来这里做调查的,可不希望被她误会是来泡温泉的。

他把揉成一团的浴衣塞进壁橱时,敲门声响起了。青江打开门,那名年轻女子站在门口,脸上几乎没有表情。她没有戴帽子,可能放在防寒外套的口袋里。

"请进。"青江说。

年轻女子探头向房间内张望后问:"你一个人吗?"

"当然。请进。"

她走了进来,脱下靴子。一走进房间,立刻快步走到桌子旁坐下,她发现了桌上的资料。

"哦哦,没有交换条件,不能随便给你看。"青江急忙收起资料。

她瞪了青江一眼,眼神立刻放松下来:"我有事要拜托你。"

"我想也是,否则你不可能来这里,但在拜托之前,你要不要先自我介绍?"

她从口袋里拿出一张纸,用没有感情的声音说:"交换名片。"

"你刚才不是不愿收下吗?"

"我改变心意了。"

"还真霸道。"

青江把自己的名片交给她,接过的纸上用手写着"羽原圆华"的名字,还标了读音"u-haramadoka",下面写着手机号码。

"这是真名吧?"

她从皮夹里拿出信用卡,递到青江面前。信用卡上的确写着"MADOKA UHARA",看起来不像是假的。

"好,现在知道你的名字了,但这称不上是自我介绍吧?自我介绍要说自己在哪里、做什么。你是做什么的?学生吗?读哪一所大学?"

羽原圆华摇了摇头:"我不是学生。"

"那你做什么工作?可别说你无业噢,这种人申请信用卡不会通过审核。"

"我无业。"

"我不是——"

"我没骗你,这张卡是我爸的附卡。"

竟然用这一招。青江很想咂嘴。

"那你爸爸是做什么的?"

"医生。"

"叫什么名字?在哪家医院?"

羽原圆华听了他的问题,板起了脸。

"自我介绍时,一定也要同时介绍父亲的情况吗?"

青江说不出话来,他想不出该如何反驳。

羽原圆华脸上的表情稍微放松了。

"你刚问我在哪里、做什么,我可以回答这个问题。我在找人,为了找人,所以去了很多地方。"

"是个年轻男人吧?"

她挑了一下眉毛:"你知道?"

"我听赤熊温泉的老板娘说的,还有这里的柜台人员。听老板娘说,对方是你朋友。"

她拿出智能手机,迅速操作后,把屏幕对准了青江。屏幕上露出笑容的男人二十岁左右,看起来很瘦。

"他是我很重要的朋友,我无论如何都要找到他。"

"为什么?难道他失踪了?"

"嗯,就是这样,所以希望能够得到你的协助。"羽原圆华露出严肃的眼神,她这句话中难得充满了感情,青江觉得听起来不像是信口开河。

"我要协助你什么?如何协助?你想拜托我什么事?"青江姑且问道。

"教授,你不是在调查那起事故吗?所以可以去现场吧?"

她突然叫青江教授,青江有点不知所措:"现场……"

"就是事故现场,你不是去过了吗?"

"不,我并没有去现场,只去了入口。因为那里禁止进入。"

"但他们委托你调查——"

青江伸手制止她说下去,摇了摇头。

"委托我调查的并不是警察或是公家机关,而是报社,所以我并没有任何特权,当然也不可能进入禁区。"

"……原来是这样。"羽原圆华难掩失落。

"如果我可以进入禁区,你想干什么?"

"当然是希望你带我一起进去。你是大学教授,带助理或学生去也很正常。"

青江注视着她小巧的脸庞。

"为什么?你的目的不是要找失踪的朋友吗?和硫化氢事故有什么关系?"

羽原圆华撇着嘴，从鼻孔吐着气："不好意思，不能告诉你。"

"为什么？"

"我不是说了，不能告诉你吗？而且和你没有关系，完全没有任何关系。"她用令人讨厌的口吻说完后，指着装了资料的信封说，"这个给我看一下。"

青江抓住信封说："如果你愿意告诉我详细情况，我可以给你看。"

"你听了不会有任何好处。"

"不，满足好奇心是很大的好处。"

羽原圆华很不耐烦地叹着气，抬头看着墙上的时钟。青江也跟着看，时钟指向九点半。

"我刚才看到有照片。"她嘟哝道。

"照片？"

"那是不是现场的照片？我看到有长椅，红色的长椅。"

"那又怎么样？"

羽原圆华没有回答，站起身来准备离开，青江慌忙追了上去，抓住了她的手臂："你等一下。"

"好痛，放开我。"

青江松开了手："你想干什么？"

她摸着刚才被握住的部分："我没有义务回答吧？"

"你该不会打算现在去现场吧？"

她没有说话，青江确信他猜对了。她打算进入散步道去找红色长椅。她刚才看时钟，猜想这么晚了，应该已经没有人守在那里。

"别乱来，那里是禁区，而且那里虽然是散步道，但晚上很危险。"

"别管我,难道你打算报警吗?"

"我虽然不会这么做……"

"谢啦。"羽原圆华说着,开始穿靴子。青江急了,不能让她这样去散步道,不仅是因为危险,更觉得如果现在让她离开,可能以后也无法再见到她了。如果无法再见面,他极度膨胀的好奇心就永远无法得到满足。

"等一下,你等一下。"

已经穿好靴子的她一脸讶异地转过头。

"好吧,我给你看资料。虽然我很想知道详情,但今天先忍耐一下,所以请你再进来吧。"

无论如何,要先卖人情给她。

"不用了,"没想到羽原圆华很干脆地回答,"我已经穿好鞋子了,再见。"说完,她伸手去握门把。

"等一下,你等一下。"青江用手按住了门。

她皱起眉头:"这次又有什么事?"

"我去……我和你一起去。年轻女孩单独去太危险了,如果你不同意,我就报警。怎么样?"

羽原圆华露出夹杂着困惑和犹豫的表情,青江很庆幸她并没有露出不高兴的表情。

她终于动了动嘴唇说:"那你赶快准备。"

散步道靠温泉街那一侧的入口也挂着大大地写着"禁止进入"的牌子,还拉起了封锁线。

青江用手电筒照亮了散步道,小声嘀咕道:"惨了。"

· 101 ·

"怎么了?"羽原圆华问。

"刚才不是下过雪吗?散步道上有积雪,我们走进去的话,会留下脚印。"

"有什么关系?没有人知道是我们留下的脚印。"

"但有人进入禁区,可能会引起风波。"

"没关系。"羽原圆华完全不介意,走进了散步道,雪地上清楚地留下了她靴子的脚印。青江虽然很担心,但也跟了上去。

没有风,散步道上静悄悄的,只听到两个人踩在雪地上的声音,放眼望去,只看到被白雪覆盖的树木,周围一片雪白,手电筒的光照得比想象中更远。暗夜中的雪景充满幻想的味道。

"没想到这么远。"青江走了二十分钟左右时说道。

"是啊,但死去的那个人也是走的这条路吧?"

"不,被害人好像是从相反方向走过来的。当时也刚下过雪,听说散步道上只有被害人的脚印。"

"相反方向?他是怎么去那里的?搭巴士之类的吗?"

"好像不是,唯一的可能应该是搭出租车,但我搭的那辆出租车的司机说,没有客人会在那种奇怪的地方下车。"

青江和羽原圆华说这些事时,再度对这件事产生了疑问。被害人为什么这么做?从相反方向走进散步道,到底有什么意义?

但他更在意羽原圆华的朋友,那个朋友到底和硫化氢事故有什么关系?

他的脑海中掠过一个想象,该不会是她朋友造成了两起事故吧?果真如此的话,就可以合理解释她为什么会到事故发生的地方来找她的朋友。但是——青江本身具备的专业知识立刻否定了这样的猜想。不可能。因为这并非人为造成的事故。刑警中冈说的那种强硬方式或许有可能引发赤熊温泉的那起事故,但这次并不可能。被害人独自走进散步道,现场也只有一个人的脚印。这又不是本格推理小说的情节,他想不到任何方法可以在雪地上行走,却不留下脚印。

"是不是那个?"他正在思考这些事,听到羽原圆华这么说道,然后把自己的手电筒照向前方。青江也看向那个方向,但并没有看到长椅。"在哪里?"他问道。

"那里啊,你看。"她稍微加快了步伐,青江也跟了上去。

散步道呈现一个弯道,略旁有一个长方形的雪块。羽原圆华停在雪块前,用戴着手套的手拨开了雪,露出了长椅的椅面,椅背也露了出来。

"真的耶,盖了这么厚的雪,你竟然还看得出来。"

青江觉得如果是自己,恐怕会错过。

"小事一桩,我只是事先想象了椅子的状态。"羽原圆华说完,用手电筒在周围照了好几次,最后让手电筒的光停在上方的斜坡上。

"你在干什么?"青江问。

"嗯……我在找气体从哪里冒出来。"

"应该是从上面,硫化氢比空气更重,如果是夏天,即使气体从地面喷出来,也会马上扩散。"

"因为地热的作用,产生了上升气流,对不对?"

羽原圆华一派轻松地回答,青江忍不住看着她的侧脸。

"你了解得真清楚,完全正确。而冬季时地面温度低,没有风的日子,空气几乎不会流动,所以气体都会向地势低的地方移动,聚集在洼地之类的地方。"

她一脸不悦地小声嘀咕:"所以才挑选目前的季节。"

"挑选？什么意思？"

"没什么。"她皱着眉头，抓了抓戴着毛线帽的头，"教授，你有没有听说关于被害人的情况？"

"什么情况？"

"任何情况都可以，地址、姓名或是职业。"

"哦，我听说了他的名字和职业，好像是一个不红的演员。"

"演员？"羽原圆华的双眼似乎亮了起来，"叫什么名字？"

"呃，好像是叫那须野五郎。"

她重复了这个名字后又问:"还有呢？"

"我只听说了这些，还有警方因为找不到人来认领尸体，所以觉得很伤脑筋。"

"是噢。"她的表情明显感到落寞。

"你为什么会在意被害人的事？和你失踪的朋友有什么关系？"

她露出冷漠的眼神看向青江:"你不是说要忍耐吗？"

"啊……"

"虽然很想知道详情，但今天先忍耐一下，难道这句话是说谎吗？"

"不，当然不是说谎。"

"既然这样，就不要问了啊。"羽原圆华转过身，说了声，"走吧。"然后迈开了步伐。

她默默地沿着来路往回走。青江脑海中浮现了很多疑问，但并没有说出口，一方面是因为刚才答应她不问，另一方面更因为羽原圆华的后背发出了让他无法问出口的力量。

他们回到了入口,青江回头看着散步道,叹了一口气。雪地上清楚地留下了他们的脚印。

"明天早上有人看到就惨了。"

"别担心,"羽原圆华说,"很快就会下雪。"

青江仰头看着天空,发现了闪烁的亮点:"有星星啊。"

"那只是现在而已,"她断言道,"半夜十二点多就会下雪。"

"你怎么知道?"

她没有回答,走向温泉街。

青江和羽原圆华在"铃屋旅馆"前道别,青江说要送她去住宿的旅馆,但她语气坚定地拒绝了。青江不希望被她认为有非分之想,所以并没有坚持。

回到旅馆的房间,换了浴衣后,他再度看那些资料。因为去过现场,所以更能够把握各种数值代表的意义,但他还是忍不住在意羽原圆华的事,迟迟无法专心。

他不经意地看向窗外,发现外面开始下雪。青江看了手表,指针指向零点零五分。

12

"谁啊?"按了门铃后,对讲机内传来冷漠的应答声。

"我是公所的人,矢口先生,可不可以请你开门?"中冈努力用开朗的声音说道。

"公所？有什么事？我正在忙。"

"不会占用你太多时间，一下子就好，麻烦你了。"

对讲机中传来咂嘴的声音，但似乎打算开门了。中冈嘴角上扬，等待门打开。因为门上有猫眼监视器。

随着打开门锁的声音，门打开了，身穿运动衣的瘦男人一脸讶异地探出脑袋，年纪大约三十岁。

"有什么事？"他皱着眉头问道。

"你是矢口直也先生吗？"

"是啊。"

中冈微微鞠了一躬，亮出了警察徽章："谢谢你愿意开门。"

矢口脸色大变："警察？"

"对，警局也算是公所啊。"

"我什么都没做啊。"他的神情很紧张。

"我知道，只是有几个问题想要请教一下，我可以进去吗？"

"不，这个……"矢口似乎很在意屋内的情况。

"喂，你在干吗啊？"这时，屋内传来女人慵懒的声音，"你门开着很冷啊。"

"少啰唆，闭嘴。"矢口对着屋内说道。

中冈忍不住苦笑："原来你有客人，真不巧啊。"

"对不起，可以去其他地方谈吗？"

"好啊，当然。"

十五分钟后，中冈和矢口在附近的一家咖啡店面对面坐了下来。

"你认识水城千佐都女士吧？她以前的花名叫伶香。"

"认识啊……"矢口的脸上露出了警戒的表情。

"听说你们认识很久了，在银座的'红'一起工作了超过五年，下班之后也经常一起去喝酒。"

矢口慌忙摇着手。

"我们并没有特殊的关系，只是因为我们都是新潟人，所以很聊得来而已。虽然有一起去喝过酒，但并不是两个人单独去，如果和'红'的女孩子交往，马上就会被开除。"

"是吗？太奇怪了，因为有人看到你们在假日的时候见面。"

矢口惊讶地张了张嘴，连续眨了好几次眼睛。

"只有一次而已，她叫我陪她去买东西，去选送给客人的礼物。她买了一条领带，真的，没骗你。"

"好吧，姑且当作是这么一回事。"

"我没骗你，伶香怎么可能看得上我这种贫困潦倒的人？"矢口嘟着嘴说。

"好吧，那我相信你。也许你们没有特殊的关系，但至少关系很不错吧？否则她怎么可能找你陪她去逛街买东西呢？听说她结婚之后，你们也经常见面。去年年底之前在'红'上班的小姐说，是你这么告诉她的。"

"没有经常见面，而且最近完全没有见面，甚至没有联络。"

"最后一次见面是什么时候？"

"呃，是什么时候呢？"矢口微微偏着头，"好像是一年前，也差不多是目前的季节。"

"是你找她的吗?"

"才不是呢,她说想要和我见面,但我们只是见面而已,甚至没有吃饭。"

"是吗,当时聊了什么?"

矢口的眼神飘忽之后,小声地回答:"我不记得了。"

"伶香没有事,却找你出来干吗?结果你们没有一起吃饭吗?"矢口低头不语,中冈瞪着他继续说道,"我说矢口先生,刑警上门问你这些事,通常手上已经掌握了相当的证据。我不是说了吗?我曾经向你们店里的小姐了解过情况,你只要把告诉她的事也告诉我就好了。"

矢口抬起头:"她只是有事问我而已。"

"嗯,所以你只要把她问你的事告诉我就好。反正有足够的时间,你可以慢慢回想。要不要先喝口咖啡?咖啡都冷了。"中冈拿起了自己的咖啡杯。

矢口喝了一小口咖啡后,略带迟疑地张着嘴。

"她要我告诉她暗网的网址。"

"暗网是什么?"

"就是暗黑网站啊。"

"就是所谓的地下网站吧。"

矢口点了点头,用手背擦着嘴巴。

"以前聊到这个话题时,我曾经说过大部分网站都不可靠,但我知道一个值得信赖的网站,她记住了我说的这句话。"

"她有没有告诉你,她为什么想知道这个?"

"她说是她老公叫她打听的。"

"她老公？"

"她老公做影视方面的工作，好像打算拍一部以暗网为主题的电影，想调查一下这种网站的实际情况，所以问伶香知不知道那方面的事。"

"所以你告诉她了吗？"

"对。"矢口轻轻点了点头。

"你现在知道那个网址吗？"

矢口从口袋里拿出智能手机，操作了几下，把手机屏幕对着中冈。中冈在记事本上记下了上面的网址。

"你相信她说的话吗？真的是她老公问她的吗？"

"我觉得听起来像说谎，但我觉得不要问太多比较好，所以就没有追问。"

"你觉得她真正的目的是什么？"中冈问道。

矢口偏着头回答说："这就不知道了。"

"那个网站主要委托什么工作？"

"不清楚。"矢口再度掩饰道。

矢口伸手想拿咖啡杯，中冈一把抓住了他的手，扭住他的手指。矢口的脸扭曲起来："好痛……"

"别再给我装糊涂了，你应该很了解那个网站吧？你刚才不是说，只有那个网站很可靠吗？"中冈说完，才松开他的手。

矢口摸着自己的手说："是见不得人的工作，那个网站里的人，只要付钱，什么事都愿意做。"

"杀人吗？"

矢口舔了舔嘴唇，露出迟疑的表情："虽然没有明确写，但也有些委托一看就知道是这种内容。"

"原来如此。"中冈喝了一口咖啡，"你知道水城义郎……她老公死了吗？"

矢口点了点头："我听说了传闻，好像是去温泉区时死了。"

"你听到之后有什么想法？"

"什么想法……"

"你可以实话实说，反正没有别人听到，不必担心，我不会告诉伶香。"

"既然这样，那就……"矢口用手指拨了拨头发，"我觉得她成功了。"

"成功了？什么意思？"

"我猜想她可以得到一大笔遗产，她原本就是为了钱而结婚的。不是啦，是她自己这样告诉大家的，是真是假就不知道了。"

"是吗？"中冈喝完了咖啡，"你说最近没有和她联络，没骗我吧？"

"我没骗你。"

"之后会和她联络吗？"

"不会，我想应该不会。"

"是吗？"中冈点了点头，拿起桌上的账单，站起来之前问矢口，"为什么你能够如此断言？"

"啊？"

"那个地下网站。在许多不可靠的网站中，只有那一个可以信任，不是吗？你怎么知道？你不要说什么是听别人说的这种一戳就破的谎言，否则会给你带来更多麻烦，你要老实回答。"

矢口的太阳穴跳动着。

"看来你曾经利用过。"

听到中冈的问题,矢口回答说:"只有一次。"

"你委托吗?还是受委托?"

"受委托。"

"什么时候的事?"

"两年前,因为我临时需要钱……"

"你干了什么?杀人吗?"

"怎么可能?"矢口瞪大了眼睛,"是搬运行李,开车把在葛西的行李运到名古屋,名古屋有人接应,只要把东西交给那个人,就可以领到钱。"

"什么行李?"

"两个纸箱。"

"里面是什么?"

"我没看,因为对方交代绝对不可以看。"

"纸箱有多大?重量呢?"

"差不多这么大。"矢口双手张开一米左右,"分量很重,一个可能超过二十公斤。"

"你拿到多少钱?"

"十万日元。"

中冈猜想纸箱里装的应该是被截成一段一段的尸体,而且应该是谋杀的尸体。只要让在地下网站雇用的好几个人分别遗弃尸体,即使尸体被人发现,警察也很难通过遗弃途径查到凶手。

"在东京和名古屋之间跑一趟就有十万日元吗？挺好赚的嘛，但这种行为违反了货物汽车运送事业法。"

"对不起。"矢口缩起了身体。

"别担心，忘了今天和我见面的事，我也会忘了这件事。"中冈站了起来，拍了拍矢口的肩膀说，"没问题吧？"

"是，当然，是，谢谢。"

矢口缩起脖子点着头，中冈走向了收银台。

走出咖啡店，他一边走，一边回想着刚才的对话。矢口的违法行为背后可能隐藏着杀人命案，但要追踪两年前运送的纸箱恐怕很困难，更何况这是在其他分局的辖区内发生的事，和中冈没有关系。

问题在于水城千佐都，她想要知道地下网站的网址到底有什么目的？

正当他在想这些事时，口袋里的手机振动起来。一看到来电显示，他立刻撇着嘴接起了电话："喂？"

"你又混哪里去了？"电话中传来成田股长不悦的声音。

"我在追查赤熊温泉事件的线索。"

他在秘密侦查水城千佐都之前，曾经征求过成田的同意。

"你还在查那起案子吗？"

"我才刚开始查没多久啊。"

"大学的教授不是对你说，没有谋杀的可能吗？我劝你别耗费太多时间。"

"我有做好其他工作啊。"

"这样很好，但又有新工作了。有人在六本木的KTV打架，被打伤的人伤势严重，打人的家伙逃走了。目前人手不够，你去支援一下。"

"知道了。"

问了详细位置后，中冈挂了电话，刚好有一辆出租车驶来，中冈举起了手。

在前往现场的途中，中冈的意识仍然围绕着赤熊温泉的事，他越调查，越发现那不像是一起单纯的意外。

死亡的水城义郎老家是千叶的望族，父亲经营多项不同的事业，其中一项是广告业，水城在大学毕业后，曾经进入那家公司工作。他在公司制作广告，之后正式参与影像制作，在三十岁时自立门户，曾经制作了多部电影，其中有好几部电影的票房收入在排行榜上名列前茅。水城也亲自企划了不少故事和角色，在周边商品和书籍的著作权方面的收入也很丰厚。虽然不知道详细的数字，但他的资产不会低于五亿日元。

正如水城三善在信中所写，他曾经结过两次婚，两次都不到一年就和太太离了婚。他没有小孩，在两年前第三次结婚之前，都独自住在大豪宅内。

虽然他无法建立幸福的家庭，但在电影界获得了崇高的地位。

他具备真材实料的慧眼，但也是十足的生意人——这是认识水城义郎的人共同的意见。

对于有才华的人，即使是默默无闻的年轻导演，他也会积极起用。而即使是已经有成就，也很有名的导演，只要他认为缺乏新鲜感，就会毫不犹豫地拒绝继续合作，也因此和不少人交恶，但水城完全不在意这种事。

他在题材方面也毫不妥协，对追逐流行的作品不屑一顾，更别说是重拍的电影，只要有人提出这种企划，就会激怒他。

不知道是否因为这种个性带来的负面影响，这十年来，他都没拍什么大片子，但中冈从几个电影人口中打听到令人在意的消息。

水城最近不时说"要拍一部让世人叹为观止的电影"，虽然没有人知道具体内容，但有一名导演说："他不是那种会因为面子或是夸张而说这种话的人，既然他这么说，一定已经有了特别的企划。"

水城虽然是这种人，但似乎被千佐都冲昏了头脑，他向周围人发下豪语，无论如何都要把她弄到手，他也真的做到了，但他似乎知道并没有得到她的爱，曾经用"她看上了我的财产，我用钱买到了千佐都这个女人"这番话来评论自己的婚姻。这些情况和水城三善信中所写的完全相符。

水城千佐都是新潟县人，高中毕业后来到东京，一开始在六本木的酒店上班，但很快就转去银座。"红"是她在银座的第二家店，在店里的花名叫"伶香"。

关于换去银座的理由，千佐都曾经对交情不错的小姐说："因为我想认识有钱的老头儿。"六本木的客人也有不少有钱人，但年纪都很轻，所以并不符合她的要求。

"如果对方太年轻，当他变成老头子时，我也变成老太婆了，老人照顾老人太辛苦了。既然同样都要照顾老人，不如趁自己年轻的时候照顾。当对方死了之后，自己的年纪还可以充分享受人生，而且可以用继承的遗产无忧无虑地过日子，难道不觉得这样很棒吗？"

"听到她这么说，我觉得很有道理。"中冈找到的那位酒店小姐这么说。

虽然搞不懂千佐都为什么会建立如此极端的人生计划，但听说她遇到单身有钱的年老客人，就会积极展开攻势。只不过她并不会露骨地卖弄风骚，而是不经意地关心和体贴对方，而且会让对方明确地感受到。

在经历过几个客人之后，最后遇到了水城义郎。水城第一次来店里就对千佐都一见钟情，之后经常去店里捧场。千佐都也掌握了他的财产情况，认为他是理想的对象。

他们认识了几个月后结了婚，让周围人跌破了眼镜，但千佐都始终如一的态度也让"红"的大部分员工感到叹为观止。

这种事并不稀奇，年轻女子因为金钱而嫁给年长男人的事时有所闻，年迈的丈夫比妻子早死的可能性很高，即使是为了金钱而结婚，对年轻妻子来说，只要等到那一天，就可以继承所有遗产，而杀人所冒的风险太大了。

但在水城千佐都的案例中，有一个无法忽略的事实。那就是如水城三善所说，在案发的三个月前，水城义郎曾经买了好几个保险。某家保险公司的保险员说："水城先生起初不怎么愿意，但最后觉得自己万一有什么三长两短，让年轻的太太吃苦就太可怜了，所以最后才签了约。"

保险金总额超过三亿日元，虽然是高额保险，但目前所有的保险公司都没有对事故起疑心。

虽然越调查越觉得可疑，但同时又觉得怎么可能做得如此明目张胆？那简直就像是故意引起别人的怀疑似的。

中冈去了赤熊温泉，当地的警察几乎已经认定是意外，县政府环境保全课的矶部也在为防止意外再度发生伤透脑筋。

但是,水城夫妇投宿旅馆的老板娘提供了重要线索。

水城夫妇这次前往温泉旅行是妻子千佐都提出的,水城义郎甚至根本不知道赤熊温泉这个地方。

中冈努力寻找谋杀的可能性,但即使他这个外行人,也知道无法预测火山气体的浓度会在什么时候、什么地点变得特别高,于是想到了人为制造硫化氢气体的方法。虽然被泰鹏大学的青江彻底否定,但他至今仍然没有放弃。

他无法忘记在调布的老人公寓遇见水城千佐都的事。

请你彻底调查,直到满意为止——千佐都带着满脸自信的笑容这么对他说。

中冈确信,那并不是无辜者的表情。

13

咚咚咚。青江正在看研究生的报告,听到了敲门声。"请进。"他回答后,门打开了,奥西哲子走了进来,手上拿着大信封。

"你在忙吗?"

"也不算忙,我正在看这个。"他指着报告。

"哦,原来是他的……"奥西哲子挑着眉毛问,"怎么样?"

"我有点惊讶。我觉得以前在哪里看过这篇文章,结果发现完全照抄了我以前在专业杂志上写的内容。你应该也已经发现了吧?"

"我当然发现了啊，但我觉得还是由青江教授直接提醒他比较好。"

青江重重地叹了一口气。

"他为什么会这么做？难道他以为把抄袭的论文给被抄袭者看，还能够蒙混过关吗？"

"他应该并不知道原典是你写的，可能有其他人抄袭了你的论文，当作自己的论文发表，结果我们学校的研究生又再度抄袭。"

"啊？"青江张大了嘴，但想了一下后，终于理解了奥西哲子所说的状况，"……原来是这么一回事，所以他是抄袭了别人抄袭的论文。"

"教授，可以请你去提醒他吗？"

"我拒绝，"青江摇了摇手，"这根本是浪费时间，只要告诉他，抄袭被发现了就好。"

"我知道了。"

青江把报告丢进旁边的垃圾桶，问："你找我有什么事？"

"有你的限时邮件。"

"限时邮件？哪里寄来的？"

奥西哲子递上大信封："是北陆每朝新闻寄来的。"

"哦。"青江点了点头，接过了信封，果然不出所料，寄件人是"北陆每朝新闻"的内川小姐。他立刻撕开了信封。

"可能寄了刊登采访报道的报纸，她真有心。"

"因为你协助她调查，这是理所当然的啊。"

"是这样没错啦。"

青江拿出信封内的东西，他果然没猜错，的确是报纸。报纸上附了一张便笺，内川亲笔写着"托教授的福，我完成了报道，特此寄上，万分感谢,日后也请多关照"。

信封内有两份相同的报纸,青江把其中一份放在奥西哲子面前说:"如果你有兴趣,也可以看一下。"

"好啊。"她拿起了报纸。

报纸的其中一页贴了黄色的便利贴,打开一看,在"旧闻重提"的专栏内,介绍了苦手温泉发生的那起事故,在简单说明后,以专家意见的形式介绍了青江的看法。

温泉地附近的所有泥土中,都可能产生硫化氢和二氧化碳,这次事故现场的散步道上方可能也有这种地方。原本被压在积雪下的气体很可能因为某种原因一下子喷发出来,硫化氢比空气更重,在无风状态下,尤其是在地面温度很低的冬天,因为没有上升气流的影响,所以会一直往下沉,最后聚集在地势较低的地方,如洼地。事故现场可能同时具备了这些不良的条件。硫化氢有臭鸡蛋的味道,但并没有强烈的刺激味,多吸几口之后就会适应,人很可能在不知不觉中吸入了过多的量,导致运动神经受创。

青江合上报纸,问助理:"你觉得怎么样?"

"没有特别的问题,我认为是很恰当的见解。"

"问题就在这里。说恰当很中听,但说到底,就是四平八稳的意见。特地去现场察看,却只能发表这种意见,身为专家,我认为太失职了。"

"不需要这么自责,只不过是报纸的报道而已。"

"不,我觉得自己很不中用。我可以对你说实话,这起事故有很多匪夷所思的地方,至今都无法了解原因。"

"是这样吗？"奥西哲子微微皱起眉头，"比方说，有哪些匪夷所思的地方？"

"硫化氢的异味——这篇报道上也提到，就是臭鸡蛋的味道，但这次的现场附近以前从来不曾有过这种味道。只要仔细思考一下就会发现这是理所当然的事，因为不可能在这么危险的地方建散步道。听当地人说，散步道周围草木茂盛，也很少看到野生动物的尸体。如果附近有喷出硫化氢气体的地方，植物的生长情况就会变差，动物也会死亡。你是不是也觉得很奇怪？"

奥西哲子推了推眼镜。

"这样的确有点奇怪，但自然环境可能会急速发生变化，有可能是附近的火山活动产生的影响。"

"我也曾经考虑到这个问题，但我总觉得不是单纯的意外。"

奥西哲子一脸讶异的表情偏着头问："如果不是意外，那会是什么？"

"所以，应该是——"青江原本想说是人为造成的，但最后把话吞了下去，因为目前还不适合这么说，"我认为……不是单纯的意外，而是牵涉更复杂因素的意外。"

"也许吧，但是教授，你在这件事上已经尽了职责，所以是否可以回到原来的工作上？事务局已经来催了，请你赶快完成由你担任主席的那场研究会的稿子。"她戴了眼镜的双眼瞪着青江。

"哦，你是说那个，我知道，我马上就写。"

"请你在明天之前完成。"奥西哲子说完，走到桌子旁，把青江刚才丢进垃圾桶的报告捡了起来，"那我先告辞了。"她转身走向门口。

"等一下,"青江叫住了她,"你知道那须野五郎这个演员吗?"

奥西哲子推了推眼镜:"那须野?"

"五郎。那须野五郎,在苫手温泉去世的被害人,好像是演员。"

奥西哲子摇了摇头:"不知道,没听说过。"

"是吗?果然是这样,好,没事了。"

"那个人怎么了吗?"

"不,没事。我以为你知道,你去忙吧。"

她露出纳闷的表情,说了声:"告辞了。"走了出去。

青江看着门关上后,吐了一口气,跷着双腿,靠在椅背上。他的脑袋思考着太多事情,所以不想写奥西哲子催促他写的那篇研究会的文章。

赤熊温泉和苫手温泉这两个温泉地所发生的事,真的只是意外中毒吗?虽然他在这两起事件中都以专家的身份发表了意见,但自己会不会犯下了很大的错误?他始终无法摆脱这种不安。

有几个原因。刚才对奥西哲子说的是其中之一,但最重要的原因,就是羽原圆华。青江觉得遇见她之后,好像所有的风景都改变了。

她到底是谁?她在找的年轻人到底是谁?为什么她在发生中毒事故的地方寻找那个年轻人?他们两个人和事故有什么关系?如果有某种关系,就代表那并非单纯的意外事故。

两起中毒事故有一个共同点,都是从事影视工作的人遇害。赤熊温泉的是影视制作人,苫手温泉的是演员。原本以为纯属巧合,但因为羽原圆华的出现,令人无法无视这个巧合。

青江打开桌上的笔记本电脑,首先搜索了"那须野五郎",虽然立刻出现了搜索结果,但和之前用手机查的时候一样,没有什么重要的内容。几年前还不时在电视剧中演一些小角色,之后的情况不太清楚。虽然他曾经演过电影,但已经是将近十年前的事了。那部电影名叫《废墟的钟》,但青江根本不知道有这部电影。

他突然想到一件事,就搜索关于这部电影的信息。因为他想到也许和在赤熊温泉发生事故的影视制作人有关。

那个制作人好像叫水城义郎……

他很快查到了电影的资料,在演员表中没有见到这个名字,就连工作人员名单中也没有看到。他顺便看了剧情介绍。电影描写一个失去年幼记忆的女人回到了从小长大的故乡,虽然使用了"人性的尊严到底是什么?"这种夸张的广告词,但青江完全不想看。

他又接着搜索"水城义郎",发现有很多资料,连维基百科都有他的资料。因为方便,他点进了维基百科。

根据维基百科所介绍的信息,水城义郎和那须野五郎不同,他的履历很漂亮。除了电影和电视剧制作人以外,他还曾经担任舞台剧、音乐会和娱乐活动的制作人,和他合作的演员和艺术家也都是知名人物,但他的活动巅峰期只到十年前为止,最近的消息不多,和那须野五郎一样。

调查这种事也没有意义——他正想关掉窗口,突然停下了手。因为他在水城义郎制作的电影清单中,发现了《冻唇》这部电影。

青江在二十年前曾经看过这部电影,这部电影在国外影展中得到大奖,引起了广泛的讨论。在很有地位的有钱人家出生的少年,因为偶然的机会认识了一个倾国倾城的妓女。少年虽然表面上伪装成优等生,却渐渐沉溺于毒品和性爱。剧情本身有点偏激,但充满启发,而且影像唯美，就连对电影一窍不通的青江也觉得是一部出色的电影。

他又去维基百科查了这部电影的资料，制作人栏中的确出现了水城义郎的名字。

原来他曾经制作过那部电影……

青江突然对他产生了亲切感。因为在他至今为止所看过的电影中，那部电影绝对可以列入前三名。

他确认了演员表，心想也许那须野五郎会在那部电影里演一个小角色，但演员表中并没有这个名字。

他又不经意地看向工作人员表，发现导演和编剧是一个叫甘粕才生的人。他以前曾经听过这个名字，就连对电影不太了解的青江也听过，可见是知名的导演。

他看着那个名字时，觉得有哪里不对劲，好像曾经在哪里见过，而且就在刚才见过。

他抱着一线希望，重新回到了介绍电影《废墟的钟》的资料的网页，果然没错，那部电影的导演也是甘粕才生。

青江双手抱在脑后，注视着电脑屏幕。

这到底是怎么回事？纯属巧合吗？虽然那须野五郎和水城义郎之间没有交集，但通过甘粕才生，两个人之间就有了交集。

他决定继续调查这个人物，他在维基百科中输入甘粕才生，按下回车键，很快就出现了甘粕才生的相关内容。他的经历也丝毫不输给水城义郎，三十岁时，以录像带电影导演的身份踏入这个行业，一年后，担任剧场版长篇电影的导演，在国外影展获得高度肯定。之后接二连三拍了多部畅销电影和话题作品，三十六岁时，以《冻唇》一片获得多个奖项。他的作品兼具娱乐性和文学性,曾经被认为是背负着日本电影界未来的标杆人物。

青江看到这里,忍不住感到纳闷。"曾经"这两个代表过去式的字,显示他辜负了这样的期待吗?青江确认了他的作品一览表,发现这十年都没有拍任何电影,《废墟的钟》是他的最后一部电影。

青江想着这些事,继续往下看,忍不住感到惊讶,因为他看到了以下的内容。

"四十七岁时,因家中发生硫化氢意外,我失去了家人,当时的打击让我无心思考电影的事(摘自博客)。"

14

一回到家,立刻闻到了咖喱的味道,青江拎着公文包,打开了客厅的门。

"我回来了。"

就读初中二年级的儿子壮太坐在沙发上玩手机,他没有抬头看父亲一眼,不发一语地站了起来,低头看着手机,走进隔壁自己的房间。

妻子敬子从厨房探出头说:"你回来了,要不要马上吃饭?"

"嗯。"他回答后朝走廊走,想着至少还有老婆回答自己,走进了卧室。

换好衣服后回到客厅,坐在餐桌前吃咖喱。昨天吃汉堡排,前天吃炸猪排,大前天好像吃的炸虾。青江家从几年前开始,晚餐的菜色就以壮太爱吃的菜为优先,已经很久没有吃炖蔬菜或是烫青菜之类的菜肴了,因为壮太不喜欢吃。

和儿子一起吃完晚餐的敬子坐在沙发上玩手机,身为母亲的敬子也这样,当然不可能管教壮太。从手机时代开始就有这种迹象,智能手机几乎剥夺了家人之间的谈话。青江最近根本没有从正面看过壮太的脸,也几乎没有听过他的声音。

即使如此——

只要他身体健康,就很值得庆幸了。

他一边吃着咖喱,一边回想起在大学办公室看的文章。那是甘粕才生的博客文章,因为他在维基百科的外部链接栏内看到了"NON-SUGAR LIFE"(甘粕才生的近况)博客。

点下链接后,立刻连到了那个网站。那的确是甘粕才生的博客,但更新日期已经是六年多前,最新一篇文章的标题是《暂别》。他看了之后,发现博客文章的内容很沉重,感觉有点不知所措。

我决定一个人出门旅行一段日子。

虽然有很多原因,但最大的原因,应该是想要一个人。

这段日子,我一直在想失去的家人。因为这是我唯一能做的事。

我想着我的家人,持续在这个博客写文章,因为我想用某种方式留下我和他们之间的点点滴滴。

但是,也许是时候考虑下一个阶段的事了。家人是我最重要的宝贵财产,但已经是过去式了。无论是去了天堂的由佳子或是萌绘,甚至是奇迹似的恢复的谦人,对我来说,都已经是过去。对我而言的儿子,并不是目前的谦人;如同对现在的谦人来说,我并不是父亲一样。任何人都无法一直活在过去之中,只能一步一步走向未来。一旦这么做,就会有新的发现。虽然无法保证,但只能如此相信。

我还没有决定要去哪里,总之,必须离开目前的环境。

我希望有朝一日,可以再度拍电影。无论未来会发生什么事,无论未来等待我的是什么,都无法改变我是电影人这个事实。最近,我终于开始有这种想法,虽然目前的我还无法预料将会在什么时候,也许还需要一段时间。

最后,我要感谢我的家人。

由佳子,谢谢你。萌绘,谢谢你。谦人,谢谢你。

你们拯救了我,因为有你们,我才能活到今天,才想继续活下去,衷心感谢你们。

(致陪伴我至今的各位读者)

非常感谢各位这么长时间的陪伴,原本以为不会有人看这种沉闷的废文,没想到读者的反应非常热烈,超乎了我的想象,让我备感惊讶。尤其是那些和我一样,在类似的情况下失去家人的读者所写的留言,在令我心痛的同时,也带给我很大的勇气。我深刻体会到,得知并不是只有自己一个人在痛苦,带给我极大的救赎。

一位在出版社工作的朋友看了我的博客,建议我出版成书。虽然觉得这么拙劣的文章直接出书似乎不太妥当,但我希望能够让更多人看到我的文章。之前有些内容写得不够详尽,我将加以补充,并修正文字,希望这些内容有机会付梓。届时如果各位愿意再度阅读,我将备感荣幸。

如上所述，我决定踏出新的一步。这将是一次重新审视自我的旅行，所以将暂停更新本博客，希望下次能够以不同的方式和各位见面，更希望届时能够写一些更快乐的事。

珍重，再见。

光看这篇文章，完全搞不懂发生了什么事。只知道甘粕才生决定用某种方式解决困扰自己多年的烦恼。

根据最后的附记，这个博客之前似乎都定期更新，既然有人邀他出版，也许一系列的文章构成了一个故事，所以从新的文章开始看并不恰当，因为时间的顺序颠倒了。

他浏览了一下，发现以前的文章都保留着。甘粕才生在七年前开设了这个博客，根据维基百科上的资料推算，是发生硫化氢意外的翌年，第一篇文章的标题是《寻求光》。

我决定开始写博客，原因如标题所写，因为我觉得自己好像终于看到了光。

或许有人知道，几个月前，我家发生了悲剧。那天之后，我觉得自己始终处于一片昏天暗地之中。

最近，我终于能够面对自己身上所发生的事。同时，也稍微了解了自己这个人。

所以，我试着用文字记录。因为我觉得写下自己从绝望的瞬间开始，渐渐找回可以感受到微光的日子和目前的日常生活，或许可以传达某些事。这是身为创作界无名小卒的我目前唯一能够做的事，同时，我期待可以借此缅怀我重要的家人。

在此向造访本博客的读者声明,我接下来要写的绝对不是快乐的内容,只是一个老大不小的男人的哭诉。不想看这种内容的人请速离开,这是我的请求。

这里似乎是故事的起点。从这里开始,到最新一篇文章为止落幕。

之前的文章都使用敬语,在空了几行后,声明"接下来将用第一人称的小说形式书写"后,就进入了正文。

正文的内容很残酷。

五个月前,我在北海道的日高,因为我想拍一部以阿伊努人为主题的电影,所以正在采访阿伊努人的文化和受到歧视的真实情况。制作人水城义郎先生也和我同行,每天晚上,我们大啖当地名产,讨论着新电影的事。我们并不是要拍一部灰暗的社会派作品,而是要让世人从新的角度了解阿伊努人,拍出一部生动活泼的电影。

第三天早晨,我接到了一通电话。手机屏幕上显示了一个陌生的号码。我接起电话,才知道是警方打来的。我有一种不祥的预感,因为警方不可能带来什么好消息。

"请你心情平静地听我说。"

果然不出所料,电话中的警官用沉重的声音对我说。我以为可能发生了车祸,猜想可能是家中某人发生了车祸。

没想到,警官接下来说:"你家里出了大事。"

既然说是家里,代表并不是车祸。我接着想到可能发生了火灾,所以就问警官:"是火灾吗?"

我的声音发抖。

"不是,是中毒事故,应该是硫化氢。"

我完全听不到警官说的话。不,声音传到了我的耳朵,但因为太出乎意料,无法进入脑袋。

"啊?什么?你说是什么事故?"

"中毒事故。虽然很难启齿,但你的家人因为气体中毒身亡了。"

这时,我仍然听不懂气体中毒这几个字,只听到最后几个字。我心跳加速,全身发冷。

"谁?谁死了?"

我的声音发抖,几乎语不成声。

"你的夫人和千金,真是遗憾,在此表示由衷的哀悼。"

虽然警官说的话很普通,但我的脑袋顿时一片空白,完全不记得之后的事。听水城先生说,我握着手机颤抖不已。

我抛开所有的工作,搭上了飞机。在飞机上,我一直用毛巾按着眼睛。因为我泪流不止,空服员好几次过来关心。虽然我很感谢,但很希望让我一个人安静。

我一边哭,一边满脑子都在想为什么会发生这种事。因为听说这场悲剧很可能并不是意外。

我脑子里一片混乱,但还是在和警官对话后,大致了解发生了什么状况。虽然内容令人难以置信,很希望一切都不是真的,但我似乎不得不接受事实。

那天早晨,一名晨跑的民众在我家附近闻到了奇怪的异味。那是硫黄的味道。那个男人立刻按了邻居家的门铃，希望邻居赶快报警。因为当时发生了不少用硫化氢自杀的事件。

警方很快赶到，进入我家后，发现我的妻子由佳子、女儿萌绘和儿子谦人在屋内已经无法动弹，当场确认了由佳子和萌绘已经死亡，只有谦人有生命反应，送到医院，但仍然昏迷不醒。

虽然整件事令人难以置信，但最让我感到震惊的是，硫化氢来自萌绘的房间，听说她房间的门上贴着"内有硫化氢"的纸。

萌绘想在自己房间内自杀，结果把由佳子和谦人也一起卷入。

为什么？

我当然想问萌绘这个问题。才刚满十六岁的她，为什么会选择走上不归路？她到底有什么烦恼？

我也想问妻子由佳子。难道你没有发现吗？完全没有察觉女儿深陷烦恼吗？没有发现女儿痛苦得想要死吗？你们不是生活在一起吗？为什么没有发现这些危险的征兆，这样还算是母亲吗？

我很清楚，这当然只是迁怒，而且是推卸责任。父亲也有义务察觉女儿的改变，不能把因为工作忙碌，很少回家当作借口，但是，如果我不发泄内心的愤怒，精神几乎要崩溃了。

博客的第一篇文章到此结束。原来遇到了这种事，难怪会觉得自己始终处于昏天暗地之中。他一定费了好大的力气，才终于接受事实，而且在短短五个月后就重新站起来，令人佩服。

就连有孩子的青江也很难想象失去妻子和女儿有多悲痛，应该会觉得是一场噩梦，搞不好会想要自杀。青江这么想着，点开了下一篇文章，发现标题正是《我整天都想死》。

我在分局的遗体安置室看到了由佳子和萌绘的遗体，两个人都穿着睡衣。虽然我见过她们的睡衣，但看到遗体时，我难以想象那是我的妻子和女儿。这并不光是基于精神上的理由。

如果读者中有人想要用硫化氢自杀，听我一句话，千万别这么想。如果非死不可，最好选择其他方法。硫化氢可以死得很轻松的说法绝对是胡说八道，如果不是谎言，她们母女的遗体不可能这样面目全非，连皮肤的颜色也不像是人类的。

向我说明情况的刑警说，因为不是自然死亡，所以会送去解剖，但死因应该是硫化氢中毒。

"请问你知道你女儿自杀的动机吗？"

虽然刑警这么问我，但我完全不知道。我脑子里一片混乱，根本没办法思考。

萌绘的房间内并没有留下遗书。

"你有没有听说她在学校遭到欺负之类的事？"

对于这个问题，我也只能摇头。

刑警又说了令我意想不到的事。他说这并不是单纯的自杀，也是刑事案件。因为由佳子和谦人是萌绘自杀行为的被害人，罪状是杀人和杀人未遂。因为萌绘已死，最终会因为嫌犯死亡而不予起诉。

听刑警说，硫化氢自杀最恶劣的就在于波及周围人的危险性很高。警方在接获报案后，疏散了我家周围一百米的住户，侦查员进入家中时，也都全副武装。

妻子和女儿死了，儿子昏迷不醒，而且女儿被视为罪犯，妻子和儿子是受害人。听到这些事，我更加陷入了绝望。在分局上厕所时，我看着镜子，忍不住笑了起来。那是无力的笑，但我猜想当时的自己有点发疯了。刑警好几次问我："你没事吧？"

走出警局后，我满脑子里只想着要什么时候死。活着也没意思，我失去了一切，以前拍的电影，以前的成就根本不是财产，也无足轻重。我再度深刻体会到，这个世界上，家人才是最重要的。

15

吃完咖喱，青江走进了书房。虽然是只有六平方米多的房间，但这是在家中唯一能够让他独处的宝贵空间。如果多生一个孩子，这个空间早晚会保不住，幸好并没有发生这种情况。

书房内也有一台笔记本电脑。他打开笔记本电脑，登入"NON-SUGAR LIFE"——甘粕才生的博客。

博客以每周一次的频率更新，每次的文章都很长，可能他写完草稿，经过多次推敲后才上传到博客。虽然他描写了充满紧张的情节，但文字很平稳。

青江在大学的办公室看到甘粕才生听了刑警的话之后，悲叹着离开了警局。想到甘粕才生内心所承受的创伤，也忍不住难过得感到窒息，他不知道该不该往下看，最后决定回家后再继续。他难以预料甘粕才生之后所面临的悲剧，因为下一篇文章的标题是《一线希望，然后绝望》。如果看了之后心情沮丧，他可能会没有力气回家，从大学回家的路程很远，而且电车很拥挤。

青江深呼吸后，继续看了下去。

看了由佳子和萌绘的遗体后，我完全不想做任何事，也完全不想思考。虽然有人和我说要办守灵夜和葬礼，但我也充耳不闻。即使做这种事，她们母女也不可能回来，一切都是白费力气。

我想死。我想马上一死了之。要怎么死？我想起刑警告诉我，用硫化氢自杀会波及他人，所以当然不可能考虑这种方式。我走在路上，寻找着高楼。因为我想到可以跳楼自杀，但这也可能会造成他人的困扰。最后我想到可以上吊，认真思考家里哪里有办法上吊。

之所以没有付诸行动，是因为谦人。十二岁的长子还在加护病房，所幸他的房间在三楼，才得以保住一命。据说硫化氢气体会往下沉，萌绘的房间在二楼，我们夫妻的房间也在二楼。萌绘死在自己房间，但由佳子在走廊上昏倒。警方推测她发现异常，准备去女儿房间察看，结果在走廊上断了气。

谦人被送去医院后，抢救了数十个小时。我发自内心地希望可以救活他，希望他可以醒来，甚至觉得可以用自己的性命来交换。因为现在只有他才是我心灵的支柱。

事件发生的第二天晚上，谦人的主治医生终于向我说明了详细的情况。

"状况暂时稳定下来了。"

医生的话让我松了一口气，因为我一直担心会连谦人也失去。

"他醒了吗?"

听到我的问题,医生露出了尴尬的表情。

"还没有醒吗?"我再度问道。

医生下定决心回答说:"甘粕先生,虽然你儿子救活了,但希望你知道,你无法再见到以前那个儿子了。"

"什么意思?"

"这……你见了之后就知道了。"

"那我要见他,请让我马上见他。"

我几乎快扑向医生了。

几分钟后,我在加护病房内看到了儿子。在看到他的瞬间,我承受了和见到由佳子和萌绘遗体时不同的冲击。

谦人身上插了很多管子,还有很多电线,连着各式各样的仪器。他已经变成仪器的一部分。

他微微睁着眼睛,但显然什么都没看。即使我叫他,他也完全没有反应。

"虽然目前使用人工呼吸器进行辅助,但仍然有自主呼吸。"

虽然医生这么说,但我觉得只是在安慰我而已。

这到底是怎么回事?目前暂时是这样的状态,过一阵子会有所改善吗?他会清醒吗?

我紧抓着最后一线希望,但医生对我说出了令人绝望的宣告。

你儿子恐怕一辈子都会这样。

回过神时,我发现自己坐在地上。我无法站起来,眼看着地上渐渐变湿。隔了很久,我才知道那是自己的眼泪。

早知道不应该看。青江心想。

妻子和女儿死了,唯一幸存的儿子变成了植物人。如果自己遭遇这么大的悲剧,必定无法承受,不知道该靠什么活下去,可能真的只想一死了之。

青江犹豫起来,不知道该不该继续看下去,即使继续看下去,也只会让自己的心情变得更糟,但他仍然无法摆脱这个博客上所写的事和温泉区的事故之间,以及与羽原圆华之间有某种关系的预感。

而且,这个博客最新的一篇文章中提到"奇迹似的恢复的谦人",如果像这篇文章中所写的,成为"仪器的一部分",不可能使用这样的描述。

甘粕谦人从如此绝望的状况中复活了吗?

青江看了下一篇文章的标题,发现是《下定决心。一线光明》。

看来非读不可。他操作了鼠标。

日复一日过着行尸走肉般的日子,多亏朋友帮忙,顺利处理完妻女的后事,但我完全不记得守灵夜和葬礼是如何举办的。虽然我向前来吊唁的宾客致意,但我完全不记得了,我只是在葬礼上读了由亲戚准备的文章,当然不可能有记忆。

我每天的工作就是去探视谦人。虽说是探视,但我根本无能为力,即使带食物去看他,也完全没有任何意义。再好吃的水果,谦人也无法吃;再漂亮的花,他也看不到。我还是每天去看他,对他说话。虽然他完全没有反应,但那是我唯一力所能及的事。

我对谦人说的话,几乎都是关于他幼时的回忆。他出生时,如何受到众人的祝福；第一次全家旅行、幼儿园的运动会、庆祝七五三节……

但是，我很快就无法再对他说话了，因为内容已经枯竭。无奈之下，我只能一再重复相同的话，却渐渐感到空虚。

我完全不了解谦人最近的情况，不知道他在学校有哪些朋友，平时都玩什么，喜欢吃什么，不喜欢吃什么，以后的梦想是什么。我对他一无所知。回想起来，这也是理所当然的事，因为我已经很多年没有好好照顾家人，把家里所有的事都推给由佳子，自己专心拍电影，甚至为这种生活方式感到自豪。只能说，我真的是一个天大的笨蛋。

我对于自己到底了解妻子由佳子多少这件事存疑，甚至忘了最后一次好好和她聊天是什么时候。以前她经常找我商量很多事，也会向我倾诉在育儿问题上的烦恼，但不知道从什么时候开始，她不再对我说这些事了。应该不是烦恼和需要商量的事都没有了，而是对完全不顾家的丈夫感到失望，遇到困难时，不是试图自己解决，就是去找别人商量。

我对妻子尚且这样，当然更不了解女儿萌绘。老实说，我甚至不知道她就读的高中在哪里，也不知道她的制服是什么样子。在她的葬礼上，她的同学穿了制服来为她上香，我才第一次看到她高中的制服。其中一个舞蹈社的同学告诉我，萌绘也参加了舞蹈社。我从来没看过萌绘跳舞，也第一次知道她喜欢跳舞。

刑警问我是否知道萌绘的自杀动机时，我无法顺利回答，不是因为我脑子里一片混乱，而是因为我根本不了解萌绘，所以无从回答。

想到这里，我终于发现，我并不是因为这起事件失去了家人，而是家人早就离我远去，去了一个我伸手也不可及的地方。而且导致这种状况的不是别人，正是我自己。虽然事件发生后，我流了无数次眼泪,但也许我根本没有资格流泪。

我接下来该怎么办?妻子和女儿已死,儿子昏迷不醒,我是不是已经走投无路了?

烦恼再三,我得出了一个结论。我要找回我的家人。虽然我再也无法和他们共同生活,却可以找回我们曾经是一家人的日子。

我想要了解由佳子、萌绘和谦人。妻子、女儿和儿子到底是怎样的人?我重要的家人到底走过了怎样的人生?

警方也多方调查了萌绘自杀的理由,尤其针对她学校相关的人员进行了深入的调查。因为当初中生和高中生自杀时,首先会怀疑是否遭到欺凌,但在学校方面调查后,并没有发现欺凌的迹象。警方调查了萌绘的手机,也没有发现任何可能会导致她自杀的线索。

"也许有难以向他人启齿的烦恼。"

负责侦办这起案子的刑警在归还萌绘的遗物时曾经这么说,从他说话的语气判断,他们似乎打算放弃追查自杀动机。警察很忙,没有时间浪费在因为嫌犯死亡而不予起诉的事件上。

但是,对我来说,这才是起点。我当然想知道萌绘自杀的原因,但也想了解由佳子和谦人。

我决定各方打听我的家人。我拿起通信簿四处打电话,一旦找到和由佳子熟识的朋友,就去和对方见面;我也曾经去萌绘的高中,在大门外一直等到舞蹈社的练习结束,以便向社团成员打听萌绘的情况。在谦人参加的足球队,我逢人就打听谁和谦人最要好,最后得知是守门员川上,当然也去找了川上,向他打听了谦人。

我知道对那些人来说,我的行为给他们造成了困扰。因为我一旦找到他们，就不会轻易让他们离开，有时候甚至会和他们聊将近两个小时，但从来没有人对我露出不耐烦的表情。

"请你谈谈我的妻子。"

"可不可以请你告诉我萌绘的事？"

"我想了解谦人是怎样的人。"

当我这么拜托时，每个人都欣然应允，只要时间允许，都会畅所欲言。起初我以为是同情我，同情一个因为不幸事件而失去家人的中年男人，但有一次，萌绘的同学在聊起她时突然哭了起来，诉说着失去朋友的痛苦，我才发现自己有了天大的误会。

他们并不是向我提供协助，也完全不认为和我聊那些事是在协助我，他们也想要回忆，谈论由佳子、萌绘和谦人，这也是他们缅怀故人的方式。

我内心产生了一股暖流。

原来我的家人曾经受到了朋友的喜爱和珍惜，虽然他们并没有特别优秀，也没有什么才华，但他们周围有很多爱他们的朋友。

我下定决心，要去找更多人。虽然不知道会花多少时间，但在他们能生动鲜活地出现在我内心之前，我想要听很多很多关于他们的事。

当我终于准备踏出第一步时，谦人的医院有了新的进展。

主治医生和我讨论今后的治疗方针时，提出了一个建议。

要不要带谦人去开明大学医院的脑神经外科检查一下？虽然医生说了很多费解的话来说明如此建议的理由，但大致是以下的内容。

谦人目前是植物人，但检查后发现，他的大脑损伤并不严重，只是损伤的部位是未知的区域，目前住的这家医院以前不曾治疗过相同的病例。

开明大学医院的脑神经外科曾经治疗过几名极其特殊的大脑损伤病患，也有不少病例摆脱了植物人的状况。

羽原全太朗博士是脑神经细胞再生的最高权威，创造了好几种划时代的手术方法。

我听了之后，无法立刻相信。因为医生这番话代表谦人有可能摆脱目前的状态，那是在深沉的黑暗中找到的一线光明，或许比针孔更小、更弱，但仍然是一线光明。

但是，主治医生补充说："只是费用相当可观。"

我摇了摇头。钱的事根本不重要。由佳子留下了不少遗产，她的保险也领到了不少钱。只要有需要，我做好了投入所有财产的准备，问题在于谦人有没有希望改善。当我问主治医生这个问题时，他回答说，不知道。

"我只是提议一个可能性，我们无法保证任何事。"

我终于发现，原来他们已经束手无策，所以想让我们早点离开。但是，主治医生提出这个建议的理由并不重要，只要有百分之一，不，百分之零点一，不不不，百分之零点零一的可能，即使可能性无限接近零，只要不完全是零，就值得一赌。

面谈后，我像往常一样去了谦人的病房看他。他仍然露出失焦的双眼看着虚空，我看着他的眼睛说："谦人，我们来创造奇迹。"

同时我想到，把目前的心情记录下来也不坏。

青江看着电脑屏幕，忍不住叹着气。

原来是这样。他终于了解，原来甘粕才生在那时想到要设立博客。

青江不由得感叹，这个叫甘粕才生的人太坚强了。虽然他不时自我贬低，但那是普通人无法做到的，他在绝望中仍然为了抓住一线光明而努力站起来，让青江感到钦佩。

但是，还有另一件事——

青江无法忽略这次文章中所出现的名字。开明大学医院脑神经外科羽原全太朗博士，是脑神经细胞再生方面的最高权威。

他不知道"羽原"是不是罕见姓氏，但和铃木、田中或是佐藤之类的姓氏不一样，不可能纯属偶然。

而且，羽原圆华说，她的父亲是医生，所以八成错不了，就是这个人。如此一来，她和甘粕才生就有了交集。

青江又看了博客下一篇文章的标题，是《开始祈祷的日子》，看了内文后，发现记录了转院的辛苦、调查了开明大学医院脑神经外科之前的成就，以及谦人在转院之后接受的各种检查，可以充分感受到甘粕才生在最后的机会上孤注一掷的想法。同时，他一次又一次告诉自己"不可以过度期待，所谓奇迹，就是发生概率低于万分之一的事。只要谦人的状况不持续恶化，只要能够继续活在世上就好。开明大学医院脑神经外科在相关方面有相当显著的成果，羽原博士也被称为天才，只不过他并不是神。不，即使是神，有时候也会束手无策。无论诊断结果如何，都不要失望，因为我们已经没有什么可以失去了"。

羽原全太朗终于要向他宣布诊断结果了。那篇文章的标题是《惊人的事实》。

羽原博士是感情不外露的人，从第一次见面时就是如此。他相貌堂堂，眼神不会让人产生压力，不说话的时候双唇紧紧地闭着。我猜想他是不希望病人对他有过度的期待。

"我先说结论，这是极其罕见的病例。至今为止，我看过很多病人，但从来不曾有过类似的病例，因此，在目前也无法说出哪一种治疗方法有效。"

果然是这样。我努力不让失望写在脸上。

"所以，他已经无药可救了吧？谦人一辈子都会那样？"

我预料他会说出肯定的回答。这么说或许会被认为有点奇怪，但如果真的不行，我希望早一刻知道答案。可能是因为不断地期待、不断地失望，我的身心已经极度消耗。

没想到羽原博士并没有这么说。

"甘粕先生，我只说这是极其罕见的病例，并没有说无药可救，但也无法保证一定能够治好。"

我听不懂这句话的意思，没有吭声，博士向我细说分明。虽然内容很费解，但博士用通俗易懂的方式向我解释，所以就连外行人的我也大致了解了究竟。

博士认为谦人的大脑几乎正常，只有某个部分受到损伤，所以目前成了植物人，该损伤部分是现代大脑医学尚未了解的部分，既不知道为什么会发生目前这种症状，也不了解谦人的大脑到底发生了什么。

"很明确的是因硫化氢中毒造成的，氧气无法送入大脑，导致一部分脑细胞坏死，但受到损伤的部位和其他人完全不同。目前无法了解为什么会发生这种情况，可能只是偶然，也可能是谦人与生俱来的体质关系。总之，只受到这点损伤简直是奇迹。"

我对"奇迹"这两个字产生了抵抗，因为这是发生好事时所使用的字眼。

"奇迹？什么奇迹？虽然我不知道医学上的情况，但我知道我儿子意识仍然没有恢复，而且仍然是植物人。"

我的语气有点咄咄逼人。

博士注视着我的脸说："甘粕先生，我什么时候说过令郎没有意识？"

我一时无法理解他这句话的意思。

"啊？什么意思？"

"我说的是，谦人应该有意识，而且他甚至有可能听到别人说话。"

"这……怎么可能？"

我怀疑自己听错了，因为我之前从来没有想过这个可能性。

"之前的医院从来没有提过……我只听说即使叫他，他的脑电波也没有任何变化。"

"我们使用了只有本大学才有的脑功能解析装置，可以检测到分子程度的变化。谦人发出了信号，只是信号非常弱。虽然目前是半睡眠状态，但维持意识的大脑细胞仍然发挥着功能。"

博士这番话是自从事件发生后，我第一次听到的福音，我无法相信，甚至觉得在做梦。

但是，一刹那，我想到了另一件事。

如果谦人有意识，却无法活动，也无法说话，这种生活对他而言是多么大的痛苦？果真如此的话，没有意识反而比较轻松。

对于我的疑问，博士说，这很难说。

"虽然有意识，但目前并不知道有何种程度的意识，也不知道是否能够感受到痛苦。总之，目前要思考的是，该如何救他。"

"可以救吗？"

"不知道。正如我刚才所说，至今为止，完全没有任何一起相同的病例。目前的首要任务，就是想尽一切办法修复损伤的部位，只是难以预料结果。只能在观察的同时，摸索治疗方法。"

"那就拜托了。"我鞠躬说道，"要花多少钱都没有关系，我会想办法张罗，请你救救谦人。"

"这不是钱的问题，"博士说，"我曾经做过多次脑神经的再生手术，但成功率并不高，而且我也多次提到，我们也是第一次接触类似谦人的病例，不知道会发生什么状况，搞不好可能会恶化，这样也没问题吗？"

"没问题。"

我毫不犹豫地回答。谦人还能怎么恶化？

博士向我说明了手术的内容，内容还是很复杂，我不太能够理解，大致来说，有两大手术，一个是在损伤部位植入经过基因改造的癌细胞，另一个是在大脑中埋入电极，传送特殊的脉冲波。虽然我对这样的手术感到不安，但对方是专家，只能交给他全权处理。事后我才知道，只有羽原博士才有能力动这种手术，专家之间称之为"羽原手法"。

和博士见面后，我去见了谦人。我紧紧握住他的手。我想起博士说，他应该有意识，泪水忍不住流了下来。博士还说他也许能够听到声音，所以我想对他说说话，却想不到该说什么。

青江很庆幸最先看了最新的文章，如果没有看那篇文章，从最早的文章开始看，一定会很在意被称为"羽原手法"的手术到底有没有成功。但最新的文章中明确提到谦人已经恢复了，代表手术获得了成功。

但是，令青江在意的是，最新的文章中还有这样一段话。

"甚至是奇迹似的恢复的谦人，对我来说，都已经是过去。对我而言的儿子，并不是目前的谦人；如同对现在的谦人来说，我并不是父亲一样。"

这段话是什么意思？是某种比喻？还是发生了什么事，破坏了他们父子的关系？

总之，必须看下去才知道。

博客的文章细腻地描写了随着手术日子的接近，甘粕才生内心中不安和期待激烈交错的精神状态，有时候迁怒他人，或是突然感到沮丧。青江觉得情有可原，如果是自己，恐怕早就逃走了。

看到博客的下一篇文章标题时，青江忍不住感到讶异，因为标题是《龙卷风……》。为什么会在这里出现龙卷风？

看了之后，发现了意外的事实。在甘粕谦人即将动手术之际，羽原全太朗的妻子突然死亡，原因就是龙卷风。十一月初休连假时，羽原太太带着女儿一起回北海道的娘家省亲，遇到了突如其来的龙卷风，被压在瓦砾堆下死了。

那个女儿是羽原圆华吗？所以她也遭遇了龙卷风吗？虽然她活了下来，难道她目睹了母亲的死亡吗？

甘粕才生用以下的文字描述了当时的情况。

得知意外后，我感到愕然，太不幸了。幸好他的女儿平安无事，但想到羽原博士失去了挚爱的妻子，不由得感到难过。与此同时，我也有很自私的想法。听说原本博士也打算去北海道，但因为要为谦人动手术，所以临时取消了。我很庆幸博士没有同行，也很担心谦人的手术情况。不知道会不会中止？如果无限期延期，必须等到博士的精神状态恢复才能动手术该怎么办？虽然我忍不住想这些问题，但当然没有说出口。

青江认为这想法理所当然，因为毕竟关系到自己的儿子是否能够摆脱植物人的状态，任何人都会担心手术的事。而且，龙卷风是自然灾害，只能怪运气不好。

继续往下看，发现手术按原定计划进行。羽原全太朗对甘粕才生说："死去的人无法复活，我的工作是帮助在死亡边缘的人。"太帅了。青江忍不住对着电脑嘟哝。

下一篇博客文章中，记录了手术当天的情况。甘粕才生当然不了解手术室内的情况，所以只能祈祷手术成功。

手术顺利结束，但并不代表成功了。甘粕才生在文章中提到"当脑神经细胞再生，谦人醒来时，才能称为成功"。

从这个时候开始，博客的文章不再是过去的记录，而是实时记录每天生活中发生的事，文章内的日期和发表的日期一致。

甘粕才生在守护谦人的同时，持续了解妻子和女儿生前的事，每次听到自己完全不了解的事，他就会惊讶、感动和失望。失望的时候通常都带有自责，文章中多次出现类似"我身为父亲，竟然连这种事也不知道，实在太惭愧了"的记述。

妻子由佳子的娘家家境富裕，拥有好几栋不动产，经济上并不依赖丈夫，也不曾吃过苦。她高度肯定身为电影人的甘粕才生，也对女儿和儿子说，支持他拍出好电影，是他们全家的义务。

萌绘和谦人也支持甘粕才生的生活方式，尤其谦人很尊敬父亲，只要是父亲拍的电影，他都会一看再看，同时对同学说，希望自己以后也能够从事影视工作。

我一无所知，真的太无知了。我不知道由佳子随时为我准备了喜爱的食物和酒；整理了我为数庞大的影像软件，默默在电脑上打清单。我不知道萌绘为了我这个因为虚冷症，一到冬天，手指就很僵硬的父亲，亲手打了一副毛线手套，也不知道她还打了和手套相同的腿套，在平时练舞时使用。我不知道谦人拿出我的旧吉他，练习我拍的电影中的插曲，更不知道他们姐弟计划在我生日时，由谦人演奏，萌绘唱歌，让我大吃一惊。我真的是彻头彻尾的大笨蛋。

从博客的文章中，可以深切感受到他莫大的后悔。虽然知道家人很爱自己是一件高兴的事，但其中有两个人已经离开人世，另一个人也前途未卜，也许反而会感到痛苦，他在博客中写道："如果知道他们讨厌我，或许我的心情反而比较轻松。"

在几篇内容大同小异的文章后，有一篇名为《觉醒》的文章。青江带着某种预感看了下去，他的预感完全正确，文章中提到了谦人出现了恢复的征兆。

羽原博士突然打电话来，我有点手足无措，以为谦人的病情恶化，但并非如此，博士的声音中并没有沉重的感觉。

"总之，请你来医院一趟。"博士只对我这么说。

我立刻去了医院，博士在谦人的病房内。

"请你看一下。"

博士说完，开始操作旁边的屏幕，屏幕上是用CG画出的大脑形状，谦人的头上戴着有很多电极的头罩。

接着，博士在谦人的耳朵旁说："足球。"屏幕上的图像发生变化，大脑中有一部分显示了红色。

接着，博士又说："咖喱饭。"大脑的另一个部分变红了。

"这是怎么回事？"我问博士。

"我们建立了他表达想法的方法，想象运动和想象食物时，大脑会使用不同的部分，我们利用了这一点。"

说完，博士又问谦人："你是男生还是女生？如果是男生，就想足球；如果是女生，就想咖喱饭。"

下一刹那，发生了惊人的事，刚才想象足球时的部位变红了。

"那我问你的年纪，你现在是十岁吗？如果正确，就想足球；如果不正确，就想咖喱饭。"

谦人对博士的问题回答了"咖喱饭"，也就是"不正确"。

"那你现在十一岁？"

他还是回答："咖喱饭。"

"你现在十二岁？"

我屏住呼吸，注视着屏幕，屏幕上出现的回答是"足球"。

准确地说，谦人已经十三岁了，但在发生意外之后，他失去了对时间的感觉，所以当然会对是不是十二岁的问题回答了"是"。

我和博士互看着。

"令郎的大脑还活着，能够听到我们的声音，同时明确表达想法，只是无法用身体表现而已。"

听了博士的话，我的眼泪快要流下来了。我原本以为一辈子都无法再和儿子沟通了。

我走到谦人身旁问："你知道我是谁吗？可以听到我的声音吗？如果知道，就想足球。"

然后，我带着祈祷的心情看着屏幕，但屏幕上显示的既不是"足球"，也不是"咖喱饭"。

"怎么了？是我啊，我是爸爸，你不知道吗？"

结果还是一样。

"我们曾经问了几个问题，他似乎无法回答关于人际关系的问题，实不相瞒，他也不知道自己的名字。"

博士的话令我感到愕然。

"名字也……"

"不必着急，我们等待谦人能够用身体表达自己想法的那一天。"

"会有这么一天吗？"

"应该会。他的大脑每天都在变化，只是即使能够表达，也不知道是否能够用说话的方式表达，可能只是动动手指而已，请你做好心理准备。总之，他的脑神经细胞确实在不停地再生，只要再过一段时间，一定会比现在更好。"

我点了点头回答说:"好。"即使只是动动手指也足够了。

这天之后,之前隐然的希望变成了明确的形式。羽原博士说,复健需要漫长的时间。反正我有的是时间,无论是几年还是几十年,我都会等下去。

但是,现实朝着好的方向,超过了我的预料。

短短一个月后,再度发生了奇迹。

这篇文章结束得意犹未尽,但事情似乎正往好的方向发展。

从文章中可以感受到甘粕才生的喜悦和羽原全太朗这位医师的高超医术,成功地和植物人谦人进行了沟通。足球和咖喱饭——能够想到这种方式实在太令人佩服了。

下一篇文章的标题是《生命的闪烁,以及……》。追随这些文字的青江内心也产生了期待。

羽原博士再度打电话叫我去医院。病房内,谦人坐了起来,他的头上已经没有满是电极的头罩了。

博士露出微笑说:"请你看看谦人的眼睛。"

说完,他问谦人:"你是不是可以听到我说的话?"

谦人眨了两次眼睛。

博士转头看着我说:"这是代表 YES,如果是 NO 的话,就眨三次眼睛,这是我和谦人决定的。"

我因为惊讶而心跳加速。

"他可以自由眨眼吗?"

虽然他之前也会眨眼，但我一直以为只是生理现象。

"可以，他终于可以控制自己身体的某个部分了，而且——"

博士说完，把食指竖在谦人的脸前，左右缓缓移动。谦人的眼睛也跟随着他的手指移动。

"他也可以活动眼球了，他可以看到东西，他正在逐渐康复，这是很令人惊讶的事。在修复大脑神经细胞的同时，也恢复了功能，而且速度远远超乎我的想象。"

博士的这句话简直就像来自上帝的声音。

我走到谦人面前，看着他的脸。

"谦人，你可以听到吗？我是爸爸。你可以看到吧？你可以看到爸爸的脸，对吧？"

谦人眨着眼，一次、两次、三次、四次……

我看着博士问："这是怎么回事？"

"眨四次眼代表不知道，谦人仍然不知道自己是谁。"

"是吗？"

博士的话让我感到有点失望，但我摇了摇头，我不是更应该为谦人的康复感到高兴吗？

晚上，我喝啤酒庆祝。在可怕的事件发生后，我也曾多次借酒消愁，但第一次觉得酒这么好喝。

青江继续浏览博客的文章。《下巴微微活动》《表情？》《流质食物》《用手指表示》，从文章的标题就可以清楚知道，谦人在以惊人的速度康复。从所写的日期来看，数周的时间内发生了戏剧性的变化。

透过博客的文章知道,谦人可以和外界沟通了,所以周围人能够为他做一些他想要做的事,这些事再度促进了他大脑活化,他的状况越来越好,就连为他动手术的羽原全太朗也用"惊人"来形容他的康复状况。

手术后八个月,谦人有了表情,也可以吃流质食物,虽然还无法发出声音,但嘴唇可以活动。甘粕才生在文章中写道:"好像随时都会开口说话。"

在用特殊的方法复健后,他可以慢慢活动双手和双脚的肌肉。一旦进入这个阶段,只要在接口上下点功夫,他就可以操作电脑了。谦人掌握了操作方法,终于能够进行双向沟通了。一篇标题为《我是谁?》的文章,记录了当时的情况。

前一天晚上,我就几乎无法合眼,终于可以和谦人交谈了。至今为止,都是我单方面发问、命令,但以后可以听谦人的想法了,终于可以知道他在想什么了。

但是,在期待的同时,也不由得感到害怕。

事件发生至今已经一年多了,这段时间谦人以怎样的心情活着?必定充满了难以想象的痛苦。老实说,要接受这个事实有点害怕,但是,我不能逃避。如果我不接受,还有谁能够接受?

我担心的是,谦人似乎失去了记忆。他忘了自己是谁,也想不起我是谁。

羽原博士说,无法预料记忆能不能恢复。因为他大脑受到了损伤,任何情况都可能发生。

我带着期待和心理准备前往医院。

病房内,谦人坐在床上,面前有一台电脑。他的右手上装了特殊的装置,可以捕捉指尖活动的神经信号,移动光标。

"早安。"我对谦人说。他看着我,眨了两次眼睛。这是他向我打招呼的方式。想到事故刚发生时的情况,现在他能够做到这件事,简直就像在做梦。

"你可以和他随便聊聊,任何事都没有关系。"

听到羽原博士这么说,我有点紧张。其实我已经想好了对谦人说的第一句话。

"你有什么事想问我吗?"我对他说。

谦人听了之后,迟迟没有反应。我以为他没听清楚,想要再度开口。这时,电脑的光标突然移动了,他操作着屏幕键盘。

谦人说的第一句话是——

(我是谁?)

我看了不由得感到心痛不已。他果然还没有恢复记忆。

"你是谦人。甘粕谦人,这么写。"

我在事先准备的便条纸上写下了他的名字,出示在他面前。他注视了很久之后,用电脑写下了第二句话。

(你是谁?)

虽然经过这么长的时间,终于能够和儿子对话了,我却感到难过不已,但现在不是叹息的时候。谦人一定更痛苦。

"我是爸爸,是你的父亲,我叫甘粕才生,拍电影的,你知道电影吗?"

谦人最近已经能够有表情,但当时完全没有表情。他就像假人模特儿般面无表情地写下这句话。

(我知道电影,不知道你。)

"哈哈哈,"我只能干笑,"你果然不知道,那就没办法了,那由佳子这个名字呢?还有萌绘呢?你知不知道?"

谦人的回答是(不知道)。

"那学校的事呢?同学或是老师,不管是谁都没关系,你记得谁的名字吗?"

我抱着最后一线希望问。

但是,谦人在电脑屏幕上写的是(羽原医生、山田小姐、冈本小姐)。

山田小姐是负责谦人的护理师,冈本小姐负责他的饮食。

"还有没有其他人?足球队的川上呢?他是守门员,听说是你最好的朋友。他说等你清醒了,他想来看你。要不要我带他来?"

谦人停顿了一下,才开始写回答。他终于写好了。

(我不想。)

"你不想?不想什么?"

他的回答是(我不想谈这些事)。

我发现谦人的身体微微颤抖着。

羽原博士在我身后说:"请不要再问人际关系的问题。"

对谦人来说,谈论他不记得的事似乎只会造成他的痛苦。

我点了点头,再度看着谦人。

"好,不谈这些。那聊聊你喜欢的事,你想聊什么?"

他停顿了一下,光标在电脑屏幕上移动。

(我累了,想休息。)

我这才想到,这些作业对谦人来说,也很耗费体力。

"哦,对噢,没错,不好意思。好啊,你休息吧。"

然后,我对他说:"谢谢。"

我看着电脑屏幕,期待谦人也会写(谢谢),但光标没有再移动。我看着谦人的脸,他已经闭上了眼睛。

青江叹了一口气,轻轻摇着头。

值得纪念的父子交谈并不如甘粕才生期待的那么感人,虽然儿子清醒,终于能够沟通是极大的喜悦,但如果儿子根本不认识自己的父亲,根本称不上恢复了家庭关系。

之后的博客文章也记录了甘粕才生努力唤醒谦人记忆的过程,但谦人的记忆无法恢复。谦人的康复越来越明显,终于能够发出声音,手脚也能够活动了,但仍然想不起过去的任何事。不,应该说,谦人对自己的过去毫无兴趣。甘粕才生写下了以下文字。

谦人想要活出和过去完全不同的人生,获得重生的他只关心如何提高自己的能力,只专注于这一件事。他热心复健,只要一有空,就进行言语发声练习,对电脑也能够运用自如,他玩游戏、上网浏览、看影片。病房内出现了半年前难以想象的景象。

"太难以想象了,只能说是奇迹。"羽原博士看着我的脸,兴奋地说道。

"我曾经治疗过多名持续性植物人状态的病患,靠我的手术康复的病例也不少,但从来没有任何一个病人能够恢复得这么好。我们检查之后发现,他大脑损伤的部分几乎完全修复了。我也不知道为什么会这样,这是极其珍贵的病例,我已经向大学申请了预算,想要彻底进行调查,这样就可以减轻你的经济压力,你愿意提供协助吧?谦人已经同意了。"

我回答说,当然愿意协助。在回答的同时,我忍不住感到空虚。协助?我能够提供什么协助?不,我什么都不做才是"协助"吧?

经济压力根本不是问题,原本就打算为了谦人可以耗尽所有的家财,如果能够因此找回唯一的家人,简直太便宜了。

我能够找回我的儿子吗?

每当我走进病房,谦人浑身都散发出忧郁。虽然他从来没有明说,但我可以感受到,他一定觉得这个整天和他聊往事,"自称是父亲的中年男人"很烦。

如果谦人的记忆恢复,我无论如何都想问清楚一件事,那就是萌绘自杀的理由。虽然曾经去了很多地方,向很多人打听,但最终还是不得而知,所以谦人是唯一的希望,也许萌绘有什么只有家人才知道的秘密。

但是,如果谦人连自己是谁都不记得了,问他这种问题也是枉然。他根本不知道自己曾经有过姐姐。

"我是不是不要再来这里比较好?"我鼓起勇气问道。

(不知道,我无所谓。)

我感到愕然,但我拼命克制着,努力不让心情流露在脸上。因为谦人现在已经能够了解他人的表情。

"你无所谓吗?是噢,原来是这样。"我若无其事地说道。

(对不起。)

看到屏幕上的这一行文字,我觉得一个季节已经结束了。

这是博客倒数第二篇文章,然后就是那篇置顶的文章——"我决定一个人出门旅行一段日子"。

原来是这么一回事。青江终于恍然大悟,他终于了解最新一篇文章中"甚至是奇迹似的恢复的谦人,对我来说,都已经是过去。对我而言的儿子,并不是目前的谦人;如同对现在的谦人来说,我并不是父亲一样"这段话的意思了。

甘粕才生也许觉得即使陪伴在儿子身旁,也无法对他有任何帮助。谦人获得了重生,准备迈向新的人生,自己的存在只是阻碍。

那必定是痛苦的决定。对甘粕才生来说,那是第二次和家人的诀别。第一次是告别妻子和女儿,第二次是向儿子的心告别。他克服了这一切,向未来踏出了一步。

无法得知这对父子之后的情况,博客的文章到此结束,而且至今已经过去了六年。不知道甘粕才生目前人在哪里,在做什么,谦人康复到什么程度。

不,还有更重要的事——

更重要的是,这个博客中所写的一连串故事和最近发生的硫化氢事故到底有什么关系?乍看之下,似乎没有任何关系,但青江无法忽略散落在这些文章中的关键词。

在温泉地的硫化氢事故中丧生的两名被害人都和电影导演甘粕才生有关，甘粕才生的妻子和女儿因硫化氢而死，幸存的儿子被天才医生羽原全太朗救了回来，医生的女儿羽原圆华前往发生硫化氢事故的温泉地寻找一个年轻人——

不行。青江摇着头。他完全搞不清楚是怎么回事，无论怎么排列那些关键词，似乎都无法拼凑出一个故事。

16

"完全不认识。"

奥西哲子挽起白袍的袖子，在整理实验器具的同时冷冷地回答，完全没有看青江一眼，她的态度似乎在说，没时间陪他闲聊。

"你回答得真快，能不能稍微仔细想一下。"

戴着眼镜的奥西哲子面无表情，终于转头看向青江。

"根本不需要考虑，我没有任何朋友或熟人在开明大学医院工作，更不要说是脑神经外科，对我来说，根本是不同的世界。"

"是噢，果然是这样啊。"

青江踢着地面，让坐着的椅子转了一圈。他来到研究室，因为是上课时间，所以学生都去上课了。他坐在学生的椅子上。

"怎么了？教授的周遭有人要看脑神经外科吗？"

"不，并不是，只是我想联络一个人。"

"那个人在开明大学医院吗？"

"对，是脑神经外科的人。"

奥西哲子双手掐在腰上，皱着眉头问："为什么？"

"这个……有点解释不清楚。"

"那算了，我不会追问。"

"不是，我并不是要隐瞒，是真的很难说明。"

"所以我说不需要说明，上次的稿子写好了吗？研究会志的序言，你说好今天要交的。"

"哦，你是说那个……我马上写。"

"那就拜托了。"奥西哲子冷冷地说完，低头继续工作。

青江抓了抓头，缓缓站了起来。

看了甘粕才生的博客后，他始终在想一件事，这样真的好吗？

青江受委托调查赤熊温泉和苫手温泉发生的事故，他推测两起事故都是不幸的意外。赤熊温泉所在地根据他的推论，建立了对策，苫手温泉的事故虽然并不是官方委托他调查的，但他的意见刊登在《北陆每朝新闻》上。

然而，青江现在对自己的推论越来越没有自信，他觉得两个温泉地所发生的事故有某种关联性，也许这两起事故不是偶然发生，而是必然会发生。如果是必然引发，那就不是事故，而是事件了。同时，因为有人身亡，所以是杀人事件。

果真如此的话，自己该怎么办？难道要打电话给两个温泉地的县警总部，说那两起事故可能是杀人事件吗？如果对方问有什么根据，该如何回答？能够回答因为遇见了一个奇妙的女孩，而且在这两起事故中发现了匪夷所思的共同点吗？如果警方问犯案手法，到底该如何回答？因为青江自己也认为这种事故很难人为引发。

他想要见那个女孩。他想见羽原圆华。她一定知道某些事。

之前在苫手温泉时，她交给青江的那张纸上写着电话号码。青江鼓起勇气打了那个电话，但电话中传来一个上了年纪的女人的声音。他立刻知道，那并不是圆华。

"呃，我是泰鹏大学的青江……请问，你不是羽原小姐吧？"

"我不是，你拨打的号码是多少？"

青江说出写在纸上的数字，电话中的女人说，的确是她的手机号码，并没有打错。

"我想确认一下，请问你认识名叫羽原圆华的女孩吗？"

"对不起，我不认识。"

"是吗？打扰了。"

挂上电话后，他无力地垂着头。羽原圆华给了他假号码。

但仔细思考后就发现，即使她留下的是真实的手机号码，也未必能够见到她。而且，即使见到了她，她应该会和在苫手温泉时一样，青江无法从她口中得知任何线索。

既然如此，就只能指望甘粕才生的博客文章中提到的羽原全太朗了。原本希望可以通过某种方式和他接触——

青江准备离开研究室，伸手打算开门时，电话响了。奥西哲子立刻接起了电话。

"这里是青江研究室。"

青江打开门，正准备走出去，奥西哲子叫住了他："教授！"

"找我的？"

她捂住了电话说:"之前来过的那位姓中冈的警察,他说希望再见你一次。"

"是他啊……"青江的脑海中浮现中冈充满野性的长相。

他突然想到,也许可以和他商量。

"你告诉他,随时可以来找我。"

奥西哲子再度把电话放在耳边。她板着脸,可能觉得青江又要拖稿了。

大约三十分钟后,中冈出现了,和上次不同,这次没有带伴手礼。

"不好意思,在你百忙之中打扰你。"中冈走进青江的办公室后,再度鞠躬说道。

"不,你来得正好,我刚好有事要请教你。"

中冈听到青江的话,讶异地挑起眉毛问:"什么事?"

"等一下再说,先听听你的事。"

"好。"中冈坐直了身体,"或许你觉得我烦人,因为这次还是为了赤熊温泉的事故。不瞒你说,我仍然在怀疑那是人为的事件。"

青江点着头。

"我想也是,否则你不可能来找我。"

"没错,就是这样。你还记得我上次说的事吗?我问你有没有可能用安眠药让被害人昏睡后,再制造硫化氢,导致被害人中毒身亡,你很干脆地否认了这个可能性,说完全不可能。"

"我当然记得。"

那次之后,青江认为用塑料袋套住被害人的头,即使在户外,只要少量硫化氢就可以让被害人中毒身亡。难道中冈也发现了这个可能性吗?

但刑警说:"我之后也考虑了各种可能性,也认为有相当的难度。我查了验尸报告,在被害人身上并没有验出安眠药的成分。"

"原来是这样。"

既然这样,当然就排除了这种可能性。

"于是,我思考了其他可能性。虽然我不是专家,但还是绞尽脑汁拼命想,结果想到了一种可能性,所以今天又来打扰。"

"原来是这样,那我一定要洗耳恭听,请问是什么可能性?"

中冈从西装内侧口袋里拿出了记事本和圆珠笔。

"假设这支圆珠笔是被害人,首先,让被害人独自站在某个地方。以地形来说,就是气体容易积聚的地点。"他把圆珠笔竖在桌子上,"然后在远处放一个水桶之类的容器,放置的地点在被害人上风的位置。假设这本记事本就是容器。"他把记事本放在离圆珠笔三十厘米的位置,"将液体在这个容器中混合,产生硫化氢气体。产生的气体会吹向下风。这时候,凶手戴着防毒面具,躲在上风的位置。不久之后,被害人周围的气体浓度就会增加,最后死亡。"说完,他让圆珠笔倒了下来,"你认为我的推理如何?"

青江看了桌上的圆珠笔和记事本后,抬起了头,看着中冈充满野心的双眼。

"你的推理很大胆,你认为被害人的太太做了这些事吗?"

"不。"中冈微微偏着头,"如果是这个方法,单独进行可能很困难,因为必须在极短的时间内在地势有高低落差的地方来回跑,所以,我猜想还有另一个人,那个人制造了气体,同时收拾了容器。"

"你是说，被害人的太太还有共犯？"

中冈没有回答这个问题，反问他："你认为有可能吗？"

"你的想法很独特，很可惜，我只能说不可能。"

"为什么？"

"因为可能性太低了。你有没有看过现场？因为是在山里，所以你可能认为有很多地方可以藏身，但现场是在溪流旁，如果不想让被害人看到，就必须躲去二十米外的地方。由于地形很复杂，所以根本无法预测产生的硫化氢气体会吹向哪里，也没有人能够保证风向不发生变化。对凶手来说，那是极其危险的方法。"

中冈沉默片刻后问："可不可以用电风扇？"

"电风扇？"

"可以使用电池的电风扇，只要用电风扇制造风，就可以让气体流向目标方向。"

中冈离奇的想法再度让青江感到愕然，每个刑警都会有这种千奇百怪的想法吗？

"我认为很困难，因为靠电池供电的电风扇很难把风吹到二十米外。"

"如果是无风的日子，只要控制出风的方向应该就没问题，气体会自动往下沉。虽然你刚才认为二十米的距离很远，但在住宅区发生硫化氢自杀时，甚至要疏散半径五十米内的居民。"

"中冈先生，问题就在这里，那是在室内，如果在户外，想要达到致死浓度，就必须制造大量气体。一旦这么做，很可能会伤及无辜。即使凶手肉眼可以看到的范围没有人，但没有人能够预测气体会向哪里扩散,还是说,凶手认为造成其他牺牲者也无所谓?"

中冈的表情似乎无法苟同。

"也可能凶手只是没有想那么多。"

"嗯,"青江闷哼了一声,"很难说,不实际试一下,无法得知结果……"

中冈探出身体问:"所以,可能性并不是等于零吗?"

"不,"青江偏着头,"可能性应该是零。我说不实际试一下,无法得知结果的意思是,如果事先没有实地练习,绝对不可能办到,必须在现场多次试验,确认重现性。难道被害人太太在事故发生前,曾经去过当地吗?"

"不,这……我会确认一下。"中冈打开记事本,用圆珠笔记录着。

"我认为应该没有。因为那是一个小村庄,如果多次前往,很可能会被别人看到——"青江说到这里,突然想起一件事,忍不住"啊"了一声。

"怎么了?"正在记事本上写字的中冈抬起头。

"不……但是,如果不是被害人的太太,而是共犯事先去做过多次试验,则又另当别论。"

"原来如此。"中冈心满意足地点了点头,"谢谢,很有参考价值。"

青江注视着刑警正在写字的手。

"你打算根据这个推理持续侦查吗?"

"暂时打算这么做,根据你的说法,如果是人为引发,凶手必须事先做好周全的准备。既然这样,留下证据的可能性非常高。"中冈合上记事本后,放回内侧口袋,"对了,你说要找我的是什么事?"

"哦……其实最近又发生了一起硫化氢中毒事故,地点是在苫手温泉,所以再度委托我进行调查,但这次是报社委托。"

"苫手温泉,那不是很有名的温泉吗?哦,原来也发生了类似事故,但那应该是事故吧?"

青江摸了摸鼻子下方。

"和赤熊温泉时一样,看起来像偶发的事故,只是有许多疑点。"

"哪些疑点?"

青江把事故的详细情况,以及之前对奥西哲子说明的内容——现场附近之前从来不曾有人闻到硫化氢的气味,也没有对植物和动物造成影响。

中冈抱着双臂,微微扬起下巴。

"在那种地方发生中毒事故的情况很罕见吗?"

"应该很罕见。当然,因为是自然界的事,发生任何事都不奇怪。"

中冈连续点了好几次头,一脸无法释怀的表情:"所以,你要问我的是……"

青江用双手搓着自己的大腿,那是他在说一些难以启齿的话时特有的习惯。

"也许请教你有点奇怪,只是我有点在意。我在调查赤熊温泉的事故时,曾经在禁区内遇到一个人,我之前并不认识她,但上次去苫手温泉时,又遇到了她。"

"哦……"中冈竖起食指,"那个人也和你从事相同的研究吗?"

"不是,她不是学者,而是一个年轻女子。"

"年轻女子?"中冈瞪大了眼睛。

"年纪大约不到二十岁,她说她不是学生,所以应该和地球化学或是火山学之类的学术研究没有关系。"

"所以只是温泉迷吗?"

"不是。"青江摇着头,"她显然是来调查事故现场,而且目的是找人。"

"找人?"

中冈露出讶异的表情,青江把之前和羽原圆华的对话告诉了他,当他说明结束时,发现刑警一脸匪夷所思地撇着嘴角。

"怎么回事?那个年轻女子到底是谁?"

"不知道。因为有这件事,我开始觉得在两个温泉地发生的事故很可能并不是意外事故,所以觉得应该告诉你一下。"

"原来是这样。"中冈收起了下巴,"你刚才说,苫手温泉的被害人是演员?"

"是名叫那须野五郎的演员,赤熊温泉的被害人好像是影视制作人,也就是说,两个人都从事影视工作。"

中冈用力吸了一口气后吐了出来。

"青江教授,你知道你刚才说的事,包含了很重要的信息吗?"

"嗯,大概知道……"

"之前我认为赤熊温泉的事件即使是他杀,也是因为谋财害命,但如果和苫手温泉的事结合,事情就完全不一样了,必须同时考虑这两件事,搞不好是连续杀人事件。"中冈双眼发亮地说道。他可能因为有点激动,所以说话的速度也变快了。

"我倒是没想到这些问题,但对于那个叫羽原圆华的女孩,我发现了一件事。"

"你发现一件事？什么事？"

"中冈先生，你有没有听过名叫甘粕才生的电影导演？"

"甘粕？不，我没听过，我平时很少看电影。"

青江说明了自己调查那须野五郎和水城义郎的共同点，发现了甘粕才生的过程。当他说到甘粕才生因为硫化氢事故而失去家人时，中冈的神情更严肃了。

"这是怎么回事？不可能有这样的巧合。"

"我也这么认为，所以调查了甘粕才生。呃，中冈先生，你现在有时间吗？"

"时间？我没问题啊，原本的行程随时可以更改。"

青江点了点头后站了起来，从自己的办公桌抽屉中拿出一沓资料。他将甘粕才生的博客文章按照日期的先后顺序打印了出来。

"比起听我说明，看这些文章比较直接，虽然分量还不少。"

"那我就来拜读一下。"中冈神情有点紧张地拿了起来。

"你慢慢看，我在隔壁房间，有事随时叫我。"

"好的，谢谢。"

青江走出办公室。中冈至少要三十分钟才能看完这些文章。

青江估计时间差不多了，再度回到办公室。中冈坐在沙发上发呆，看到青江后，好像突然惊醒般猛然挺直身体，那沓打印稿放在桌上。

"你看完了吗？"青江在他对面坐了下来。

中冈点了点头："看完了。"

"你有什么看法？"

中冈发出低声闷哼后说:"用一句话来说,就是有点搞不清楚重点。老实说,前半部分让我有点抓不到头绪,虽然出现了硫化氢,但似乎和温泉地发生的事完全没有关系,看到一半时,甚至不想继续看下去。"

"我能理解,我觉得能够充分感受甘粕先生的悲伤。"

"也许是这样,但是干刑警这个行业的人,对这种事都很迟钝,我甚至纳闷,你为什么要我看这些文章。但进入后半部分——"中冈拿起那沓文章,翻开后半部分,"出现了羽原全太朗这个医生,实在太令人惊讶了。"

"对,"青江回答说,"我猜想是那个女孩的父亲。"

"看了这个部分后,我终于了解了,也完全能够理解你为什么认为不可能只是巧合,我也认为其中有蹊跷。"

"对不对?只是我完全想不透彼此到底有什么关联。"

"我也有同感,看起来掌握关键点的羽原父女和硫化氢并没有直接的关系。"

"对啊。"

青江叹着气,总觉得好像看见了什么,却又什么都看不见,甚至觉得其实什么都没有,只是自己以为有什么。

"事故的现场,"中冈嘟哝道,"只有被害人的脚印,对吗?"

"呃……"青江不知道他在问什么。

"我是问苦手温泉的事故现场,你刚才不是说,散步道上只有被害人的脚印吗?"

"哦,"青江用力点了点头,原来是说这件事,"没错。"

中冈把头转向一旁,沉思了片刻,然后把头转回来看着青江说:"我刚才说的方法可行吗？在比现场地势高的地方制造硫化氢气体，如此一来，凶手就不会留下脚印。"

"你是说，苦手温泉也是谋杀吗？"

"我想在这个前提下思考，你认为有可能吗？"

"很难说，实际操作时，应该会觉得很困难。"

"你刚才不是说，事先经过多次试验，就有可能吗？"

"是啊，多次试验……中冈先生，刚才我想起一件相关的事。"

"什么事？"

"羽原圆华正在找的那个年轻男人，曾经去过赤熊温泉两次。"

"啊？"中冈瞪大了眼睛，"两次是……"

"第一次是事故发生的一个星期之前，和被害人住在同一家旅馆。事故发生的前一天，有人在事故现场附近看到他。看到他的人就是他第一次住宿的那家旅馆的老板娘。"

中冈的视线在半空中飘忽着，思考片刻后，再度看着青江。

"你刚才说，如果被害人的妻子多次实地造访做试验，可能会被当地人看到，但如果做试验的是共犯，就另当别论了。"

"我说过，因为我想起了那个男人。"

"所以说，"中冈指着青江的胸口，"羽原圆华这个年轻女孩在找的那个男人，有可能是水城义郎的太太的共犯。"

"我也有这种想法，不，但是——"青江轻轻摊开双手，"我还是认为，你刚才说的方法很不现实，即使多次试验，恐怕也很难成功。"

"青江教授，目前就暂时不要拘泥于细节问题，假设有人能够用什么巧妙的方法，让在不远处的人因为硫化氢中毒而死亡，如此一来，或许可以有所发现。"

"比方说,是怎样的方法呢?"

"目前还不知道。青江教授,我可以偷偷向你透露一件事,水城义郎的妻子曾经对地下网站产生了兴趣。"虽然旁边没有人,但中冈还是压低了嗓门说道。

"地下网站……"

青江也知道。因为利用地下网站杀人的事件曾轰动一时,据说甚至有人委托地下网站杀人。

"当我得知这个线索时,想到被害人的太太可能去地下网站找共犯,但也可能并不是,可能在完全意想不到的地方发生了黑暗的邂逅。"

"你是说,那个人就是羽原圆华正在找的人?"

"仔细想一下,就会发现很合理。总之,我需要再调查苫手温泉的事故,还有那个叫羽原圆华的年轻女孩。"

"你要去见羽原博士吗?"

"应该会。"

"如果得知任何有关羽原圆华的消息……"

中冈露齿一笑,点了点头:"我知道,我会马上向你报告。"

"拜托你了。如果这两件事不是事故,而是人为的事件,我有义务揭发真相。"

"我知道,对了——"中冈指着桌上的资料,"不知道他之后怎么样了。"

"他?"

"那个少年,好像叫谦人,从植物人康复的少年。"

"哦……我也很在意。"

"博客之后就没再更新吗？"

"没有。"青江站了起来，把桌上的笔记本电脑搬了过来，打开电脑后，连上了网络，点进了甘粕才生的博客，"这是最新的一篇文章。"

中冈露出认真的神情看着。

"关于这个叫甘粕才生的人，有没有更详细的资料。"

"只要在网络上搜索，就可以查到他身为导演的相关信息。"

"你的电脑可以借我用一下吗？"

"好，没问题。"

中冈在键盘上打了，他的动作很熟练，很快就找到了几条信息。

"看来他是很出色的电影导演，有人称他为天才或是鬼才。"

"没错，他拍的电影中，也有我喜欢的作品，那部电影叫《冻唇》。"

中冈似乎并没有听到青江的话，他持续搜索，不一会儿，屏幕上出现了好几张照片，似乎是他在首映会或是现场拍摄的工作照。

"原来他年轻时很帅。"中冈放大了其中一张照片说。

那是甘粕才生的脸部特写，照片上的人很年轻，可能刚当上导演不久，的确相貌堂堂。

青江看着照片，渐渐萌生一种奇妙的感觉。中冈想要关掉照片的页面，他立刻制止说："等一下。"

"怎么了？"

"不是，我觉得……好像在哪里看过这张脸。"

"可能是电影简介之类的吧。"

"不是，我从来没买过那种东西，而且是最近看到的——"说到这里，他的记忆猛然苏醒，"啊？不会吧？"

"怎么了？"中冈焦急地问。

"她……羽原圆华给我看的照片。和她正在找的那个年轻男人长得很像。"

"啊？但是年龄不符啊。"中冈说到这里，似乎也发现了问题，用力睁大了眼睛。

"羽原圆华在找甘粕谦人……吗？"

青江问，但中冈没有回答。

两个人一起看着电脑屏幕，甘粕才生年轻的笑脸中充满了自信。

17

开明大学医院的会客室内除了墙上的风景画外，毫无装饰。中冈忍不住思考来这里的客人都聊些什么。他不禁想象着一流大学医院会有很多利益，可能经常有牵涉到巨额资金的密谈。

他四天前才和泰鹏大学的青江见面。他的人生中，第一次和理科系的大学有如此密切的联系。中冈本身读的是经济学，只不过当年所学的知识完全没有派上任何用场。

今天上午，他打电话到开明大学医院，直截了当地说想见脑神经外科的羽原博士。只要说自己是警察，对方通常都会很快转接。果然不出所料，接电话的人态度很客气地告诉他，羽原目前正在忙，一个小时后应该可以接电话。中冈在一个小时后打了电话，对方很快就转接给羽原。

中冈说,希望见面谈一谈。羽原理所当然地问他有什么事。中冈认为不能这么快亮出底牌,只告诉他说:"关于令千金的事。"

电话的彼端传来了倒吸一口气的动静。

"圆华发生了什么事吗?"

光是听到这个问题,就已经大有收获了。羽原全太朗和圆华果然是父女。

"不,不是这样,只是侦查工作的一部分。"

"侦查?我女儿牵涉到什么事件吗?"

"目前还不清楚。"

"到底是什么事件?"

羽原接二连三地发问,中冈坚持见面后详谈,并约好在两个小时后见面。

开明大学的校园很大,中冈费了好大的工夫才找到医院的柜台。他报上姓名后等了一会儿,一个身穿黑色套装的女人出现在他面前。她约三十岁,眉清目秀,身材很好。跟着她走去会客室的途中,中冈忍不住开口问她:"你也是医生吗?"对方轻描淡写地回答:"我是做事务工作的。"

中冈喝着那个女人为他倒的日本茶,思考着对付羽原的方法。目前不知道对方知道什么,也不知道和温泉区发生的事有什么关系,也就是说,完全不知道对方愿不愿意全面协助侦查工作,所以很希望能够在不亮出自己底牌的情况下,多了解对方的状况。

和青江见面到今天的这段时间,中冈做了几项调查,其中也包括调查甘粕谦人。

据青江说，羽原圆华正在找的那个年轻人神似甘粕才生年轻时的样子，既然这样，那个人很可能就是甘粕谦人。在八年前处在植物人状态的谦人已经彻底康复，可以自由活动了吗？

于是，他想到可以向当年照顾谦人的护理师了解情况，甘粕才生的博客上提过那个护理师的名字。是"山田小姐"。他向开明大学医院询问后，发现当时有两名护理师姓山田，进一步调查后，得知山田佳代当时负责照顾谦人，只不过她在三年前已经调去其他医院工作了。

中冈立刻去拜访山田佳代，在医院内的咖啡店见了面。山田佳代身材矮小微胖，看起来很亲切。

当中冈问起甘粕谦人，她柔和的表情立刻紧张起来。

她回答说，因为是之前医院的事，她不太记得了。

"只要把你记得的事告诉我就好，根据他父亲在博客上所写的内容，六年前，谦人的康复状况良好，之后到底怎么样？顺利康复了吗？"

"这个……我不太清楚。"山田佳代结巴起来。

"为什么？不是由你负责照顾的吗？"

"是啊，但并不是一直都由我照顾，很快就换了别人。"

"即使是这样，既然在同一家医院内，应该会听到他后续的状况吧？有没有听说他可以说话了，或是可以站起来了？"

"不，因为病人转去其他病房了，所以我真的不知道。"

"其他病房？但不是还在开明大学医院吗？"

"虽然是这样，但那家医院很大……"山田佳代边说边看着墙上的时钟，显然希望能赶快离开。

"可不可以请你告诉我之后负责照顾甘粕谦人的护理师名字？"

没想到她摇了摇头说："我不知道。"

"你不是需要交接工作吗？"

"这种事可以想办法解决，总之，我不知道。对不起，我可以离开了吗？因为我还在上班。"

中冈没有理由挽留她，无奈之下，只好向她道谢。山田佳代立刻匆匆离开咖啡店逃走了。

她的态度显然有问题，似乎有人对甘粕谦人的事下了封口令。果真如此的话，到底是为什么呢？

接着，中冈决定着手调查甘粕才生，但他以前住的房子已经拆除，不知道他的下落，也不知道他的联络方式。于是，中冈再度拜访了之前调查水城义郎时曾经见过的那些人，其中有些人和甘粕才生也很熟，尤其编剧大元肇是在硫化氢自杀事件后，曾和甘粕见过面的少数几个人之一。

"那起事件也让我受到很大的打击。"大元肇坐在堆了很多书籍和资料的桌子旁，一脸沉痛的表情说道。他个子瘦小，可能五十岁左右，下巴长满了胡茬儿。

他说的那起事件，当然就是甘粕萌绘的自杀。

"我协助他办了守灵夜和葬礼，看到甘粕先生的样子，实在为他担心，很怕他一个人的时候会想不开。虽然大家都说他是鬼才、怪胎，但才生毕竟也是人生父母养的。我相信你已经知道了，他太太和孩子没能躲过那一劫，他可能觉得自己被推入了地狱。"

听大元说，事件发生后，他主要是为了原本企划的电影无限期延期,才会和甘粕见面讨论。

"想到终于可以再度和甘粕一起合作,我一直很期待,但这也是无可奈何的事。事件发生后,见到才生先生时,发现他的眼中没有灵魂,对他来说,电影已经根本不重要了。"

大元说,他最后一次见到甘粕是在六年前,因为必须讨论共同制作的电影的著作权问题,所以大元主动和他联络。

"虽然比事件刚发生时好一点,但还是很没精神,也几乎没在听我说话。"

他们见面时并没有谈论女儿的自杀事件,也没有聊甘粕谦人的状况。

之后虽然用电子邮件讨论了几次公事,如今完全没有联络,但大元知道一件有关甘粕的事。

"差不多一年前,我从熟识的编辑口中得知才生先生好像要出书,似乎是他的半生传记,包括那个博客的文章在内,要用传记小说的方式,写下至今为止的人生。"

中冈想起博客最后一篇文章中也提到了类似的事。看来经过几年之后,这个计划似乎终于要实现了,但大元说,那本书至今还没有出版。

中冈确认了那位编辑的姓名和电话后,也打听了甘粕才生的电话。大元操作着智能手机,出示了甘粕才生的手机和电子邮箱,但和其他人所知道的相同,也就是说,目前已经停用了。中冈这么告诉大元后,大元点了点头:"果然是这样。"

中冈问他,有没有听说过任何关于甘粕才生的传闻。

"不好意思,完全没有。我们这个行业起起伏伏很剧烈,一旦被世人遗忘,就很难有翻身的机会,他具备了出色的才华,真是太遗憾了。"大元总结这句话时，好像在缅怀故人。

以上就是中冈这几天的成果，很可惜并没有像样的收获，正因为如此，他无论如何都希望可以从羽原全太朗身上打听到一些消息。

他看着记事本，正在整理思绪时，听到了敲门声。

"请进。"中冈合起记事本站了起来。

门打开了，一个瘦男人走了进来。一头短发已经有点花白，脸很瘦，但完全没有穷酸相。戴着黑框眼镜，平静的眼神中可以感觉到他的聪明。中冈不由得想，聪明人外表果然与众不同。

"我是羽原，让你久等了。"

"不，很抱歉，突然上门打扰。"中冈递上了名片。

两个人面对面坐下来后，再度听到敲门声。羽原应了一声。

刚才带中冈来会客室的女人走了进来，托盘上有两个茶杯。她把茶杯放在他们面前后，把中冈刚才喝完的空茶杯放在托盘上，行礼后离开了。

"所以，"羽原伸手拿起茶杯，"你要谈关于我女儿的什么事？"语气比电话中更平静。

"在此之前，我想先请教另一个人的事，是你以前动过手术的病人。"

"哪一个病人？"

中冈停顿了一下后说："名叫甘粕谦人的少年，不，已经又过了好几年，现在可能已经成年了。"

羽原的眉毛微微抖了一下，但表情几乎没有变化。

"甘粕谦人的确是我的病人，你想了解他什么？"

"首先是他目前的情况，我通过他父亲的博客得知了他，但博客在六年多前就停止更新,所以无法了解他之后的情况。"

羽原喝了一口茶后,放下了茶杯。

"你为什么想知道?"

"因为有可能牵涉到一起事件,虽然很想向当事人了解情况,但我不知道他的电话,所以我在想,也许你会知道。"

羽原轻轻摇着右手的食指。

"他好几年前就出院了,我们也不知道他目前在哪里、在做什么。"

"好几年前……那他出院时的状态如何?根据他父亲写的博客,六年前已经能够使用电脑了,之后的恢复也很顺利吗?"

羽原目不转睛地注视中冈的脸后,突然笑了起来。

"我相信你也知道,未经当事人同意,我们不能擅自透露病人的隐私。"

"我当然知道……"

"但这个问题应该没有大碍,正如你所说的,他恢复得很顺利,看起来和普通人没什么两样。"

"太厉害了。"中冈瞪大了眼睛。他的确这么认为。

"关于甘粕谦人,我能透露的就只有这些,无论你再问什么,我都无法回答。我刚才也说了,我们有义务要为病人保守秘密,更何况我们并没有掌握太多关于他的情况。他是以前的病人。"虽然他的语气很柔和,却不容别人争辩。

"我知道了,那就进入正题,关于令千金的事。"中冈坐直了身体,"羽原圆华小姐目前人在哪里?"

羽原推了推黑框眼镜,跷起了腿,缓缓靠在沙发上:"她去旅行了。"

"旅行？去哪里旅行？"

"不知道。"羽原耸了耸肩，"不知道她目前人在哪里，因为那是她的流浪之旅。"

"造访各地的温泉吗？"

"温泉？"羽原露出狐疑的表情后耸了耸肩，"可能也会去那种地方，但我不了解详细情况。"

"她一个人吗？"

"是啊，她说要在二十岁之前去日本各地旅行。她从小就是一个与众不同的孩子。"

"年轻女孩一个人……你不会担心吗？"

羽原听到中冈的问话，面无表情地摇了摇头。

"十八岁已经是成年人了，问题在于有没有判断是非的能力，我女儿具备了这种能力。"

"你很信任她。"

羽原露出冷漠的眼神问："不行吗？"

"不，我觉得很好。她从什么时候开始旅行？"

"她一个月前离开家里。"

"你们有联络吗？"

"她偶尔会传短信给我，目前似乎一切都很好。"

"你们有没有通电话？"

"暂时没有，我女儿可能觉得没什么特别想说的话。我也很忙，没事也不会想要打电话。"

"她最后一次传短信给你是什么时候？"

"我忘了,"羽原偏着头,"我想大概是十天前。"

"是什么内容?只要不会涉及隐私的范围就好。"

"没涉及什么隐私,她只是说,她很好,叫我不要担心。"

"可不可以让我看一下那条短信?"

羽原用鼻子冷笑了一声,推了推眼镜。

"给你看也没问题,可惜我已经删除了,因为不是什么重要的内容。"

"删除?既然是单独出门旅行的女儿传来的短信,不是会一直保存到她平安回来吗?"

"也许有人会这么做,但我并不会,不行吗?"羽原的语气听起来有点像在挑衅,但也许只是个性使然。

"是吗?那可不可以请教令千金的联络方式,只要电子邮箱和手机号码就好。"

羽原猛然挺起了背。

"告诉你也没问题,但我想了解大致情况。你在侦查的是什么案件?为什么要打听我女儿的消息?"

虽然他嘴唇露出了笑容,但双眼露出了学者特有的冷漠眼神。中冈在他的视线注视下,立刻思考起来。

如果过度隐瞒,这个人恐怕什么都不会说——他看着羽原全太朗,得出了这样的结论。

"我正在调查两起在不同地点发生的死亡事故,"中冈下定决心后说道,"目前仍被视为意外事故,但很可能是人为事件。"

"什么事故?"

"某种中毒引起的死亡,我只能说到这里。"

"是吗……那和我女儿有什么关系？"

"不知道，只是有人刚好在发生那两起事故的地方都看到了令千金，两者都是乡下地方的村庄。详细情况我不方便透露，两个地点之间的距离超过三百公里，而且看到令千金的地方都在事故现场附近。警方当然不可能忽略这个事实，所以想要向她了解一下情况。"

羽原用力吐了一口气，再度推了推眼镜。

"你不会告诉我事故的详细情况吧？"

"敬请见谅。"中冈微微低头。

"那至少告诉我这个问题的答案。如果只是单纯的事故，刑警不可能展开侦查。你说很可能是事件，所以是谋杀吗？"

中冈想了一下，点了点头："可以这么认为。"

"我女儿和杀人命案有关吗？"

"因为我想要确认，所以才想知道她的联络方式。"

"好。"

羽原把手伸进上衣内侧，拿出了智能手机，然后看着放在桌上的中冈的名片，立刻操作起来。

不一会儿，中冈口袋里的手机响起了收到短信的声音。拿出手机一看，是羽原传来的，内容是电子邮箱和电话号码。

"但是，"羽原收起手机的同时说，"即使你传短信给我女儿，也不知道她是否能够收到，电话也未必能够接通。因为她好像设定了很多限制。"

"拒绝陌生来电和陌生短信吗？"

"没错。"

"原来是这样。"中冈点了点头，指着羽原的胸口说，"你现在可以打电话给令千金吗？如果接通了，可不可以把电话交给我？"

羽原注视着中冈的眼睛，似乎想要看穿刑警到底有什么企图。

这位天才医生终于移开视线，拿出手机，单手操作后，放在耳边。

过了一会儿，羽原说："接不通。"

中冈默默伸出手，想要确认他说的话是否属实。羽原察觉了他的意思，叹了一口气，把手机递了过来。中冈接过手机后放在耳边，的确听到了电话无法接通的语音应答，电话号码也没错。

"谢谢。"中冈把手机交还给羽原。

"我女儿很任性，只有自己想说话时才会接电话。"

"有紧急情况时怎么办？"

"到目前为止，并没有发生过任何需要紧急联络的事，但如果发生这种情况，电话不通时，应该会传短信。如果她看了之后，认为的确很紧急，就会主动打电话。"

"原来如此，那可不可以麻烦你传短信给令千金，把我名片上的电子邮箱和手机号码告诉她，并告诉她，希望她不要拒接我的电话和短信？"

羽原想了一下后，轻轻点了点头。

"好，等我有空的时候会传给她。"

"如果可以，希望越快越好。"

"现在吗？"

"对。"中冈看着对方的眼睛。

羽原想要说什么，但最后还是闭上了嘴，开始操作手机。

他似乎已经写好了短信内容，递到中冈面前问："这样可以吗？"

手机屏幕上写着"这个人可能会和你接触，不要拒绝"，然后又写下了中冈的姓名、职业、电子邮箱和手机号码。

"没问题。"中冈说。羽原当着他的面传了短信。

"还有其他要问的事吗？"羽原把手机放回口袋问道，"如果没有的话，我差不多该告辞了。"

"还有最后一个问题，"中冈竖起手指，"请问羽原圆华小姐和甘粕谦人是什么关系？"

羽原惊讶地睁大了眼睛，他第一次露出慌乱的神色。

"……我不太了解你这个问题的意思，请问是什么意思？"

"就是字面的意思，我想知道他们之间的关系。"

羽原皱了皱眉头，缓缓地闭上眼睛后又张开，看着中冈说："圆华是我女儿，甘粕谦人是我的病人，我只知道这些而已。"

"你是说，他们之间并没有直接的关系吗？"

"据我所知是如此。"羽原悠然地回答，刚才的慌乱已经消失了。

"我知道了，不好意思，在你百忙中打扰。"中冈站了起来。

"彼此彼此，很抱歉，无法提供任何有用的信息。侦查过程中，如果发现任何关于我女儿的事，请随时和我联络，我会尽力协助。"

"谢谢，到时候再麻烦你。"

中冈鞠了一躬，说了声："告辞了。"走出了会客室。他下定决心，下次一定要掌握可以戳破这个天才医师谎言的王牌。

18

听到"告辞了"声音的同时,刑警的身影从屏幕上消失了,只看到为刑警送行而起身的羽原全太朗,接着,听到了关门的声音。过了一会儿,羽原转身看向这里,也就是设置在壁画上的隐藏式摄像头,举起一只手,似乎在说,已经没事了。

桐宫玲关上开关后,屏幕立刻变黑了。她看了一眼手表说:"没想到他这么干脆就离开了,我以为他不会轻易放弃。"

"因为他手上并没有足够的牌。"武尾回答道,"我猜想他从羽原博士的态度中发现,博士有所隐瞒,和这种对象多聊也没有意义,他应该会多搜集信息之后再上门。"

桐宫玲五官端正的脸转向他:"不愧是很有才干的前刑警。"

"我以前是在警备课,而且是乡下地方的分局。"武尾低着头。

自从羽原圆华在东京下大雪的日子逃走之后,武尾便一直在家里待命。虽然这段时间薪水照领,但他不知道这种状态会持续多久,内心始终感到不安。因为如果圆华不回来,自己早晚会失业。

没想到两个小时前,突然接到了桐宫玲的电话,请他到开明大学一趟,但并不是到数理学研究所,而是指定在医院的病房大楼。她在电话中说,详情见面再聊。

武尾立刻换好衣服赶来,然后被带到一个房间,见到第一次到数理学研究所时曾见到的那个人。他自我介绍说,他叫羽原全太朗,是圆华的父亲,同时也是开明大学医院脑神经外科的教授。

"虽然有点迟了，但感谢你护卫圆华。虽然——"羽原扬起右侧脸颊，"她早晚会回来，到时候还请你多帮忙。"

武尾鞠躬说："到时候请多关照。"

羽原满意地点着头。

"我知道你对很多事感到匪夷所思，但听桐宫说，你从来没有问过。"

武尾没有吭声，因为他觉得现在不应该开口。

"等一下会有刑警来找我，"羽原神情严肃地说，"他只说是为了我女儿的事，除此以外完全没有透露。"

武尾点了点头，他认为那位刑警找上门，并不是形式化的打听消息而已。

"你应该也知道，我女儿至今仍然下落不明，但因为特殊情况，所以并没有请求警方寻找失踪人口。我们希望可以靠自己的力量找到我女儿。"

武尾还是默然不语，只是点了点头。

"我完全无法预料刑警会说什么，但我希望能够隐瞒圆华失踪这件事，所以即使刑警打听圆华的事，我也打算对他说，虽然知道她目前的情况，但不知道她人在哪里，然后设法从对方口中套出一些消息。武尾先生，我想拜托你从屏幕上监视我和刑警的对话，如果认为有必要，请你向我提供建议。"

"屏幕？"

"就是这个。"桐宫玲指着桌子上的屏幕、扩音器和平板电脑。

"会客室内设置了隐藏式摄像头和麦克风，可以在这里听见、看见羽原博士和刑警的谈话。"

"也就是说,"羽原接着说道,"希望你能够协助我和警察周旋,既然对方是专家,我当然也需要专家协助。"

武尾摇了摇头:"我不是什么专家……"

"即使是前专家,对我来说,也是宝贵的战力,你愿意协助我吗?"

"我之前只是乡下地方的警察,我不知道有没有能力和警视厅的刑警交锋。"

"没关系,你愿意协助我吗?"

没有理由拒绝。武尾点了点头:"既然这样……"

"太好了。"羽原嘴角露出了笑容。

他们很快就决定了方法。武尾和桐宫玲一起在这个房间透过屏幕监视羽原和刑警的对话,必要时,由武尾通过平板电脑向羽原发出信息,信息将会显示在羽原所戴的黑框眼镜镜片上。这种类型的产品已经上市,只是很少有外观和普通眼镜无异的款式。一问之下才知道,那是数理学研究所的相关企业新开发的试用品。

准备就绪后,把刑警带进了会客室。刑警走进会客室后,完全没有察觉室内装了隐藏式摄像头和麦克风。

羽原和刑警开始谈话,但武尾感到困惑不已。因为谈话中提到了甘粕谦人这个陌生的名字,所以他无法向羽原提供任何建议。

不一会儿,听到他们终于谈到了羽原圆华,武尾提出了一个建议:"请向他确认,是不是在调查杀人命案。"

响起了敲门声,桐宫玲说"请进"的同时站了起来。武尾也站了起来。

羽原全太朗走进房间,他已经拿下了眼镜,对着他们上下挥了挥手,示意他们坐下,自己也拉开椅子坐了下来。

"怎么样?"羽原看向武尾,"我的应对有问题吗?"

"完全没有问题,应对非常恰当。刑警要求你立刻打电话给圆华小姐时,我忍不住紧张起来。"

"我也很意外,但我根本无所谓。因为我知道即使打了,电话也不会通。"

"你当时的决断很出色。"

"你要我确认是不是针对杀人命案进行调查的建议帮了很大的忙,让我一下子镇定下来。但为什么要问这个问题?"

"我有两个目的。首先想确认刑警是否把圆华小姐列为嫌犯,如果是杀人命案,一定会确认不在场证明,但他完全没有问相关的问题,也就是说,圆华小姐并不是嫌犯。"

"原来如此,另一个目的呢?"

"我想了解是不是刑案,如果是,又是何种程度的刑案。那名刑警是麻布北分局的人,如果是针对杀人命案进行侦查,通常由警视厅搜查一课进行主导。可见目前还没有确认那是一起刑案,最多只是暗中侦查的阶段。"

"原来是这样,真是太了不起了。"

羽原深感佩服地连连点头,但武尾并不觉得有什么了不起,只能垂下视线。

"好,"羽原说,"问题在于我们有没有得到寻找圆华的线索,刑警中冈的谈话中有没有什么线索?"

"首先必须确定是什么事故,"桐宫玲操作着平板电脑,"他刚才提到中毒,所以,我可以在最近一个月的新闻报道中搜索中毒这个关键词……"她的指尖在液晶屏幕上滑动后,吐了一口气,"有超过七十条信息。"

"中毒也有各种不同的情况,食物中毒、药物中毒、气体中毒……"

"应该可以排除药物中毒,"武尾说,"因为这样很有可能是事件,不会说是事故。"

"的确有道理。他还说,发生的地点是在乡下地方,会不会是吃了什么特产品,导致食物中毒?"

桐宫玲利落地操作着平板电脑:"东京以外的地方发生食物中毒的事件也超过三十起。"

"有这么多啊。"

"而且,并不一定所有的事件都会上报,最好还有其他关键词。"

"还有其他关键词吗?"羽原摸着下巴,微微偏着头。

"呃,"武尾开了口,"发生的地点不是在温泉区吗?"

"温泉区?"

"对,刚才博士回答说,圆华小姐去旅行时,中冈曾问,去造访各地的温泉吗?我觉得他故意用这句话来测试博士的反应。"

"被你这么提醒,我想起他的确说过这句话。"羽原嘀咕道。

桐宫玲操作着平板电脑。

"用温泉和中毒的关键词,查到有一篇报道相符。一名男子在L县的苫手温泉死亡,分析是吸入了火山气体导致中毒。"

"火山气体?这看起来完全没有关系吧?"

羽原说这句话时,一件事闪过武尾的脑袋,迅速膨胀成了想法。

他忍不住"啊"了一声。

"怎么了？"羽原问。

"圆华小姐失踪的几个星期前，我曾经看过类似的报道，但我记得并不是苫手温泉。"武尾看着桐宫玲说，"就是圆华小姐说要独自外出的那一天。你记得吗，她突然拿起报纸阅读？那份报纸上刊登了那篇报道，因为我想知道圆华小姐到底在看哪篇报道，事后又看了一遍，所以记住了。"

"圆华是在一个月前消失的。"

桐宫玲的指尖在液晶屏幕上迅速滑动。

"是这个吗？观光客在赤熊温泉村的山中死亡，日期也相符。"

"就是这个，"武尾说，"就是在赤熊温泉，没错。"

"报道的详细内容是什么？"羽原催促道。

"赤熊温泉村发生了一起一名在附近散步的男性游客在山中突然死亡的事故。"桐宫玲朗读着那篇报道，"男子的妻子发现了异状，当救护队员赶到时，闻到现场附近有淡淡的臭鸡蛋味道。赤熊温泉村的泉源含有硫化氢，可能是因为地底冒出的气体暂时累积，导致浓度增加，引起中毒死亡。"

"硫化氢！"羽原的神色立刻紧张起来。

桐宫玲默默点了点头，她的表情也散发出不寻常的气息。

"有没有更详细的情况？比方说，被害人的身份之类的。"

"……有。被害人是住在东京都港区的影视制作人，名叫水城义郎，六十六岁。他们夫妻在前一天一起住在赤熊温泉的旅馆。"

桐宫玲把屏幕转向羽原，让他确认"水城义郎"这四个字。

"刑警中冈所属的麻布北分局也在港区。"

"影视制作人……"羽原皱着眉头,"再确认一下刚才的报道,就是苫手温泉的那篇报道,说是火山气体,具体是什么气体?"

"请等一下。"桐宫玲滑动着指尖。

"查到了。男子在苫手温泉散步道上死亡的事件,解剖结果发现死因是硫化氢中毒。"

"果然是这样,中冈说,发生事故的两个地方距离超过三百公里,如果是赤熊温泉和苫手温泉的话就符合了,苫手温泉的被害人是什么人?"

"名叫森本五郎的三十九岁男子。除此以外,并没有其他情况。"

羽原用力深呼吸,抱着双臂:"你有什么看法?"

"我觉得应该就是。"桐宫玲说,"硫化氢中毒这件事无法忽略,中冈除了问圆华小姐以外,还问了谦人的事。"

"关于这件事,听说之前负责照顾谦人的护理师打电话到数理学研究所,说有刑警向她打听谦人的事,她当然回答什么都不知道。"

"应该也是中冈吧?"

"八成是他。"羽原点了点头后问武尾,"你知不知道甘粕谦人的事?"

武尾摇了摇头:"刚才教授和中冈谈话时第一次听到。"

"是吗?所以你应该听不懂我们刚才在说什么。"

"对。"

羽原垂下双眼,迟疑片刻后,看着桐宫玲说:"你把谦人的事告诉他。"

桐宫玲用力收起下巴说："要说到何种程度？"

羽原停顿了一下说："基本的情况。"

"好的。"桐宫玲回答后，操作着平板电脑，然后露出冷漠的眼神，把屏幕拿到武尾面前。屏幕上写着"甘粕谦人"四个字。

"刚才和中冈的谈话中也提到过，甘粕谦人是羽原博士的病人，因为不幸的事件变成了植物人，但之后奇迹似的康复。之后，谦人因为某种因素，开始在数理学研究所生活，但在去年春天突然失踪了。不知道他为什么失踪，虽然留下了一封信，但信上只写了感谢医院和羽原博士。除了他以外，还有另一个人也生活在数理学研究所，就是你很熟悉的羽原圆华小姐。她比任何人更担心谦人，很可能擅自外出去找他。为了避免她做出这种鲁莽行为，我们决定派人监视她，所以就找了你，武尾先生。"

武尾微微吸了一口气。果然是这样。圆华逃走时，他曾经这么猜测，看来完全正确。

"再重回刚才的话题，"桐宫继续说道，"谦人遭遇的不幸事件，就是他被卷入了他姐姐的自杀。那不是普通的自杀，而是硫化氢引起的中毒死亡，他的妈妈也被卷入，因此送了命。"

"啊！"武尾叫了起来，原来是这样。

"听了这些说明，你应该能够理解我们会注意到赤熊温泉和苫手温泉事故的原因了。"羽原说道。

武尾点头表示同意："我很了解，对甘粕谦人来说，硫化氢是决定他命运的物质。"

"但是，"桐宫玲说，"目前并不知道他对发生在自己身上的悲剧有什么看法，因为他丧失了事件发生之前的记忆。"

"失去记忆了吗？"

"对。当他醒过来时，已经是植物人状态，完全不知道自己是谁，也不知道为什么会遇到这种事，在通过其他方式沟通之后，他才终于了解了状况。"

武尾说不出话来，他完全无法想象如此严峻的状况。

"如果你想进一步了解谦人，可以看这个，"桐宫玲把平板电脑的屏幕转向武尾，屏幕上出现一个网站，"那是谦人的父亲所写的博客。"

"原来有这个……"

桐宫玲突然想到了什么，手指在屏幕上滑动着。

"果然没错。博士，请你看这里,这里提到了姓水城的影视制作人。"

羽原凝视屏幕后嘟哝说："那就更没错了。"然后看着武尾说："谦人的父亲是电影导演甘粕才生。"

"哦……"武尾恍然大悟。他之前听过这个名字。

"正如桐宫刚才说的，谦人戏剧性地康复，但也同时丧失了对过去的记忆。得知这件事后，甘粕才生就渐渐不再来医院，最后完全不再出现。我们也无法联络到他，一直持续到今天。"

"原来是这样。"

羽原打了一个响指。

"我们来整理一下问题。圆华得知了赤熊温泉的事故，为了寻找谦人而失踪了。她为什么认为那起事故和谦人有关？如果真的有关，谦人到底在那起事故中扮演了什么角色？"

"中冈怀疑是杀人命案的理由也令人在意。正如武尾先生所说，既然搜查一课没有出动,代表并没有明确的证据怀疑是他杀,难道是他个人掌握了什么线索吗?"

羽原皱着眉头,紧闭双唇,注视着武尾:"我想听听前警官的意见。"

武尾干咳了一下说:"中冈的谈话中,有一件事让我很在意。"

"什么事?"

"我记得他刚才说,在事故发生的两个地方,都有人看到圆华小姐。"

"他的确这么说,有什么问题吗?"

"他是怎么掌握这个消息的?"

"啊?"羽原一脸意外地和桐宫玲互看着。

"如果圆华小姐是谁都认识的名人,在赤熊温泉和苫于温泉都有人说看到羽原圆华的证词或许合情合理,但圆华小姐并不是名人,如果有人在事故现场看到她,把这件事告诉刑警,最多也只是说,看到一个年轻女孩而已。即使在两个温泉区都有相同的证词,为什么中冈会知道是同一个人,知道那个人就是羽原圆华呢?"

"是不是目击者问了她的名字?"桐宫玲难得很没自信地说完后,摇了摇头,"不可能,圆华小姐不可能轻易说出自己的本名,更不可能在两个地方都自报姓名。"

"我有同感。如果在好几个地方搜集到目击证词,而且那个人不是名人的话,只有一种可能,那就是警方针对某个特定人物进行调查,拿着那个人的照片四处打听,但听中冈所说的话,是因为有目击证词,所以才会注意到圆华小姐,顺序根本颠倒了。"

"的确是这样,那中冈到底是从哪里得到了目击证词呢?"

"有一种可能,就是在影片或是照片中看到。比方说,在两处温泉区所设置的防盗监视器都拍到了圆华小姐,但如果是这样,又留下了如何查到她真名的疑问。"

"不,这不可能,"桐宫玲斩钉截铁地说,"圆华小姐不可能犯下被监视器拍到的疏忽。"

"我也这么认为。"羽原点着头说。

"如果是这样,就只剩下唯一的可能。那就是目击者是同一个人,同一个人在两处温泉区看到了圆华小姐,之后又因为某种契机得知了她的名字,并告诉了刑警中冈。"

"等一下,同一个人前往两处事故现场?会有这种事吗?警察吗?或是媒体相关……"

"因为两处温泉区属于不同的县,所以不可能是同一个警官前往两个事故现场,媒体记者倒是有可能。记者先去赤熊温泉采访那起事故,之后因为发生了类似的事故,所以又去了苦手温泉。的确有这种可能。"

羽原指着桐宫玲说:"彻底调查报道那两起事故的所有新闻,也许可以找到同时采访这两起事故的人。"

他还没有说完,桐宫玲的手指就在屏幕上迅速滑动,她的眼神就像是注视着目标的狙击手。

"很棒的着眼点。"羽原看着武尾说道,"桐宫果然没看错你,太了不起了。"

"过奖了。"武尾鞠了一躬,然后低下了头。他很不习惯被称赞。

"博士。"桐宫玲叫了一声,声音充满紧张。

"有没有找到?"

"不是媒体记者，但我发现了造访过这两个事故现场的人。"

"是谁？"

"一名学者。"

"学者？"

武尾抬起头。羽原看着桐宫玲递到他面前的平板电脑屏幕。

不一会儿，羽原小声嘀咕："泰鹏大学地球化学系……嗯。"

19

咖啡杯里的咖啡剩下一半时，咖啡店的门打开了，一个身穿西装的男人走了进来，年纪有四十多岁，个子并不高。

男人巡视店内，目光停在中冈放在桌上的纸袋上。那是知名百货公司的纸袋，他们约定用这个作为记号。

中冈起身迎接那个男人："请问是根岸先生吗？"

"是。"对方有点紧张地回答，他可能很少和刑警打交道，似乎可以听到他急促的呼吸声。

中冈拿出名片后自我介绍。那个男人也拿出名片，名片上印着文学书籍编辑部主编的头衔。

根岸找来服务生，点了饮料，中冈也请服务生收走自己的杯子，又点了一杯咖啡。

"不好意思，在你百忙中打扰。"中冈坐下后，再度道了歉。

"你在电话中说，是从大元先生那里得知了我的名字，对吗？"

根岸问。

"没错,因为我目前调查的事件需要了解甘粕才生先生的状况,所以在向认识甘粕先生的人四处打听。听说贵出版社打算出版甘粕先生的书?"

"的确有这个企划,我记得是去年一月的时候,甘粕先生突然打电话给我,说有东西想要给我看。因为我们八年未见,所以我有点惊讶。"

"你们以前就认识吗?"

"我们以前曾经出过一本他的书,是名叫《冻唇》的电影改编的小说,卖得还不错,也很受好评,所以我们曾经提案想推出续作,但之后就没了下文,我以为甘粕先生已经没有意愿出书了……"

服务生送来两人的咖啡。中冈没有加牛奶,喝了一口。

"所以是相隔多年主动联络。甘粕先生当时的情况怎么样?"

根岸用小茶匙搅动着杯子里的咖啡,露出若有所思的表情。

"用一句话来说,就是完全变了一个人。他以前就很瘦,那次更瘦了,但并没有气色不好,或是憔悴的感觉。"

"所以他看起来精神很好吗?"

"也不能说是精神很好,但表情很平静,有一种任何事都无法把他压垮的感觉,或者可以说是豁达。"

"我懂……你们谈了些什么?"

"他说他根据自己的经历,写了一本传记小说,问我愿不愿意看。我之前就看过甘粕先生的博客,所以问他是不是根据博客的文章整理的,他回答说,博客只是开头的部分,主要是以之后的生活为主。我说很希望立刻拜读。因为我之前就注意到他的博客,也很想知道甘粕先生之后的生活。"

"所以,你看了他的稿子吗?"

"当然。"

"怎么样?"

根岸张了张嘴,但随即又闭上,舔了舔嘴唇后才说:"是一部力作。"

"怎样的内容?"

"他用充满临场感的笔锋,详细记录了从那起可怕的事件发生至今为止的生活。"

"博客上只写了六年多前的事,所以他的作品提到了之后的事吗?"

"没错。"

"具体是哪些事?可不可以请你告诉我内容?只要大致的内容就好。"

根岸露出了为难的表情。

"恕我无法未经作者的同意,擅自透露尚未发表的作品,更何况是根据实际情况所写的传记,因为事关作者的隐私。"

"即使是为了侦查工作也不能通融吗?"

根岸用指尖抓着颧骨。

"关于这件事,请问是在侦查什么事件?"

"对不起,恕我无法透露。"

根岸讶异地皱起眉头问:"甘粕先生有什么嫌疑吗?"

"不是不是,"中冈摇着手,"不是你想的那样。不瞒你说,我想了解的是他的儿子甘粕谦人,因为我想知道博客的最新一篇文章之后,他们父子关系到底怎么样了。"

根岸点了点头,似乎终于恍然大悟:"如果是这样,即使听了传记的内容也没有意义。"

"为什么?"

"因为传记中几乎没有提到他儿子。"

"是这样吗?"

"对,只有博客上写的那些而已。"

太意外了。谦人是唯一幸存的亲人,即使不记得自己的父亲,甘粕才生不是也会随时挂念在心里吗?

"所以请你谅解。"

"我知道,但可不可以请你至少说说大概的内容,或许可以作为参考。拜托你了。"

根岸皱起鼻子沉思片刻,最后终于很不情愿地点了点头:"你不会告诉别人吧?"

"当然不会。"

根岸再度点了点头,终于开了口。

"甘粕先生的博客停止更新后,他开始四处流浪旅行。用他的话来说,就是斩断和过去的所有联络,寻找通向未来的大门。但是,他的旅行很辛苦,因为在精神上他承受了很多痛苦。有时候连续好几天都无法入睡,或是产生幻觉。虽然博客的文章中看起来他好像已经重新站起来了,但事实并非如此,他甚至在传记中提到,在辗转各地期间,他发现自己并不是在寻找通往未来的大门,而是在寻找自己的死亡之地。看到这些文字的时候,我心里真的很难过。"

中冈在记录的同时,忍不住皱起眉头,光是听到这些,也觉得心情很沉重。

"但是,"根岸压低了声音,"甘粕先生的考验并没有结束。"

"考验?什么考验?"

"接下来的内容很敏感,请你千万不能告诉别人。因为——"根岸舔了舔嘴唇,继续说道,"因为他发现了他女儿自杀的原因。"

"啊!"正在做笔记的中冈抬起头,"真的吗?"

"对,但甘粕先生声明,那只是自己的猜测,同时还写道,萌绘可能不是自己的女儿。"

中冈用力吸了一口气:"为什么会这么想?"

"甘粕先生在乡下的电影院遇到一个男人,文章中称他为Ａ先生。他们都很喜欢电影,所以很谈得来。看完电影后,他们一起去喝酒。Ａ先生并没有发现和他一起喝酒的是甘粕才生。喝了一会儿,Ａ先生说了一件奇妙的事。他说他的一个朋友每个月都会去东京见女儿,为他生下女儿的是有夫之妇,当作是自己和丈夫的女儿养育,而且那个丈夫是知名的导演——"

"光是这样……"

"还有一件事,"根岸说,"Ａ先生还说,那个女儿在三年前自杀了,时间刚好吻合。"

中冈微微向后一缩,拿起咖啡杯喝了一口:"甘粕先生听了之后呢?"

"他当然问了Ａ先生那个朋友的名字,Ａ先生不肯说,甘粕先生说出了自己的真实身份,而且说自己的女儿也自杀了,Ａ先生吓得脸色发白,推说和那个朋友不是很熟,关于他女儿的事也是听别人转述的，所以不知道是真是假。甘粕先生说没关系，硬逼着他说出那个朋友的姓名，A先生才终于告诉他，那个朋友叫田所，而且也说了公司的名字。啊，但是田所只是假名字，文章中并没有公布真名。"

"甘粕先生有没有去见那个姓田所的人？"

"他去了对方公司，但是——"根岸耸了耸肩，摊开双手，轻轻摇着头，"田所已经死了，在三年前上吊自杀，而且就在甘粕先生的女儿去世的两个星期后。"

中冈倒吸了一口气："他得知女儿自杀，所以也走上绝路吗？"

"甘粕先生也是这么想，他调查了田所过去的行为，果然发现他频繁去东京。田所虽然是单身，但曾经告诉周围人，自己有小孩。"

"这或许是决定性的……"

"甘粕先生写道，他回顾以前的事，发现很多迹象都可以证实这件事。比方说，谦人经常告诉甘粕先生，他不在家的时候，他太太带着他女儿外出，而且他女儿每次都闷闷不乐，或是心情很恶劣，即使问她怎么了，她也回答没事……原本觉得青春期的女生，心情容易起伏很正常，没想到她内心有这些纠葛。"

"这些纠葛是……"

"甘粕先生推测，萌绘不可能没有察觉母亲带她去见的那个男人是自己的亲生父亲。也就是说，她知道自己背叛了户籍上的父亲，去和母亲不忠的对象见面，这种罪恶感让她痛苦不已。我认为这种想象并不是毫无道理。"

中冈默然不语地点了点头，他同意根岸的意见。

"而且，甘粕先生认为萌绘的个性很敏感，很可能对自己的存在产生了疑问,觉得自己是母亲外遇生下的孩子,没有资格活在这个世界上。甘粕先生认为,种种要素结合在一起,最后终于爆发,才会导致那起事件,只不过他已经无法确认,因为相关的人都离开了这个世界。"

根岸用力吸了一口气,喝了一口咖啡后,抬起了头。

"于是,甘粕先生又有了新的苦恼。对自己来说,家人到底是什么?他再度搞不清楚这件事。妻子的心、女儿的心到底在哪里?自己心目中的家庭到底是什么?那个家无法再让他感到安全。他觉得自己像行尸走肉,也失去了活下去的动力。"

"他在那样的状态下,竟然还可以重新站起来。"

"虽然他感到虚脱无力,但总算没有放弃'千万不能死'的想法。他告诉自己,目前能够做的事,就是活下去,然后他再度迈开了步伐,前往各地,接触各式各样的人,渐渐疗伤止痛。那些故事很感人,也富有文学性。"

根岸介绍了其中几个故事。甘粕曾经去年幼的孩子遭到杀害的夫妻经营的玩具店帮忙;一个在一流企业工作,却因为偷窃而遭到开除的前精英员工和他分享了身为游民的生活方式;也曾经带着一只他取名为"小凯"的黑狗一起旅行。

"不久之后,甘粕先生终于达到了一个境界,他觉得自己所看到的就是一切,背后的隐情或真相都很虚无,他和妻子、女儿和儿子在一起时,享受了很多幸福的时光,这样就足够了。"根岸重重地吐了一口气,"以上就是传记的概要。"

中冈用潦草的字在记事本上写下了"自己看到的就是一切"这句话。"谢谢你。"

"从传记上来看,甘粕先生并没有和他儿子见面。"

"听起来好像是这样。书什么时候会出版?"

"还没有决定。之前甘粕先生打电话来问我的感想,我说他的作品很出色,希望可以立即出版,他说他有自己的想法,会再和我讨论出版时间。"

"他有想法?什么想法?"

"他并没有说,但是我猜想——"根岸稍微压低了声音,"他可能想根据这个传记拍电影,因为他在后记中提到,希望以这个传记作为重回电影界的敲门砖。"

中冈在记录时点着头。甘粕本来就是电影导演,会有这样的想法也很自然。

"之后有没有再联络?"

"完全没有,我也有很多其他事在忙,所以也就没有继续联络。老实说,在接到你的电话之前,我已经忘了这件事。刚才来这里之前,我打了他的电话,但他没有开机。"

中冈把手上的圆珠笔指向根岸的胸口说:"你知道甘粕先生的联络方式吧?"

"知道,但只有他的手机号码,他好像并没有固定的住所。"

"可以告诉我吗?"

根岸想了一下说:"好,没问题。"然后拿出了自己的手机。

根岸手机上的号码和大元他们知道的号码不一样,可能是在流浪生活期间新换的号码。

和根岸道别后,中冈立刻拨打了那个电话,但正如根岸所说,甘粕可能关机了，所以无法接通。中冈在语音信箱留言，报上了自己的身份和电话号码，希望甘粕可以和他联络。

20

青江带着陶醉的心情看着玻璃橱窗，橱窗内展示了高五十厘米，宽约四十厘米的模型。这是联合国教科文组织认定的世界遗产——印度泰姬陵的模型，但并不是普通的模型，令人惊讶的是，那是用乐高积木搭出来的，总共用了将近六千块积木。第一次看到价格时，青江眼睛瞪得更大了，要价超过二十八万日元。在妻子抱怨起这种东西到底要放在哪里之前，一定会先对信用卡账单大发雷霆，所以，他只能在这里欣赏过干瘾。

青江的房间内有近千个不同形状的乐高积木，都是他为自己买的。他经常在晚餐后，慢慢喝着威士忌，用积木搭出各种不同的东西。完成出色的作品时，他就用相机拍下来。上个月制作的天空树就是他的得意之作，但因为没地方展示，所以在充分观赏后，还是必须拆掉。

他来到住家附近购物中心内的模型专卖店，只要有空，比如从学校下班回家时，他都会来这家店逛逛。

他在店内稍微走动了一下，发现有卖帝国饭店的乐高积木。每次看到那个盒子，青江就会陷入犹豫。因为价格适中，尺寸也在允许范围，但想到带回家时太太不知道会说什么，他的心情就很忧郁。

"目前东京的帝国饭店和这栋建筑物完全不一样。"一个女人的声音在他身旁说道。青江惊讶地看向身旁,一个身穿深色套装、鼻子很挺的女人站在他旁边。

"这个乐高积木重现的是弗兰克·劳埃德·赖特(Frank Lloyd Wright)的代表作,目前已经移至爱知的明治村,但只有玄关的部分而已。"

"那已经是明治村内最大的建筑物了。"

女人转头看着他说:"好像是,青江教授。"

青江以前没有见过这个女人,但她美得让人紧张。青江觉得自己的血压正在上升。

"呃,请问你是……"

女人直视着青江的脸问他:"你认识麻布北分局的刑警中冈先生吧?"

这个问题太出人意料,他来不及多思考,就脱口回答:"是啊。"

"果然是这样,太好了。"女人终于露出柔和的表情,"我想和你谈一谈,不知道你是否方便?"

"呃,现在吗?"

"对。"说完,她看向青江的后方。青江察觉到身后有人走过来,回头一看,个子高大、一脸凶相的男人就站在他身后,眉毛旁有旧伤。看到那个男人,他就畏缩起来。"这是怎么回事?"他的声音也有点发抖。

"请放心,我们不是坏人,"女人说,"只是想请教一下关于羽原圆华小姐的事。"

"羽原？呃，你们是……"

女人从皮包里拿出名片，上面写着"开明大学总务课 桐宫玲"。

"前几天，刑警中冈先生来我们大学，向脑神经外科的羽原博士问了一大堆问题后离开了。中冈先生有没有告诉你这件事？"

"不，我这一阵子没和他见面。"

"是吗？"桐宫玲看着手表说，"不会占用你太多时间，可以稍微打扰一下吗？"

"啊……哦，那好吧。"

青江也想知道中冈和羽原全太朗到底谈了些什么。

他们的黑色轿车停在购物中心的停车场，青江在一脸凶相的男人示意下，坐进了后车座。桐宫玲开车，男人坐在副驾驶座上。

"请问一下，"青江问，"是中冈先生告诉你们我的事吗？"

坐在驾驶座上的桐宫玲点了点头："羽原博士是这么说的，有什么问题吗？"

"不，没事……"

太奇怪了。青江忍不住想。上次和中冈谈话时，他说即使和羽原全太朗见面，也不会提到青江的名字。

青江看向副驾驶座上的男人，他从刚才就没有说过一句话，他也是开明大学的人吗？他的相貌和巨大的身躯，散发出一种曾经多次经历过危险场面的人特有的气场。

车子驶进城市饭店的地下停车场，青江以为要去饭店内的咖啡厅，没想到走进电梯后，桐宫玲按了客房楼层的按键。

"去客房谈比较不会受打扰。"她似乎看透了青江的内心。

青江吞着口水，内心有一种不祥的预感，很担心会有可怕的事在等待自己。

他们带着青江来到一间很普通的套房，除了他们三个外并没有其他人。长沙发和单人沙发呈L形放置在中央的茶几旁，青江在桐宫玲的示意下，坐在长沙发上，她在单人沙发上坐了下来。

"喝咖啡可以吗？"

"好。"

旁边有一辆推车，上面放着咖啡壶和咖啡杯。桐宫玲把咖啡倒进杯子后，放在青江面前。那个一脸可怕的男人一直站在房门口，视线直视前方，完全没有看向青江他们，反而更让人感到害怕。

"中冈先生向羽原博士打听了圆华小姐的很多情况，让羽原博士很伤脑筋。"

"伤脑筋？为什么？"

"因为他无法回答。"桐宫玲的嘴角露出笑容，"圆华小姐独自出门旅行，博士并不知道她目前人在哪里，也不知道她在干什么——请趁热喝。"

"谢谢。"青江说完，把牛奶倒进咖啡，"是这样啊，她一个人去旅行。"

"青江教授，你在赤熊温泉和苦手温泉都遇见了圆华小姐，对吗？"

"是，刚好都遇到她。"

"羽原博士很担心圆华小姐的情况，因为完全没有联络，也不知道她是否平安。中冈先生又刚好在这个时候上门，让他更不安了，所以就由我代替工作忙碌的博士，想向你打听一下详细的情况。"桐宫玲口若悬河地说着事先准备好的措辞。

"哦，原来是这么一回事。"青江喝了一口咖啡。

"可不可以请你告诉我，你见到圆华小姐时的情况？你最初是在赤熊温泉见到她的吧？"

"对，因为她闯入了禁区，和我在一起的人提醒她离开。当时就只是这样而已，并没有想太多，但后来又在苦手温泉的镇上看到她，我很惊讶，所以就叫住了她。"

"叫住了她？怎么叫住她？"

"就用普通的方式啊，我问她为什么会在这里，当时她什么都没有回答。"

"当时？"

"我告诉她我住的那家旅馆，她在晚上来找我。"

青江把和圆华在旅馆的对话，以及一起去事故现场察看的事告诉了桐宫玲。

"是吗？圆华小姐说，她在找她的朋友吗？"桐宫玲把视线移到一旁，似乎在沉思。

"她是什么人？"

桐宫玲似乎没有听懂青江这个问题的意思，看着他，微微偏着头。

"不，这么问有点奇怪，她是做什么的？因为她说既不是学生，也没有工作。"

"没错。"

"但是，该怎么说，她身上散发出一股奇妙的感觉，不像是普通靠父母生活的家里蹲，知识很渊博，也可以正确地预告天气。"

"天气？"

"她预言了下雪的时间，而且非常准确。"

"青江教授，"桐宫玲露出微笑，"圆华小姐只是普通的女孩，也许有点奇怪，但那只是她的个性问题。"

"哦……"

"你和圆华小姐还聊了什么？她有没有提到正在找的那个朋友？"

"她完全没提，只不过……"

"什么？"

"呃……"青江不知道该不该说，张了张嘴，"中冈先生应该也问了甘粕谦人的事。"

桐宫玲惊讶地睁大眼睛，一直面无表情地站着的男人也用锐利的视线看向青江。

"你从哪里知道这个名字？"桐宫玲问道，她的语气变得很严厉。

"博……博客，甘粕才生先生的博客。"

"你为什么会去看那个博客？"

"不，因为，那个……"

青江结结巴巴地把发现甘粕才生博客的过程，从博客的文章中得知羽原全太朗的名字，在和中冈聊天过程中发现圆华出示的照片很像甘粕才生年轻时的样子等情况都通通说了出来。

"原来是这样。那我再请教你一个问题，中冈先生为什么怀疑是谋杀？"

"这……呃，我不知道。"

桐宫玲缓缓摇着头。

"请你不要隐瞒,别担心,无论发生什么问题,我们都会负起所有责任,当然也绝对不会透露是从你口中得知的。"

青江看着她精明的脸,又瞥了一眼站在那里的男人。男人仍然默默注视前方,脸上的表情似乎在恐吓青江:"我劝你老实回答,不然别怪我不客气。"

"中冈先生好像在怀疑赤熊温泉那个被害人的太太,"青江小声说了起来,"因为她和被害人年纪相差悬殊,原本就很可能是为了财产结婚……"

"原来是这样,是怀疑他太太。"桐宫玲似乎终于了解了,连续点了两三次头。

青江看到她的样子,发现都是自己在说话,自己也有很多问题想问。

"请问这到底是怎么回事?"他试图逆转发问者和回答者的立场,"圆华小姐在找的朋友是甘粕谦人吧?为什么圆华小姐认为去发生事故的温泉区,就可以发现找到他的线索?"

桐宫玲冷冷地说:"不知道。正如我刚才对你说的,圆华小姐的意图,就连她父亲羽原博士也不知道,虽然甘粕谦人是羽原博士的病人,但我们现在才知道圆华小姐好像在找他,当然不可能知道其中的理由。"

"不,但是……"

"刚提到圆华小姐给了你一张类似名片的卡片。"桐宫玲打断了青江的话,眼神中看不出任何感情,"在苦手温泉的旅馆,圆华小姐给了你一张手写的卡片,可不可以给我看一下?"

"啊?呃,我没带在身上。"

"在哪里？大学的研究室吗？"

"呃，我忘了放在哪里，但那张卡片没有用。"

"为什么？"

"因为上面的号码是假的，之后我曾经打过那个电话，结果接电话的是完全不同的人。"

"接电话的是谁？"

"不认识啊，是一个上了年纪的女人。我发现不是圆华小姐，就马上挂了电话。"

桐宫玲垂下双眼后，再度注视着青江的脸。

"那张卡片上还有没有写其他内容？"

"只有姓名和电话号码，没有写其他东西。"

"是吗？但我还是想看一下那张卡片，如果留在大学，可不可以现在去学校，让我看一下？"

"啊？现在吗？"

"当然啊，结束之后，我们会送你回府上，拜托你了。只要你给我看了之后，日后再也不会给你添麻烦，而且也不会再出现在你面前，拜托了。"

她深深地鞠躬。

"哦……是这样吗？我不知道那张卡片还在不在，我记得好像丢掉了。"

桐宫玲的右侧眉毛微微抖了一下："大学的垃圾桶吗？什么时候？"

"不知道，我记不清楚了，不知道丢去哪里了。"青江抱着手臂思考起来。在得知那是假电话后，对他来说，就只是一张废纸，之后也从来没有想起过。

而且，他完全搞不懂为什么桐宫玲对那张纸那么执着。上面只写了姓名和电话而已，因为他看过很多次，所以记得很清楚。

"那可不可以让我看一下你的通话记录？"她说，"手机上应该有你拨打给圆华小姐的号码吧？我想看一下。"

"可以啊……"青江从内侧口袋里拿出手机。她为什么会想知道那个号码呢？根本不知道会打给谁。

这时，他脑海中闪过一个念头。根本不知道会打给谁——

圆华之前去苫手温泉的旅馆时，努力想要博取青江的信任。为了证明羽原圆华不是假名，她还出示了信用卡的附卡。既然这么做了，会留下假电话吗？青江可能会当场拨打电话，确认号码的真伪。如果圆华的手机不响，青江绝对不可能相信她。

没错，那个号码是真的，上次接电话的也是圆华，但她为了断绝和青江之间的关系，故意伪装成别人。只要使用变声器，变成别人的声音并不是困难事。桐宫玲应该察觉了这件事。

"怎么了？"因为青江拿着手机愣在那里，桐宫玲讶异地问。

"啊，不是，我想起来不是用这个手机打的。"

"那是从哪里？"

"我记得是在研究室，用固定电话打的。"

"那个电话的通话记录……"

青江摇了摇头。

"电话本身没有记录，我们大学的电话和饭店一样，同时兼内线电话，或许可以去电话公司调阅数据，但如果没有正当理由，恐怕无法轻易调阅。因为有好几个人共用那个电话，所以也关系到隐私问题。"

桐宫玲叹了一口气，抬头看着站着的男人，男人似乎和她交换了眼神。

她看着青江说："那只能去大学找圆华小姐自己动手做的名片了。"

"关于这件事，我又觉得好像带回家里了，所以可能要先回家找找看。"

"好吧，那我们马上送你回家。"桐宫玲站了起来，向一脸凶相的男人使了一下眼色。

"等一下，我自己回家就好，而且并不一定在家里。如果找不到，我会再去研究室找找看。今天我太累了，请见谅。不如这样，我会努力找找看，找到了当然会和你联络，如果找不到，也会通知你，你觉得如何？"

桐宫玲露出怀疑的眼神。

青江鞠躬说："希望你谅解。"然后一直低着头。

她叹了一口气。

"既然这样，那就没办法了，好吧，那我等你的联络。"

"不好意思，我一定会仔细找。"

他很客气地拒绝了桐宫玲提出要送他回家的要求，在饭店搭了出租车。出租车出发后，他在车内回头一看，发现那两个人站在出租车站，一直目送着车子离去，两个人的脸上都充满怀疑。

青江拿出手机，确认了通话记录。他刚才说从研究室打给圆华是说谎，他是用这个手机打的，所以通话记录上当然留下了号码。

他之所以说谎，是因为觉得一旦告诉了桐宫玲他们，自己就永远没有机会知道真相。桐宫玲刚才说，再也不会出现在青江面前。他们根本无意告诉青江任何事，他们的目的应该只是想知道圆华的下落，而且他们并不知道圆华目前使用的电话号码。

他握紧手机，目前主动权还掌握在自己手中。

当他回到家时，晚餐已经做好了，今天吃散寿司。这也是壮太爱吃的，但和汉堡排和咖喱相比，喜欢吃日本菜的青江暗自感到庆幸。

客厅不见儿子的身影，可能已经吃完饭回到自己房间了。敬子把饭菜端到丈夫面前后，坐在沙发上看电视。青江和家人之间今天晚上也没有任何交谈。

青江在吃散寿司时，思考着作战方案。机会只有一次，一旦失败，就没有第二次了。无论如何，都必须设法将对方的军。

青江食不知味地吃完晚餐后，走进自己的房间。他拿起手机，坐在书桌前，再度整理着自己的思绪。

用力深呼吸几次后，他开始操作手机，从通话记录中挑选出那个号码，按下了通话键。

如果是未显示或是陌生号码，圆华一定不会接，但如果是这个手机拨打，她不得不接，因为上次已经接过了。如果上次接而这次不接，反而不自然。她希望让青江以为这个号码是错的。

电话中传来铃声，三次、四次。圆华还没有接起来。她看到来电显示，正在犹豫吗？

第七次的铃声响到一半，电话接了起来。"喂。"电话中传来女人的声音,但听起来果然是上了年纪的。

"喂,我是泰鹏大学的青江。"他一字一句仔细说清楚。

"啊?你是哪位?"女人讶异地问道。上次听到女人这么说时,青江以为并不是圆华。

"我是泰鹏大学的青江,我们不是在苫手温泉的'铃屋旅馆'见过吗?"

"对不起,我完全不知道你在说什么,你拨打的号码是多少啊?"

接下来是关键,青江吸了一口气说:"今天的变声器状况似乎不太好,完全听得出你的声音。圆华,我有事想和你见面谈,是关于甘粕谦人的事,如果你想知道关于他的消息——"他一口气说到这里时,电话挂断了。

他立刻再度拨打,但已经被设定拒接了。由于事先就料到这种情况,所以他并未感到失望。

青江回想着刚才的对话。虽然他刚才在电话中认定就是圆华,但如果真的是别人,对方一定会很错愕,搞不好会感到害怕,而把这个号码注销。

但是,青江很有自信。上次因为听到不同的声音而惊慌失措,无法做出冷静的判断,这次想到有可能装了变声器,仔细听了之后,发现声音、语气和圆华有点像。

问题在于她如何看待青江说的话。

青江左思右想后,认为最好的方法就是用甘粕谦人作为诱饵吸引圆华的兴趣。她没想到青江会知道甘粕谦人的名字,所以必定很惊讶,如今应该正在猜测青江的目的为何,思考下一步该怎么做。

青江在家里走动时，也随时带着手机，以防圆华随时会打电话来。洗澡的时候，也把手机放在门旁，以便有来电时，他可以马上接起电话。

但是，过了半夜十二点，青江用乐高完成了一个小型城堡后，手机仍然没有响。青江渐渐感到不安。

这是怎么一回事？她为什么不打来？难道不想知道有关甘粕谦人的消息吗？至少她会很在意青江怎么会知道这个名字，还是因为警戒心更强？

凌晨一点过后，青江走去卧室。敬子已经在隔壁床上呼呼大睡。他把手机放在枕边，钻进了被子。今天晚上恐怕不会打来了，青江决定放弃等待。

不知道过了多久，他突然发现有人在摇晃自己的身体。

"嗯？怎么了？"他昏昏沉沉地问。

"你的手机在响。"敬子不悦地说。

"啊？"

他原本放在枕边的手机不见了，但的确听到了手机振动的声音，低头一看，原来掉在地上了。他慌忙捡了起来，从床上跳起来，接起了电话。"喂，我是青江。"他走出卧室，走进自己的书房。

对方没有说话，青江以为电话挂掉了，立刻看着屏幕，仍然是通话中。

"喂？喂？"

"你现在一个人吗？"电话中传来年轻女子的声音。没错，就是圆华。

"我一个人在自己房间，家人在其他房间，但都睡了。我刚才也睡着了，因为没想到你会这么晚打电话给我。"青江拿起空调的遥控器，打开之后看了时钟，凌晨三点了。

"我也没想到你又打电话给我。"

"我想也是。"

"你竟然会发现这个电话是我的。你第一次打来时，不是完全被变声器的声音骗了吗？"

"之后又发生了很多事。"

"很多什么事？"

"说来话长，如果可以，我想当面说给你听。"

圆华停顿了一下。

"那你至少先告诉我，为什么你知道谦人的事。"

"这件事也无法简单说明。"

"只要大致说一下就好。"

"不行，要见面再谈。别担心，我不会告诉任何人和你见面的事，也不会告诉那个姓桐宫的女人。"

圆华再度沉默，这次沉默的时间比刚才更久。

"看来的确发生了很多事，我没想到会把你也卷进来。"

"如果没有遇见你，应该不会遇到这些事。"

"是我的错吗？"

"我不是这个意思。如果没有遇见你，我仍然什么都不知道。在什么都不知道的情况下大放厥词，说出一些错误的事，成为一个愚蠢的学者，所以我很庆幸遇见你。"

"错误的事？"

"当然就是针对两个温泉区发生的事的见解,那不是事故,对吗?"

"……为什么问我?"

"因为我认为你知道答案,所以我希望你告诉我真相。我也会把我掌握的情况全都告诉你,包括警方已经开始追查甘粕谦人的事。"

电话中再度陷入了沉默。青江吞着口水,因为他担心圆华直接挂掉电话。

"好吧。"圆华说,"但地点和时间由我决定。"

"没问题。"青江松了一口气。

21

中冈一踏进刑事课办公室,股长成田就向他招手。这位上司工作能力很强,但很没有时间观念,难得会这么早进办公室。

中冈走过去,成田拿着烟盒站了起来。中冈猜想他打算去吸烟室密谈,所以大致猜到了他想要谈论的话题。

"那是什么?"走进吸烟室,成田立刻用下巴指着中冈的手问道。中冈手上提着纸袋。

"伴手礼,仙贝和荞麦面。仙贝等一下发给大家吃,荞麦面是送你的,你不是很喜欢吃吗?"中冈从纸袋里拿出荞麦面,递给成田。

成田接过荞麦面,看着包装上印刷的字,皱起了眉头。

"苦手温泉?你假日带女人去泡温泉吗?真羡慕啊。"

"很可惜,我是一个人去的,而且是当天来回。"

"当天来回？我不知道你还有这种兴趣。"

"才不是兴趣，是为了工作。"

"工作？"成田把荞麦面放在一旁，用百元打火机点了嘴上的烟，"我正要和你谈这件事。你最近在偷偷摸摸搞什么？同事们都在抱怨，说你经常失踪。"

"我可没做任何逾越你命令的事。"

成田撇着嘴吐了一口烟："回答我的问题。最近在忙什么？"

"赤熊温泉的案子，就是年轻老婆为了遗产干掉老公的那个案子。"

成田皱着眉头。

"你还卡在那个案子上吗？虽然很可疑，但不是没着力点吗？"

"不，我在调查之后，发现了很多有趣的事，我正打算找时间向你汇报。"

"什么有趣的事？"

虽然吸烟室内没有其他人，但中冈还是把嘴贴近股长的耳朵说："那起案子绝对有问题，而且绝对是大案。"

成田用指尖弹了弹香烟，弹掉了烟灰，脸上露出狡猾的表情："你掌握了什么？"

"和其他案子间的关联，另一起案子也是有人在温泉区离奇死亡，也是硫化氢，地点是在苦手温泉。"

成田的眼神变得锐利起来，那是他上钩的征兆。他连续抽了几口烟，对中冈扬了扬下巴，示意他继续说下去。

中冈把包括和青江的对话在内的所有经过，都一五一十地告诉了他。由于内容有点复杂，成田频频插嘴发问，证明他很有兴趣。

"搞什么啊，听起来太可疑了啊。"成田听完之后，又叼了一支新的烟说道。

"对不对？所以你应该了解我为什么要偷偷摸摸行动了吧。只要处理得宜，可以在总部出动之前就搞定。"

"没错，但还有很多不明之处啊，关于杀害方法，大学的教授不是也说不可能吗？"

"但你不觉得未免太巧了吗？两个从事影视工作的人相继在温泉区因为硫化氢中毒身亡，和双方被害人有密切关系的电影导演，以前也因为硫化氢而失去家人，幸存的儿子目击了现场。难道能对这些事视而不见吗？"

成田深深吸着烟，持续喷出大量的烟雾。

"没理由放过。你认为是怎么回事？"

"我的看法是这样。虽然不了解详情，但两起事件都和甘粕谦人有关，并且他并不是单独犯案，而是有共犯。赤熊温泉一案的共犯就是水城千佐都，他们因利害关系一致而联手。你认为如何？"

"很有意思，但要怎么证明？即使因为他们同一天住在赤熊温泉，也无法成为证明。"

"只有赤熊温泉的话，当然不行，但如果在苦手温泉也能够确认到相同的事实呢？"

"苦手？那也是他们两个人共谋的吗？"

"我认为可能性相当高。我针对苦手温泉的被害人，名叫那须野五郎的演员调查了一下，他的死无法为任何人带来好处，也没有听说他和别人结怨。如果需要共犯，甘粕谦人只能利用水城千佐都。千佐都因为他帮忙杀了老公，欠他一份情，所以一旦他提出这样的要求，千佐都很难拒绝。也可能在赤熊温泉动手之前，双方就已经谈妥要在苦手温泉提供协助。"

成田叼着烟，点着头。

"我能够理解你的意思，问题是要怎么确认？"

"租车公司呢？"

"租车公司？什么意思？"

"泰鹏大学的青江教授告诉我相关情况时，有一件事引起了我的注意。被害人独自前往现场，问题在于不知道他是怎么走去散步道入口的。我昨天去了苦手温泉，亲自确认了现场的情况，果然像青江教授所说的。散步道的入口和温泉街方向相反，距离车站也有好几公里，只能开车前往。"

"通常不是会搭出租车吗？"

"如果只有被害人一个人的话，当然会搭出租车，但我认为当天的情况并非如此，而是有人把被害人带到散步道的入口，所以就不可能搭出租车。因为事故发生后，如果司机证实被害人有同行者，事情就会变得很复杂。"

"水城千佐都家有车吗？"

"有啊，是一辆鲜红色的玛莎拉蒂，开这种车子去乡下地方的温泉，马上会引起别人的注意，而且离东京也很远，如果不小心遇到塞车，有可能会破坏计划。"

"所以才会租车吗？但这么一来，不是会留下痕迹吗？"

"如果当作事故处理，警察不会去租车公司调查，凶手根本不需要担心。"

成田似乎同意中冈的说明，点着头，简短地说了声："原来如此。"掐灭了已经变短的第二支烟。

"股长，"中冈露出一脸严肃的表情，"可不可以向县内各租车公司调查一下，案发当天，有没有人用水城千佐都或甘粕谦人的名字租车？"

成田瞪了他一眼。

"我只是分局的股长，怎么有能力要求他县的业者团体做这种事？"

"这种时候，就需要下点功夫啊……"中冈耸了耸肩。他当然是看准了成田一有机会，就想要超越警视厅总部那些精英分子的性格，才会故意这么说。

成田抓了抓鼻翼，叹了一口气。

"真是拿你没办法，好吧，那我通过课长请求对方县警的协助，但暂时不宜透露详细情况，要找一个适当的理由。目前暂时也不要告诉课长。你有没有向其他人提过这件事？"

"你是第一个。"

"好，在我同意之前，不要轻易告诉别人。你专心办这个案子，我会免除你其他工作。如果需要帮忙的人手，告诉我一声，我会加派几个人手协助你，但也不要告诉他们详细情况。"

"知道了，谢谢股长。"

"所以呢？你接下来要从哪里下手？"

中冈摸了摸下巴回答说："甘粕谦人吧？"

"有线索吗？"

"没有，所以我打算回到原点。"

22

青江走进品川车站附近的商务饭店后，一看手表，刚好是约定的时间一点整。

他从大门走进饭店，遇到一群看起来像是中国观光客的人，不见圆华的身影。他一边沿着大厅往里走，一边拨打电话。

"你到了吗？"电话一接通，圆华劈头问道。

"我在大厅。"

"那你来保龄球场。"

"保龄球场？哪里有保龄球场？"

"就在一楼，你问饭店的人就知道了。"说完，她挂了电话。

附近刚好有女性工作人员，青江向她问路。这里的确有保龄球场。但为什么约在这种地方见面？他纳闷地走向保龄球场。

在一大片化妆品和饰品专柜后方就是保龄球场，入口旁有一个柜台。因为无意打保龄球，所以就穿了过去。

虽然不是假日的白天，但球道上很热闹。那些人看起来都像是上班族，他们不用上班吗？

圆华正在角落的游戏区，她穿着格子衬衫、修身牛仔裤，手上拿着之前那件防寒外套，今天没有戴那顶粉红色毛线帽。

她正在夹娃娃机旁。青江走过去时，她似乎察觉了，转头看着他。

"我好几年没有来保龄球场了。"青江说。

"像你们那个年纪的人，不是都很会打吗？"

"那是比我更年长一点的人，在我小时候，这已经不流行了。"

"我几乎没打过。"

"所以在玩夹娃娃机吗?"青江看着夹娃娃机,奖品是米妮布偶,仅脑袋就超过二十厘米。因为分量很重,所以很难夹起来。"这不重要,好久不见,终于又见到你了。"

"我原本也以为这辈子永远都不会再见到你了。"

"不想理会脑筋不清楚的中年学者吗?"

"你本来就是局外人,是你自己要闯进我们的故事。"

"我并不是喜欢闯进别人的故事,只是想修正自己的错误,尽自己身为学者的责任。"

"责任……"

圆华偏着头时,一对母女走了过来,似乎想玩夹娃娃机。那位母亲还很年轻,女儿可能还没上学。"两位请。"圆华离开了夹娃娃机。

"当作事故处理就好了啊,这样有什么问题吗?"

"大有问题。正因为发生了那样的事故,两个温泉区的生意都受到很大影响,如果不是事故,必须赶快告诉他们。"

"教授,我能够理解你说的话,但恐怕很困难。"

"什么很困难?"

"你不能只说不是事故吧,既然不是事故,当然要说清楚到底是什么。"

"那当然啊,所以我才和你见面。因为我认为你知道隐情,告诉我,那不是事故吧?"

圆华没有回答,看着侧面,向他伸出手。

"什么?"

"你有没有一百日元硬币？"

"钱包里应该有。"

"给我一个。"

"啊？"

他看向圆华视线的方向，那对母女正在争执。那位母亲挑战了夹娃娃机，但没有成功夹到米妮。女儿要求再度挑战，但母亲似乎没有自信。

"你想干什么？"青江问。

"别问那么多，赶快给我。"

青江从钱包里拿出一百日元硬币，交给圆华。

她对那位母亲说："可以请你等一下吗？"

"啊？"那个女人有点不知所措地后退。

圆华面带微笑地对那个女孩说："等一下下噢。"她把一百日元硬币投进了夹娃娃机，然后看着夹娃娃机内，开始操作按钮，娃娃夹动了起来。看到娃娃夹开始下降时，青江觉得夹不到了。虽然布偶就在下方，但位置有点偏了，娃娃夹应该夹不到布偶的身体。

但是下一刹那，青江忍不住张大了嘴。米妮布偶被夹了起来，虽然娃娃夹只夹到一只脚，但因为脚的前端很粗，所以不会掉下来。

娃娃夹抓着米妮，顺利回到了原来的位置。圆华从夹娃娃机下方的取出口拿出布偶，递给那个女孩说："给你。"

"可以吗？"那位母亲满脸歉意地问。

"可以啊，因为我并不想要。"

"那……至少这个……"那位母亲从皮夹里拿出一百日元，圆华点了点头，收了下来。

那位母亲让女儿道谢，频频鞠躬后离开了。

圆华走回青江身旁，递给他一百日元说："还你。"

"你果然很会夹娃娃。"青江把一百日元放回钱包里说道。

"这好像是……第二次。"圆华微微偏着头。

"第二次？不会吧？"

"这不重要，呃，我刚才说到哪里？"

"你什么都没说，我正在问你，温泉区发生的事是事故，还是并非单纯的事故，结果你突然跑去夹娃娃——"

圆华在他面前张开手，似乎想制止他继续说下去。

"在回答你的问题之前，我有一件事要先问你，你怎么会知道谦人的事？"

"你先回答我的问题。"

"不必担心，我一定会回答。相信我。"

青江撇着嘴回答说："因为遇到了你，我觉得那两起硫化氢的事故之间可能有某种关联。因为两起事故的被害人都是影视工作者，所以就查到了甘粕才生，看了他的博客，从他的博客得知了谦人，还有你父亲。"

"果然是这样，我就想应该是这么一回事。你在电话中提到了桐宫小姐的名字，你该不会去了开明大学？"

"不是我去的，是麻布北分局的刑警中冈。"

"刑警？"圆华立刻露出紧张的神色。

"那名刑警对赤熊温泉的事故产生了疑问，所以来找我。这也是一切的开端,之后我又在苦手温泉遇到了你,我和中冈开始注意谦人。"

青江把目前为止的详细经过和中冈去开明大学的事告诉了圆华。

"是噢,所以桐宫小姐去找你。"圆华看着格斗游戏的屏幕说道。

"没错,桐宫小姐问了我很多问题,却不愿意回答我的问题,还说她并不知道你在找谦人。"

"是噢,她只能这么回答。"

"听你的口气,桐宫小姐果然在说谎吗?"

"她只是听从她老板的指示。"

"她的老板是谁?你的父亲吗?"

"这……我不能说。"

"为什么脑神经外科的医生要做这种事?"

圆华皱着眉头说:"我不是说了不能说吗?你这个人真是纠缠不清。"

听到圆华说自己纠缠不清,青江顿时怒不可遏。

"为什么?你和桐宫小姐一样吗?只知道向我发问,却完全不回答我的问题。至少回答一下啊,你到底在隐瞒什么?虽然甘粕谦人似乎掌握了关键,但你为什么在找他?你和谦人到底有什么关系?你们应该不只是朋友而已吧?"

青江太激动,一口气问了一连串问题。他越说越大声,周围的人都看着他们。

圆华叹了一口气,走向保龄球区。一群像是学生的人正在两个相邻的球道上开心地打保龄球,圆华在可以从后方看到他们的位置停下了脚步。

青江也走到她身旁,小声地道歉:"对不起,我情绪太激动了。"

"不必道歉,我能够理解你为什么这么烦躁,而且对把你卷入这件事也感到很抱歉。"

"既然这样,就回答我的——"

"会剩三个。"

"啊?"

圆华扬了扬下巴,示意他看向球道。青江抬头一看,发现右侧前方剩下三个球瓶。

"我们在谈的事和保龄球没有关系。"

但是,圆华的视线又移向左侧说:"那里会剩四个。"丢出的保龄球还在球道中间,不一会儿,击中了整排球瓶,但正如她所说的,剩下了四个球瓶。

青江回想起她刚才说的话,她说的是"会剩三个",而不是"剩了三个"。也就是说,刚才也是球还在球道中央时,她就说中了剩下的球瓶数量。

"没有意义啊,"圆华说,"即使你知道我和谦人的事,对你来说,也没有任何意义,不知道反而比较好。"

"这要由我听了之后进行判断。"

"没这回事,教授,"圆华转头看着青江,"你不是想知道那是不是事故吗?如果不是事故,你想确认那到底是什么。关于这个问题,我晚一点会告诉你,我一定会告诉你。但除此以外,请你不要试图追问,因为这些事和你无关。拜托你。"

圆华说话的语气好像在恳求,看起来不像是装出来的,而是真心为青江着想。

"我的好奇心因为你而膨胀到极点,那要怎么处理?"

"很抱歉,只能请你忍耐。我说了好几次,这是为你好,我不想再给你添更多麻烦。"

圆华似乎心意已决。

"好吧。"青江回答,"桐宫小姐他们想要你给我的那张卡片,即使我告诉他们,上面的电话是假的,他们也说想要知道。因为他们苦苦追问,我突然想到,号码可能是真的。桐宫小姐听了我的话,发现你当时为了博取我的信任,不可能留假的电话号码给我。"

"应该是这样,她很聪明,但你能够想到这点也很了不起。"

"不需要奉承我,我无论如何都想在桐宫小姐他们找到你之前和你接触,所以没有把电话号码告诉他们。但接下来该怎么办呢?我可以告诉她吗?"

圆华摇了摇头:"最好不要。"

"OK,那就这么办,如果没有发生任何状况,我就不告诉她。如果状况改变,我认为告诉她比较好,就会告诉她。你认为如何?"

圆华想了一下说:"嗯,可以啊。"

"我还有一个要求,"青江竖起手指,"希望你尽可能接我的电话。虽然我没有重要的事不会打电话给你,但可能会发生无论如何都需要和你联络的事。当然,我也很欢迎你打电话给我。"

圆华沉默不语,她似乎在犹豫。

青江又接着说:"请你相信我,我不会背叛你。"

"不是背不背叛的问题,我不是说了吗?你最好不要再和我有任何牵扯。我应该不会联络你。"

"那是我的自由啊。"

圆华露出苦笑说:"既然这样,那就随你的便。但我要声明,我也有我的事,并不是随时都能够接电话。"

"我也一样,那我们的交易就成功了。接下来就轮到你完成我的要求了,"青江注视着圆华,"请你告诉我事故的真相。"

她在胸前抱起双臂:"很遗憾,现在不行。"

"喂喂喂,我们不是才说好——"

"我不是这个意思,而是说目前、这个地点不行。光听我说,你无法接受。俗话不是说,百闻不如一见吗?让你目睹最理想。"

"那要怎么做?"

"我会再通知你时间和地点,别担心,不会让你等太久,今天之内就会联络你。"

"你不会骗我吧?"

"你不是希望我相信你吗?既然这样,也请你相信我。"

青江无言以对,只能回答说:"好吧。"

圆华的视线再度看向球道,"啊"了一声。青江也顺着她的视线看了过去,看到保龄球正在球道上滚动。

"真可怜,剩的两个在两端。"

保龄球发出巨大的声响击中了球瓶。投球的人挥动着拳头,似乎觉得投得很不错,但球瓶没有全倒,正如圆华所预料的,两端各剩下一个。

青江惊讶地看着圆华。

"晚点再联络。"她若无其事地说完,小跑着离开了。

青江决定先回大学,但无论上课时,还是在研究室指导学生时,他都心不在焉，一直在意放在口袋里的手机，不时确认电池的剩余量。

"你在等某个重要的人的重要电话吗？"他正在研究室里看着手机时，特别敏感的奥西哲子问道。

"不，并不是那么重要。"

"学生都在说，青江教授今天有点怪怪的，上课时好几次都重复相同的话，有时候突然放空，到底发生了什么事？"

"没事，不必担心。"

青江站了起来。因为他觉得继续留下来会引起更大的怀疑，所以他决定回自己的办公室。

他坐在电脑前，做一些事务性、机械性的工作，却始终无法专心。不光是因为在等电话，保龄球场发生的事始终在脑海盘旋。羽原圆华在保龄球打到球瓶之前，就已经准确预测了会剩下几个球瓶，而且也知道剩的是哪几个球瓶。如果是职业保龄球手，或许在某种程度上可以预测，但也不可能那么精准。思考这个问题时，又想起了圆华之前的表演——成功地夹到了娃娃。

她到底是什么人？她说最好不要知道，但他越是思考，越在意这个问题。

不知道是不是神经严重耗损的缘故，他渐渐产生了睡意。回想起来，自从半夜接到圆华的电话后，他几乎都没合眼。

他坐在椅子上打瞌睡，手机响了，是圆华打来的。他急忙接起了电话。

"今天晚上十一点，你来有栖川宫纪念公园。"圆华在电话中说。

"十一点？为什么这么晚……"

"为尽可能不想让别人看到,而且那时候是最佳条件。"

"条件?"

"你来了之后就知道了。那就晚上见。"圆华说完,挂了电话。

青江看了手表,才下午六点多。虽然可以先回家,但他想不到那么晚出门的借口。

桌上堆满了报告。那是学生们交的作业,但都写得很糟,看到一半就看不下去了。

刚好可以用来打发时间,他伸手拿起报告。

他和频频出现复制、粘贴现成内容的报告奋斗了两个小时后,处理了几件杂事,离开了学校。他打电话告诉敬子会晚些回家后,去了常去的那家定食食堂吃晚餐。他慢慢吃着生鱼片定食,却还不到十点。无奈之下,他只好加点了啤酒,一边慢慢喝啤酒,一边看电视。电视正在报道一个女人涉嫌觊觎遗产,杀害了高龄丈夫而遭到逮捕的事。因为他们结婚的时间并不久,所以很可能在结婚之前就已经计划行凶。青江不由得想起在赤熊温泉发生的事,觉得两起案例很相似。他又想起中冈最近都没有打电话来,他之前去了开明大学,难道一无所获吗?当初说好如果知道有关羽原圆华的消息,一定会通知自己,但中冈没有完成这个约定。

喝完啤酒时,时间刚好。他走出食堂,前往约定的地点。

有栖川宫纪念公园在距广尾车站走路几分钟的位置,青江来到用长方形的石头堆起的大门时,电话铃刚好响起。

"现在在哪里?"圆华问道。

"公园门口。"

"你电话不要挂断，走进公园，沿着散步道一直走进来，在第一个岔路口向右转。"

站在公园外，觉得公园内一片漆黑，但走进公园后，发现沿路不时有路灯，比想象中更加明亮。他按照圆华的指示往里面走，的确看到了岔路。他向右转，走了一段路之后，又遇到了岔路。他告诉圆华，圆华指示他向左走。他听从她的指示一直走进公园深处。散步道上有高低落差，越往里面走，地势越高。

青江第一次走进这个公园，散步道曲折蜿蜒，他渐渐不知道自己所在的方位。虽然有路灯，但树木不时挡住了光线，很多地方都沉入黑暗中。每次靠近黑漆漆的地方时，他就忍不住紧张，担心会有可怕的东西蹦出来。

"在那里停下来。"圆华说道，"然后往斜坡上看。"

青江把手机放在耳边巡视四周，发现斜坡在右侧。他抬头向上看，在昏暗中看到蓝色的光在打转，应该是荧光棒，和青江的位置相距超过二十米。

"看到了吗？"圆华问。

"嗯。"青江回答。光环很快消失了，隐约看到一个人影。从人影的个子判断，那个人应该是圆华。

"你要干什么？"

"你看了就知道了，你不是想知道答案吗？"

"是啊……"

"那你就等在那里。"

青江把手机拿了下来，持续看着斜坡上方。虽然知道圆华在移动，却看不清楚她在干什么。

不一会儿,她的脚下冒出了白色烟雾,但烟雾没有向四周扩散,而是沉向下方。

青江吃了一惊。他立刻明白了那是什么,是干冰烟雾,应该是把干冰放进装了水的容器里。

烟雾缓缓飘落,好像一条巨大的白蛇在移动,穿越树木之间,在草上爬行,直奔青江的方向。令人惊讶的是,烟雾在弯曲绕行时,宽度几乎都没有改变。这代表烟雾并没有扩散。

烟雾终于飘到青江脚下,之后发生的事更令人惊讶。烟雾没有通过他所在的地点,是停在那里。白色的烟雾在转眼之间包围住他的全身。

怎么会有这么荒唐的事——

他觉得这种现象不可能发生,但事实发生在他眼前。

青江把手机放回耳边:"这是怎么回事?你用了什么魔术?"

但是,他没有听到回答的声音,电话已经挂断了。

青江离开原地,走去找圆华,但散步道有好几条岔路,他不知道该怎么走。

好不容易到达时,她已经消失了。地上放着长方形的泡沫塑料盒子,继续吐着白烟。旁边发出蓝光的是荧光棒。

青江拨打了电话,但她不接电话。铃声响了几次后,才终于接通。

"喂。"电话中传来圆华的声音。

"你人在哪里?"

"公园外面。"

"为什么?你回来,我想问清楚。"

"对不起，我已经坐上出租车了。"

青江随即隐约听到远处传来汽车离开的声音，用力握着手机。

"这样我根本搞不懂，你不是说，要告诉我答案吗？"

"为什么搞不懂？我不是说了吗？百闻不如一见。"

"我在问你设了什么机关，是怎么做到的？"

圆华在电话的另一头呵呵笑了起来。

"没有机关。小孩子也知道，只要把干冰放在水里，就会冒出白色的烟雾。"

"这我知道，但为什么没有扩散？"

"那我问你，烟雾必定会扩散吗？无论在任何条件下，都会发生相同的现象吗？"

"这……"青江无法继续回答，因为从科学的角度来说，她的说法是正确的。

"教授，这样就可以了吧？"圆华用平静的语气说，"我已经把答案告诉你了，我遵守了约定，所以，你不要再打电话给我了。"

"等一下。"

"我不要，我没有其他事可以告诉你了，其他的请自己思考。啊，对了，不好意思，请你帮我把泡沫塑料盒子和荧光棒丢掉，再见。"

说完，她挂了电话。手机仍放在耳边的青江，就这么愣在原地。

他看向泡沫塑料盒子，烟雾仍然从盒子里冒出来。

干冰是固态的二氧化碳，在零下七十八点五摄氏度凝固，只要丢进水等液体中，就会立刻升华，但产生的气泡会包覆瞬间凝固的水，成为超微冰粒子，当气泡在水面上破裂时，超微冰粒子就会和升华的二氧化碳一起释放在空气中，形成烟雾。

青江能够理解圆华所说的话，由超微冰粒子和二氧化碳的混合物组成的烟雾比空气重，也就是说，刚才的烟雾模拟重现了化学反应产生的硫化氢气体的动态。

但问题在于为什么烟雾可以在没有扩散的情况下到达目的地，而且在那里停留？气体的动向可以人为控制吗？

他思考着这些问题，看着烟雾的方向，忍不住感到惊讶。因为他发现烟雾飘散的方式和刚才完全不一样。

烟雾在扩散，不是像河流一样聚集在一起，而是像扇子打开般向地面扩散。他继续注视着烟雾，刚好一阵风吹来。风并不大，但烟雾顿时完全消失了。泡沫塑料盒里再度产生了新的烟雾。

对嘛，这才是正常的现象。刚才的烟雾完全没有扩散，像河流般维持一定的宽度前进，而且停留在一个地方是特殊的情况。

但是，圆华说的是真理。即使是特殊情况，只要具备相关条件，发生这种现象也不足为奇。

条件——

他想起圆华下午曾经说，只有那个时候才是最佳条件。难道是指烟雾不受干扰，聚集在一起下降，而且可以停留在某一点的条件吗？无风、地面温度低，而且没有上升气流，地形也很适合——所以才会在半夜找自己来这里吗？即使如此，那也没问题。问题是她为什么知道这个时间、这个地点符合这样的条件？

青江捡起荧光棒。那是长二十厘米左右的细棒，仍然发出微弱的光。

他突然察觉到有动静，转头一看，一个人影向他走来。当对方走到路灯下时,他看到了对方漂亮的脸。

青江睁大了眼睛问:"你怎么会在这里?"

桐宫玲难得露出笑容。

"你带我来的啊,从大学一直到这里。中途去的食堂是你常光顾的餐厅吗?"

青江微张着嘴问:"你跟踪我?从什么时候开始?"

桐宫玲耸了耸肩:"这种事不重要吧?"

"但是——"

"不好意思。"她打了一声招呼后,从口袋里拿出手机。

"喂……哦,是吗?我知道了,那就继续麻烦你了。我和青江教授在一起……好,拜托了。"她把手机放回口袋后转向青江,"目前已经确认了圆华小姐的下落。"

原来桐宫玲也同时跟踪了圆华。青江想起昨天和桐宫玲在一起的那个男人,刚才应该是和他通电话。

"你们到底在干什么?"青江把手上的荧光棒指向桐宫玲,"到底有什么目的?"

她没有回答,看着烟雾量逐渐减少的泡沫塑料盒子。

"虽然我刚才站在远处,但也从头到尾都看到了,你似乎很惊讶。"

青江放下了荧光棒:"你不惊讶吗?"

桐宫玲垂下双眼,缩起下巴说:"对,现在已经不会了。"

"现在?什么意思?"

"青江教授,"她露出严肃的表情看着青江,"可不可以请你忘记今天晚上看到的一切?"

"啊？你说什么？"

"希望你当作什么都没看到，不要告诉中冈先生，也不要留在记忆中。"

因为她的话太出人意料，青江一时无法回答，调整呼吸后才终于说："等一下，这未免太荒唐了。"

"不行吗？"

"当然啊，别开玩笑了。"他挥了挥发出蓝光的荧光棒，"我怎么可能答应这种事？虽然是奇妙的现象，但的确发生了。身为科学家，有义务要搞清楚。"

"那我请教一下，你有自信能够搞清楚吗？我听说想要用科学的方式证明，首先必须具备重现性。恕我失礼请教，你有办法重现刚才圆华小姐所做的吗？"

"这……"青江无言以对。他没有自信。圆华刚才所做的在理论上有可能，但在现实中，只能说是不可能的事。

桐宫玲好像老师在面对不成才的学生般，用力点了点头说："没错，对圆华小姐来说是易如反掌的事，但普通人根本做不到，所以，即使你记住了这个事实也完全没有意义，不如干脆忘了。"

"你是说，她不是普通人吗？"

"你可以这么认为。"

"她和普通人哪里不一样？她有超能力吗？具有可以自由操控气体的能力吗？"

"如果我回答是，你就肯罢休了吗？"

"开什么玩笑！"青江把荧光棒丢在地上，"你认真回答我。"

"我很认真。而且圆华小姐是什么人和你根本没关系啊。"

"那可不行。想到因此影响了温泉区的观光人潮,不能让真相一直这样隐瞒下去。"

"那你可以写一篇修正报道,说温泉区发生的事是一个能够自由操控硫化氢气体的人干的,但报社愿意刊登吗?"

青江紧闭双唇,咬牙切齿。虽然不甘心,但她说得完全正确。即使刚才目睹了事实,也不知道该如何公之于世。他想起在保龄球场时,圆华也曾说很难说明不是事故,而是其他状况。

"我对两个温泉区深表同情,我们也不认为不需要理会,日后打算采取相应的措施。当然绝对不会伤害你的名誉,或是给你造成困扰,所以,希望你把这件事交给我们来处理。"

桐宫玲好言相劝,青江看着她问:"你们……到底是什么人?"

"这也和你没有关系,知道了吗?请你忘了今天晚上的事。可不可以请你向我保证,不会采取任何行动?"

"如果我不答应呢?如果我会全部告诉中冈先生呢?"

桐宫玲微微皱起漂亮的眉毛。

"这么做有什么意义?"

"不知道,我只是想知道真相。如果告诉中冈先生,他可能会采取某些行动。"

"一旦扯上警察,就会让事态更复杂,也许会造成不可挽回的后果。"

"无所谓,和我没有关系。"青江粗声粗气地说道。他知道自己在意气用事。

桐宫玲叹着气说:"好吧,不如这样,我会把你的想法传达给老板,老板应该会下达指示,到时候我再告诉你。"

"在此之前,要对今晚的事保守秘密吗?"

"没错,我会尽快给你答复。"

青江默默思考片刻,觉得这个主意并不坏。

"好,那我就等你电话。"

"好,那我就告辞了。"

桐宫玲鞠了一躬,转身离开了。青江目送她的背影在黑暗中离去,看着泡沫塑料盒,盒子几乎不再冒烟雾,只有透明的气泡从水中浮上来。

23

那栋办公大楼位于八重洲,中冈的目的地位于这栋玻璃帷幕大楼的五楼,他和几个身穿西装的男人一起走进了电梯。

只有中冈在五楼走出电梯,沿着带有一种冷硬感的白色墙壁走在走廊上,看到了写着牙医诊所的玻璃门。中冈走了过去,站在入口前,静静地推开门,旁边柜台的女人立刻满脸笑容地向他鞠躬说:"午安。"那个女人二十出头,五官很端正,白色的衣服穿在她身上很好看。

中冈拿出警察徽章:"我刚才打电话来过。"

"哦,"那个女人笑着点头,"你是中冈先生?"

"对,请问你是……"

"我是西村。不好意思,可不可以请你等我一下?"

"好。"中冈回答。她起身走进里面。中冈在旁边的椅子上坐了下来。这里是完全预约制,所以并没有病人在等候。

桌子上放着植牙的说明书,一看价格,中冈瞪大了眼睛,相当于中冈三个月的房租。

刚才的女人走了回来:"让你久等了。"

"你时间没问题吗?"

"对,三十分钟左右没问题。"

"谢谢,我尽量不耽误你太多时间。"

他们走出大楼。中冈已经确认旁边就有一家咖啡店,他问西村弥生想喝什么,她诚惶诚恐地点了拿铁,中冈点了综合咖啡后,两个人一起走去角落的桌子。

"不好意思,突然打电话给你,你有没有被吓到?"中冈问。

"有一点,因为已经是很久以前的事了。"她双手握着拿铁的杯子。

她叫西村弥生,是甘粕谦人的姐姐萌绘高中时的同学,也一起参加了舞蹈社。

"我是从之后担任舞蹈社社长的铃木由里小姐口中得知了你,听说你们现在偶尔也会见面?"

"你也去找过由里吗?"西村弥生眨了眨大眼睛。

"对,怎么了?"

"没事,因为我们经常互传信息,但她从来没说过有刑警去找她……"

"哦,"中冈点了点头,"那是我请她不要说的,我叫她不要告诉你曾经有刑警去找过她这件事,因为我不希望你有预设立场。"

"原来是这样。"

"因为如果你事先知道我会问你哪些问题，很可能会事先准备答案，所以请你不要责怪铃木小姐。"

"我不会怪她。"西村弥生笑着摇了摇头，"我到底该告诉你什么？"

中冈在电话中只说，希望了解高中时代舞蹈社的事。

中冈喝了一口咖啡后，坐直身体，注视着对方。

"以前舞蹈社有一个同学叫甘粕萌绘，你还记得吗？"

西村弥生的眼睛眨了一下，把端到嘴边的咖啡杯放回桌上，表情变得僵硬："我记得，当然……"

"对不起。"中冈向她道歉，"也许你不太愿意回想，但我正在侦查一起案子。或许你很痛苦，但希望你能够协助。听铃木小姐说，你是甘粕萌绘最好的朋友，这件事没错吧？"

"我不知道我是不是她最好的朋友，但我们的确很要好。"

"但你完全想不到甘粕萌绘有什么理由要自杀，对不对？"

"我想不到，所以听到消息时难以相信……"

"所以事先并没有征兆？"

"对，没有，因为我们每天都相互激励，要为下一次比赛加油。"

"你有没有见过甘粕萌绘的父亲？"

西村弥生可能没料到会提到萌绘的父亲，身体微微往后退，似乎很意外。

"只有一次。在放学时，他叫住了我……"

"你们当时聊了什么？"

"当然是萌绘的事，他问了我很多关于萌绘的事，以及她在舞蹈社的情况。"

"你们谈了多久？一个小时？"

"没那么久，因为我们站着说话，所以最多只有十分钟到十五分钟。"

"你知道甘粕萌绘的父亲写博客的事吗？"

"呃……知道。"她的表情似乎有点僵硬，"有人告诉我，我去看了。"

"你看了之后，有怎样的感觉？"

"怎样的……"

"你可以把你看了之后的印象直接说出来，别担心，你说的话我不会告诉任何人。"

"即使你告诉别人也无所谓，该怎么说……首先觉得他很可怜。也许对我们来说，只是死了一个同学，但对她爸爸来说，女儿和太太都死了，而且儿子又变成那样，所以可能很难承受。"西村弥生低下头，小声地说。

"还有呢？"

"还有……呃，"她似乎在思考该如何表达，"我还觉得萌绘有很多我们不了解的地方，因为我从来没有听她聊过博客上所写的那些事……"

"可不可以请你再详细谈一谈这件事？博客上所写的内容，应该都是甘粕先生从萌绘的朋友那里打听到的，但当时和萌绘最要好的你并不知道，这是怎么回事？"

"可能是问了其他人吧，但是……"她抬眼看着中冈。

"但是什么？"

"不，没事。"她摇着头，再度垂下双眼。

"怎么了？这样不是会让我很好奇吗？不行啦，怎么可以故意吊我的胃口？"中冈故意半开玩笑地笑着说。

西村弥生战战兢兢地抬起头。

"我真的可以实话实说吗？"

"请说，请说，我求之不得呢。"

西村弥生用力深呼吸，下定决心后开了口。

"我觉得那个博客很奇怪。"

"奇怪？怎么奇怪？"

"看了之后，很多地方都让人感到格格不入，或者说有失真的感觉。我刚才也说了，博客上所写的萌绘和我认识的她完全不一样，好像在说不同的人。"

"具体来说呢？"

"我认识的萌绘活泼开朗，说得不好听点，就是有点不安分。"

"不安分？"

"对，因为听说她读初中时是不良少女，经常被辅导，还抽烟，后来受到一个跳舞的街头艺人影响开始学跳舞，进高中时参加了舞蹈社，所以慢慢变好了。这是她亲口告诉我的。"

"原来如此。听你这么说，的确和博客所描写的萌绘不太一样。"

"对不对？博客所写的萌绘是清纯乖巧的女生，所以我觉得很奇怪。"西村弥生说完，突然想到什么似的看着中冈，"刑警先生，你也问了由里相同的问题吗？"

"对，我问了。"

"她怎么说？"

"你为什么在意她怎么说？"

"因为我以前和由里讨论过那个博客的事,那时候她也说了相同的话……"

"好像是,"中冈点了点头后继续说道,"铃木由里小姐说,虽然不知道真相如何,但她认为那个博客上写的都是谎言。"

中冈是因为川上诚也的证词而开始产生了疑问。川上是甘粕才生的博客中曾经提到的人物,他是足球队内和甘粕谦人最好的朋友。

虽然知道失去记忆的谦人应该不可能和以前一起踢足球的队友联络,但中冈觉得川上也许知道些什么,所以决定和他见面。

川上目前就读东京都内的一所大学,中冈查到了他的住址,上门去找他。在川上家的起居室面对面坐下后,中冈发现他个子并不高,而且有点瘦。当中冈说了自己的感想后,川上苦笑着说:"在上初中之前,我的个子算高的,所以让我当守门员,但之后几乎都没长高……"

川上说,他在上初中后没多久就不再踢足球了。

当中冈问及和甘粕谦人的关系时,他立刻承认他们关系很好。

"其实我很想去探视他,但教练叫我别去,说谢绝会客。之后才听说,是家长讨论之后,决定不要让小孩子去医院探视,担心我们看到甘粕变成植物人会很受打击,听说这也是他爸爸的要求。"

"你是说甘粕才生先生吗?"

"对。"

"所以,那起事件发生后,你完全没有和谦人见过面?"

"对。"

"也没有联络吗?"

"没有,我甚至不知道谦人之后怎么样了。刑警先生,你知道吗?"

川上反问他。

"你有没有看过甘粕先生的博客?"

"博客?那是什么?"

中冈拿出平板电脑,让他看了甘粕才生的博客。川上诚也一脸严肃地看着,中途不时偏着头。中冈问他怎么了,川上回答说,他觉得有点奇怪。

"我的确和谦人的爸爸见了面,在我练完足球回家时,他叫住了我,说希望我和他谈谈谦人的事,但只有那一次而已,而且也没有像他写的那么长时间。老实说,当时并没有聊什么。"

"甘粕先生会不会和其他人聊了很久?"

"也许吧,但我从来没有听其他队友提过这件事。"

"那就有点奇怪了。"

"而且,"川上有点不服气地嘟着嘴,手指着平板电脑的屏幕,"上面写到谦人做的事、说的话,和谦人告诉我的情况有很大的落差。"

"怎样的差别?"

"我听谦人所说的并不是这么和谐的家庭,而是各过各的,彼此很冷漠。"

"很冷漠?怎样冷漠?"

"他爸妈间的关系已经降到冰点,他爸爸在外面有女人,完全不回家。妈妈虽然知道,但为了面子,而且也很满意身为天才电影导演的太太这个身份,所以在孩子成年之前,并不打算离婚。"

"那还真是……落差很大啊。"

"关于他姐姐,也和我听到的情况完全不一样。虽然谦人的姐姐和他关系很好,但很讨厌他爸爸。谦人也说,他根本不想理他爸爸。"

"但是……"中冈操作着平板电脑,"你可不可以看一下这里?这里写着,谦人很尊敬和崇拜甘粕先生。"

川上迅速浏览了屏幕上的文字后,摇了摇头说:"不,不可能啦。"

"你是说不可能有这种事?"

"对,他说从来没看过他爸爸拍的电影,也从来没听他说过以后想从事影视方面的工作。"川上态度坚定地说。

中冈感到困惑不已。甘粕才生的博客到底是怎么回事?

川上的谈话中,最令中冈印象深刻的,就是谦人的姐姐萌绘讨厌父亲。于是中冈决定向她高中一起参加舞蹈社的同学了解情况。

"我也知道萌绘很讨厌她爸爸。"西村弥生拿着咖啡杯说道,"她曾经说,从来就没有喜欢过他,那个人是冷血动物,只重视自己的人生,根本不顾他人死活,把妻子和儿女当成他的附属品。"

"附属品?比方说?"

"只是为了衬托电影导演甘粕才生,或者说是为他打造良好的形象,小时候,就经常要求萌绘穿一些奇怪的衣服,萌绘很不喜欢,但如果不穿,就会挨骂。而且当别人问她,为什么要穿这种衣服时,还强迫她回答,是自己喜欢那样穿。萌绘说,他一定希望别人认为儿女也都继承了天才导演不平凡的基因。"

中冈忍不住发出闷哼的声音,一切都和那个博客中所写的完全不一样。

西村弥生又继续说道:"萌绘在初中时学坏,也是因为对她爸爸的自私感到很生气,想要伤害他天才电影导演的招牌。结果她爸爸对她说,她不是自己的孩子。但是,萌绘曾经说,如果不是那种男人的女儿,不知道有多幸福。她为自己身上流着那个男人的血感到羞耻。"

"等一下,"中冈伸出右手,"身上流着那个男人的血——萌绘小姐曾这么说吗?千真万确吗?"

"千真万确,她还说她想去整容。"

"整容?为什么?"

"因为,"西村弥生指了指自己的鼻子,"萌绘不喜欢自己的鼻子。我觉得并不难看,结果她说,因为鼻子像她爸爸,所以她不喜欢。虽然眼睛和嘴巴可以用化妆修饰,但鼻子的形状没办法修饰,还说自己的手也很像她爸爸,所以也很讨厌。"

24

青江感受到手机在内侧口袋振动时,有一种预感。他走在走廊上,接起了电话。

"我是开明大学的桐宫,"对方说,"是青江教授吗?"

"对。"

"前几天失礼了,请问现在方便说话吗?"

"请长话短说,我马上要上课。"

"好,那我就有话直说了。你今天晚上有空吗?差不多两个小时。"

"有什么事?"

"说来话长。"

"我认为是上次的回答,没问题吧?"

"没问题。请问你的时间方便吗?时间和地点可以由你决定。"

"我傍晚六点之后有空,地点就由你决定。"

"好,那就七点在上次的'泰姬陵'前。"

"好,七点,是否需要我准备什么?"

"不需要,可能会检查你随身携带的物品,所以希望你最好不要带危险物品。"

"检查随身物品?为什么要这么做?"

"你来了之后就知道了,那就晚上七点见。"桐宫玲说完,就挂了电话。

青江注视着手机屏幕片刻,关掉了手机电源。学校规定,上课时要关机,但几乎没有学生遵守这个规定。

这堂课要分析都市地区的大气污染结构,青江站在讲台上,在黑板上画了两栋高楼后开始进行说明:"像这样,道路位于巨大的建筑物之间的状态称为 street canyon,也就是街谷。各位同学应该知道,在这种状态下,会产生特殊的风,但是,受到建筑物的高度、密度、道路宽度和当时的气候影响,产生的风也千差万别。通常是在吹和道路呈直角的风时,视为典型的状态。"青江在黑板上的画上又补充了好几个箭头,但在画箭头的同时,脑海中浮现一个景象。

白色烟雾像蛇一样向自己的方向前进。

他至今仍然难以置信,觉得是眼睛的错觉,或是自己在做梦,但那是千真万确的事实,既没有诡计,也没有机关,只是纯粹的物理现象。

为什么有办法做到那样?人类根本无法预测气体的行进方式,即使可以在某种程度上预测，也只能很粗略地预估，就好像画在黑板上的这些箭头——

青江猛然回过神，回头看着教室内。学生满脸困惑的表情看着他，也有人讶异地皱着眉头。

"不好意思，"青江说，"不久之前，我家附近有一位老太太被大楼风吹倒，结果造成了骨折。老太太在被送往医院的途中，气鼓鼓地扬言要去法院告人，但是，你们认为她想要告谁？"

他点了几名学生，请他们发表了看法。那些学生认为可以告大楼的施工单位、都市规划的负责人，但最后开始讨论大楼风到底是自然现象，还是人为制造的。在讨论过程中，多次提到了数值预报这个字眼。

目前只要运用超级电脑的数值预报技术，就可以轻易预测会产生怎样的风，所以老太太受伤应该算是人祸。

对，只要使用超级电脑——青江再度回想起那天晚上发生的事，但是圆华并没有超级电脑。

青江前往约定好的地点，发现"泰姬陵"不见了，取而代之的是有好几个屋顶像洋葱般的城堡建筑物，使用了红色、绿色和黄色等明亮的颜色，感觉很缤纷，上面写着"圣瓦西里升天教堂"。

青江察觉到有人站在自己背后，从对方身上散发的香气，立刻知道来者是谁。

"这是莫斯科红场上的建筑物，"桐宫玲开始解说，"听说是俄罗斯所有教堂中最美的一座，事实上也的确充满了庄严的感觉。"

青江回头看着她问："你去过吗？"

"只是远远眺望而已，是因工作前往。"她看着手表说，"刚好七点整。"

青江看着她身后说:"你的搭档今天没来。"

"他有他的工作,我们走吧。"

"去哪里?"

"你只要上车,我就会带你去。"桐宫玲迈开步伐。

车子和上次一样停在购物中心的停车场。车子很眼熟。青江坐上后车座,系好安全带。

"我遵守了约定,没有向任何人谈起在有栖川宫纪念公园看到的事,也没有告诉中冈先生。"

桐宫玲看着前方,点了点头。

"明智的选择。我也不认为你会做出轻率的举动,因为毕竟是圆华小姐信任的人。"

"她看人很有眼光吗?"

"她非常有眼光,比任何人更有眼光。"

听到桐宫玲斩钉截铁地说,青江有点困惑。

"但你也不要以为可以高枕无忧,我留下了记录,我把那天晚上的事都记录下来了,那份资料随时可以传给别人。而且我设定经过一段时间后,就会自动寄给好几个人。虽然我不知道你接下来要带我去哪里,但请你别忘了这件事。"这些事完全是凭空捏造,但他努力让说话的语气具有真实的味道。

桐宫玲微微偏了偏头,好像在笑。

"不必担心,我不会绑架你。"

"我想也是,我只是好意提醒。"

"好,我听到了。"

车子驶上首都高速公路,行驶了一段路后,回到了普通道路,然后继续向前开。青江渐渐知道要去哪里。

"该不会是去开明大学?"

"对,"她回答说,"但不是普通的校区。"

"那是哪里?"

"你马上就知道了。"

几分钟后,轿车驶入一栋白色建筑物的停车场。青江走下车,跟着桐宫玲走向正面门口,门口的小牌子上写着"数理学研究所"。

走进自动门,有一个像大厅般的空间,那里放着沙发和茶几,但真正的入口是在大厅深处,那里有一道安检门。

桐宫玲默默递给他一张绑了绳子的卡片,似乎是访客通行证。青江接过卡片,挂在脖子上。

"不用检查随身物品吗?"

桐宫玲露出纳闷的眼神问:"需要检查比较好吗?"

"不,也不是……"

"那就省略吧。"说完,她迈开步伐。

经过安检门,沿着走廊继续往前走,那里有好几个房间,不时有像研究人员的人走进走出,每个人看起来都很忙碌,根本没有看青江他们。

"这里进行的是哪方面的研究?"青江边走边问。

"各种研究,无法一言以蔽之,但如果硬要说的话,就是关于智能方面的研究。"

"智能？人工智能之类的吗？"

"这也是其中一部分。"桐宫玲很干脆地回答。

她在一道门前停下脚步，门旁有一个装了麦克风的镶嵌板，她触摸了镶嵌板，立刻传来男人的应答声："哪一位？"

"我是桐宫。"她回答说，不一会儿，就听到了开锁的声音。

桐宫玲打开门，走进屋内。青江也跟了进去，立刻看到一个差不多有一百英寸的巨大屏幕，上面画着用无数细线组成的图形，既像是立体地图，又像是标记的宇宙天体。

一个男人站在屏幕前。男人很瘦，脸也很尖，花白的刘海垂在略宽的额头上。

男人笑着走了过来。"欢迎来到本研究所。"他伸出右手说，"我是羽原。"

"你是羽原全太朗博士吧？"

"没错，青江教授。"

青江和他握了手，羽原的手很柔软。

"要喝点什么？"桐宫玲问。

"我不用了，"青江立刻回答，"我想赶快了解情况。"

羽原露出了苦笑。

"我想也是，但请你先坐下，站着不方便说话。"

屏幕旁的桌椅刚好适合面对面坐下，羽原请他入座，青江坐了下来，羽原也坐了下来。桐宫玲坐在不远处的椅子上。

"首先，"羽原开了口，"小女给你添了很多麻烦，我为此向你道歉。"他微微鞠躬。

"倒没有添什么麻烦,只是让我很困惑,我完全搞不清楚状况。虽然她说不需要了解,但对我来说,当然不可能这么简单。"

"我非常理解你的心情,但是,青江先生,我相信你也已经从桐宫口中得知,这件事真的和你没有关系,所以,我们至今仍然不希望把你卷入。"

"在我看到那些之后,你仍然想用这番说辞劝退我吗?"

羽原听了青江的话,皱了皱眉头,但嘴角仍然露出笑容:"听说她用了烟雾。"

"我太惊讶了,她竟然好像在自由操控烟雾。"

"任何人都会惊讶,但我相信你应该知道,那并不是在操控烟雾,只是选择了那样的条件。"

"我想也是,只是我搞不懂,她为什么能够做到。"

羽原把双肘放在桌子上,双手的手指在面前交握。

"听说你看了甘粕才生先生的博客。"

"我看了。"

"所以你已经在某种程度上了解了甘粕谦人遭遇的不幸事件,以及他之后的状态。"

"只到他出现奇迹似的康复征兆为止。"

羽原点了点头,站了起来,拿着放在巨大屏幕旁的平板电脑走了回来。当他操作平板电脑时,屏幕上也出现了不同的画面。

画面上有一个少年,大约十几岁,坐在桌子前,不知道在丢什么东西。青江看到少年的脸,忍不住感到惊讶。

"他是……甘粕谦人?"

"对,"羽原说,"这是他大约在动完手术后三年的时候。"

"在短短的三年……"青江再度看着画面,忍不住倒吸了一口气。

画面中的少年完全看不出有任何身心障碍。因为他坐着,所以只能看到上半身,但他的动作很轻盈。既然他能够在赤熊温泉出没,可见他现在已经能够自由活动了,只不过青江还是对他在这么短的时间内就恢复到这种程度感到惊讶。当青江表达他的感想后,羽原说:"他的康复简直是奇迹,简直难以想象。虽然原本期待可以在某种程度上有所改善,但做梦都没想到,竟然能够彻底康复。"

"真的太厉害了,应该更加大肆发表。"

"对,我当初也这么想,但事情发生了变化。能够康复到这种程度,的确是奇迹,但真正的奇迹还不止于此。"

"真正的奇迹?"

"请你仔细看一下,同时仔细听。"

羽原的手指在平板电脑上滑动,谦人的手被放大后,出现在屏幕上。他丢在桌上的是比正常尺寸稍大的骰子,边长大约三厘米。

青江听到了声音。三、五、一、六——他正在念骰子点数。

"怎么了吗?"青江问。

"你仔细听他的声音,再仔细看画面。"

听到羽原这么说,青江把视线移回屏幕上。谦人继续丢着骰子,把骰子的点数念出来后,再度丢骰子,丢了一次又一次。

不,不对——

他并不是在念骰子的点数,在骰子静止之前,他就已经发出了声音。骰子还在滚动时,他就说出了点数,而且每次都说中了。

青江看着羽原，他张着嘴，却说不出话来。

"你似乎已经发现了。"羽原说道。

"他预言了骰子的点数……"

羽原缓缓摇了摇头说："他不是在预言，而是预测。请你仔细看清楚，谦人是在骰子离手后，马上就说出了点数。反过来说，当骰子还在他手上时，他还不知道会出现多少点数。当骰子离手时，只有重力和几乎可以无视的空气阻力才会对骰子产生作用，掉到桌子上后，受到掉落的角度、惯性矩、桌子的反弹系数，以及桌子表面的摩擦力等因素的影响，骰子在桌子上滚动，最后停止。这一系列的物理现象没有任何无法预测的要素，所以在骰子离手的瞬间，就已经决定了点数。谦人只是把点数说了出来。"

"怎么可能……"青江将视线移回屏幕上，"根本不可能做到啊。"

"但是，他做到了，还是你认为这些影片动了手脚？"

"我不会这么说，"青江摇了摇头，"只是难以置信。"

"我也无法相信，在谦人告诉我，他最近发现自己有这种能力之前，我也无法相信，甚至怀疑其中是否有什么玄机，但并不是魔术，也没有诡计。"

"到底是怎么做到的？"

"听谦人说，并不是什么特别的事。"

"啊？哪里不特别？"

"请你想象一下，假设有一个边长三十厘米、材质是木头的骰子。让骰子上点数是六的那一面朝上，捧在双手上，再从一米的高度丢到铺平的沙地上，你认为结果如何？"

"把边长是三十厘米的骰子丢到沙地上？"青江皱着眉头，想象着羽原所说的状况，"因为下方是沙地，骰子不会滚动，如果是直直掉落，六的点数会向上，然后骰子埋进沙地。"

"应该是吧，你看，只要具备条件，你也可以预测。"

"不，这完全是两回事——"

"是同一件事。虽然现象会比较复杂，但都是根据物理法则进行预测，当然，为此需要为数庞大的数据。在拍这段影片之前，谦人曾经练习超过一百次，起初始终无法顺利预测，在超过五十次之后，准确率逐渐上升，应该是骰子和桌子相关的物理数据都逐渐齐全的缘故，只不过如果使用不同的骰子，一切就要从头开始。当骰子比这个更小时，准确率就会大为降低。听谦人说，桌子表面位置不同时，反弹系数会有微妙的差异，因此会受到影响。"

羽原说："请你再看另一段影片。"然后操作平板电脑，屏幕上出现了不同的画面，是一个好像操场的地方。

一个体格健壮的男人站在那里，一身射箭装扮，右手拿着附了好几个减振杆的弓。

画面突然分成了三等份，男人出现在中央的画面，两侧的画面拍出了标靶。由红色、蓝色、黑色和白色同心圆构成，靶心是黄色。右侧是实际的标靶，但左侧的标靶是液晶画面上的标靶。

"等一下会有什么？"青江问。

"你看了就知道了。"羽原嘴角露出笑容。

男人把箭放在弓上，开始拉弓。他静静地瞄准目标后，把箭射了出去。发射的箭很快就从画面上消失了。

左侧画面上立刻出现一只手,用食指指着标靶的某个部分。那里出现了一个绿色的点,箭几乎在同时射中了实际的标靶。

箭射中了两点钟位置的红色范围,和液晶屏幕标靶上绿点的位置几乎相同。

男人再度装好了箭,再度射了出去。左侧的画面上再度出现一只手,碰触了标靶。这次绿点出现在六点钟方向的绿色范围内,箭也几乎同时射中了实际标靶的相同位置。

"离标靶的距离有九十米,标靶的直径是一百二十厘米,那名男子是参加全国比赛的选手,当时要求他瞄准正中央射箭。"羽原说道,"你应该已经知道了,左侧画面中那只手是谦人的,但在选手射箭的同时,他就预测了可以射中标靶的哪一个位置。当然,为此需要一些数据。在试验之前,先请选手试射了几支箭。谦人在观察他的情况后,在大脑中输入了射出箭矢的弹道轨迹,以及受风影响的情况。"

青江再度注视画面后,叹着气说:"虽然难以相信,但似乎只能相信。"

"即使说是奇迹,也不算是夸大其词。"羽原操作着平板电脑,关掉了影像。

"为什么有这种能力?是因为那场手术吗?"

"只能这么认为,但在此之前,我想先谈谈另一件事,是关于我的研究室以前研究的'专家脑'项目。"

"专家……听起来好像很复杂。"

"你应该很容易理解。当时,我正在研究如何从分子、细胞的层次解析大脑的高等功能,最后成功地在相当程度上了解大脑的神经活动和记忆、学习的关系。于是,我将焦点锁定在了工艺品和材料加工业中,以手工作业完成惊人技术的名人,也就是那些被称为工匠的人的大脑。幸运地获得多位工匠的协助,在调查后发现了惊人的事实。用一句话来说,就是这些人具有复数的大脑。"

"啊?"青江的身体忍不住向后仰,"这怎么可能……"

"这当然是比喻。"羽原点着头说,"从解剖学上来说,和一般人的大脑没什么两样,然而,一旦开始工作,就完全不一样了。他们在进行有点复杂的作业时,也只使用一部分大脑。一般人在进行削挖、弯曲和组合等作业时,必须使用大脑中相当大的范围,如果是稍微复杂的作业,几乎要使用整个大脑,甚至听不到别人对他说话。说得好听点,就是很专心,但其实是信息处理能力已经达到了极限,但那些专家和高手的信息处理能力绰绰有余,在作业的同时,可以持续观察、思考各种不同的事物,同时回馈到工作上。更令人难以置信的是,他们本身并没有意识到这些事,几乎都是在无意识的情况下处理信息,他们称之为工匠的直觉。"

青江忍不住闷哼一声,虽然他了解那些被称为工匠和专家的了不起,但用科学的方式说明,有着完全不同的震撼。

"这是靠训练吗?"

"训练当然是不可或缺的要素,但我认为和基因也有关系。虽然可以通过持续训练,在大脑形成效率良好的神经回路,但每个人的速度和成果并不相同。"

青江能够理解这一点,就像是运动能力,并不是付出相同的努力,就能够得到相同的结果。

"再回到谦人身上，"羽原继续说道，"他形成新神经回路的速度非常快，比方说，靠大脑处理某种信息时，即使起初会耗费一点时间，但在多次重复之后，处理的速度就会有飞跃性的提高。我们在研究之后发现，他的大脑处理这种信息所使用的范围缩小到最低限度，和那些工匠一样，大脑有充分的余裕，所以这些余裕的部分就可以处理完全不同的信息。这就是他能够从植物人状态奇迹般康复的原因。至于这种信息处理能力能够提高到何种程度，我们对这件事产生了兴趣，于是就请谦人住在这个数理学研究所，在这里从各个方面研究智慧到底是什么。谦人连日接受各种测试，当然事先征求过他的同意，渐渐了解了他大脑内的情况。用一句话来说，就是他几乎能够完美地预测未来的状况，他能够通过五感获得眼前状况的相关信息，并实时分析，预测下一刹那所发生的事。在不断重复训练之后，就能够预测骰子的点数和箭所射中的目标。"

青江听着羽原的话，回想起好几个场景。他也曾经多次目睹类似现象，不光是烟雾而已，保龄球瓶、夹娃娃……不，他摇了摇头，其实更早之前就已经见识过了。在赤熊温泉的旅馆大厅，他曾经见识到有人预测了打翻液体的动向，只不过那并不是甘粕谦人，而是另一个人。

"羽原圆华也……"

"这件事等一下再谈。"羽原伸手制止道，"你刚才问我，为什么不公之于世，我先回答你这个问题。理由之一，是因为数理学研究所不光是开明大学的研究机构，同时也是国家的研究机构，谦人的事当然必须向厚生劳动省和文部科学省，还有警察厅报告。"

"警察厅？"

"目前信息工学和犯罪侦查有密切关系，"羽原说道，"这些部门向我们发出指示，等研究有更明确的结果，确立相关技术后，再讨论是否要公布消息，在此之前一定要严格保密。"

"严格保密……"

"仔细想一下，就觉得理所当然，因为这也许可以说是一种创造天才的技术，一旦轻易公布，到处进行人体实验就惨了。当然，主要的原因还是希望由我国独占这项划时代的研究。"

"研究的进展如何？"

羽原耸了耸肩，轻轻举起双手。

"只能说，还有很大的进步空间。谦人刚来这里时，甚至无法判断他的能力是手术带来的影响，还是他与生俱来的。虽然也有其他病患接受了类似的手术，但从来没有像他那样的情况。不久之后，终于掌握了几项证据，确定是手术带来的影响，但问题在于重现性。有一个极大的障碍，使我们无法进行确认。简单地说，需要另外一个病患，在和谦人的大脑完全相同的部位，做相同的手术，问题是刚好出现这样的病患可能性极低。于是，我们想出了一个解决方案，只不过那是在伦理上会被追究责任的禁忌实验。我相信你能够猜到是怎样的实验。"

"该不会……在健康的人身上动手术？"

羽原叹了一口气，点了点头。

"你猜对了，我们找了一个大脑没有任何障碍，而且细胞再生能力很强的儿童，在和谦人发生脑损伤的相同部位进行了手术。当然，一旦有异常变化，立刻会恢复原状，但凡事并没有那么完美，手术造成重大障碍的危险性也不是零。"

"但是，你还是做了，"青江说，"在自己的女儿身上动了手术。"

"即使你说我是疯子，我也无可争辩，"羽原说完，轻轻笑了笑，"因为我和我周围的人真的疯了。"

"不，不是这样。"旁边突然传来一个声音，桐宫玲从椅子上站了起来。

"不是……这样？"

"桐宫！"羽原厉声制止，"不必提这件事。"

"不，应该让青江教授也了解这件事。"桐宫玲缓缓走了过来对青江说，"在圆华小姐身上动手术这件事，既不是羽原博士提出的，也不是其他人建议的，而是圆华小姐自己希望在她身上做试验。"

"啊！"青江的身体向后仰，"怎么可能……"

"这是真的。我也曾经听她说过，为什么想要接受这个手术。她说，"桐宫玲的胸口起伏，似乎在调整呼吸，好像要宣布重大的事，"她说，她想成为拉普拉斯的魔女。"

"拉普拉斯？"

"是龙卷风让她下了这样的决心。"

25

圆华好像听到有人在叫自己的名字，猛然睁开了眼。刚才似乎睡着了，她坐了起来，看向床头柜的时钟，快八点了。

她下了床,走到窗边,从窗帘缝隙向外张望,一辆厢型车停在对面小钢珠店旁。她猜想应该就是那辆车。昨天之前是黄色小型轿车,可能觉得同一辆车会引起注意,所以换了车。虽然有可能是桐宫玲的指示,但圆华认为是武尾自己的判断。因为她很了解他的性格有多么小心谨慎。

在有栖川宫纪念公园和青江见面后,她立刻跳上了出租车,很快就发现后方有车子跟踪。去公园时没有人跟踪,所以跟踪的人一定是从青江那里下手的。既然这样,必定是桐宫他们。

虽然她曾经想要设法甩掉跟踪,但如此一来,就不知道对方有什么打算。既然只是跟踪,就代表目前并不想立刻把自己带回去,所以她故意让对方知道自己目前住的地方。那是一家平价商务饭店。之后,就在马路上看到了奇怪的车辆,可能是在饭店大门前监视。

她去便利商店买食物时,曾经用小镜子观察车内的情况。果然不出所料,在驾驶座上看到武尾那张粗犷的脸。

为什么只是监视,而不把自己带回去?可能他们察觉到了自己的目的,所以决定静观事态的发展。当然,目前并不知道他们是否默认了自己的行动,很可能在最后的紧要关头出手干涉。

但是,他们的目标应该和圆华相同,也就是要阻止甘粕谦人,阻止他继续犯罪。

她离开窗户旁,再度躺回床上,但已经没有睡意了。清醒的脑海中浮现出第一次见到谦人的日子。

圆华知道父亲用划时代的手术,让原本是植物人的少年清醒了,但她对这件事漠不关心,甚至她努力不想知道这件事。因为这个话题会让她联想到并不算长的人生中最悲惨的回忆。

这个回忆不是别的,就是母亲的事,是夺走母亲生命的龙卷风。

美奈被埋在瓦砾堆中最后露出的笑容,那一幕深深烙在圆华的脑海中。美奈在断气之前,只关心女儿是否平安。当她得知女儿平安无事时,发自内心地感到松了一口气。光是想到这件事,圆华内心深处就涌现一股暖流。

温柔的妈妈、温暖的妈妈、坚强的妈妈——龙卷风在刹那间夺走了圆华最重要的人。

圆华觉得自己一辈子都不会忘记巨大的黑色圆柱从背后逼近的景象。即使事后回想起来,仍然觉得龙卷风破坏一切的样子,不像是发生在这个世界的事。

但是,这并不是任何人的过错。龙卷风是自然现象,所以只是运气不好。如果那天的那个时间不在那里,就可以躲过一劫。

没错,父亲全太朗当时不在她们身边,他在东京,所以甚至没有看到龙卷风。

他之所以没有和圆华母女同行,是因为工作无法脱身。有一个非他不可的重要手术,他正忙于相关的准备工作。虽然当初是他提出说今年的连休要去美奈娘家——

即使如此,圆华也完全无意责怪全太朗。如果他也同行,圆华可能同时失去父母。

圆华对手术按照原定计划进行也感到佩服。只要在全太朗身边停留片刻,就可以充分感受到他对失去美奈感到多么难过。她曾经多次看到父亲深夜回家,对着妈妈的遗照喝着威士忌,圆华似乎也能够听到他在心中对亡妻说话的声音。

只是她对全太朗动的那个手术毫无兴趣,听说手术成功,所以她也感到高兴,但只是如此而已。全太朗也只字未提手术的事,他原本就很少在家里谈工作的事,如今可能顾虑到女儿的心情,比之前更刻意避谈这些事。

所以那一天,全太朗把手机忘在洗手台上这件事,对羽原父女来说,真的是命运的恶作剧。

那一天——四年前的秋天,那天不是假日,但圆华在自己家中。因为那天是学校的校庆。她就读的是同时有初中部和小学部的学校,所以上了初中部后,校庆也是同一天,也就是遇到龙卷风后整整过了四年。

圆华发现手机之后,准备出门送手机给全太朗。她之前多次去过父亲工作的开明大学医院。

来到门外,发现昨天开始下的雨已经停了,但天空很黑,她迟疑了一下,最后带了雨伞。

她到了医院,在柜台问了全太朗目前人在哪里。柜台的人告诉她,今天不在医院,而是在数理学研究所。圆华问了地点后,发现离医院有一小段距离。

因为天气并不冷,她决定走路过去。幸好这时雨已经停了,在行人稀少的马路上,有些地方积了水。

数理学研究所——父亲为什么会去那里?父亲是脑神经外科医生,照理说应该和数理学没有关系。

圆华也有手机,但全太朗并没有打电话给她,可能他还没发现自己忘了带手机。

不一会儿，左前方出现了一栋白色建筑物。她走近一看，看到了"独立行政法人　数理学研究所"的牌子。圆华抬头仰望建筑物，觉得锐角的设计很适合"数理学"这几个字的感觉。

入口是雾面玻璃门，完全看不到里面的情况，似乎拒绝闲人进入。

圆华正在门口迟疑，身后传来一个声音，回头一看，一名少年跑了过来。少年对她说："赶快撑伞。"

"啊？什么？"圆华搞不清楚状况。

少年跑到她身旁，从她手上抢过雨伞，立刻打开了伞，然后按着她的头对她说："快蹲下。"她莫名其妙地蹲了下来。

一辆卡车驶过他们身旁，下一刹那，水溅到了雨伞上。圆华不知道发生了什么事。

少年吐了一口气，站了起来。

"太好了。"他收起了雨伞，"那个人开车很不小心，我果然没有猜错，他没有绕开，也没有放慢速度。"说完，他把雨伞递给圆华，"还你。"

圆华仍然搞不清楚状况，接过了雨伞。少年指着马路对她说："那个。"马路上有一个很大的水洼。

圆华看到水洼，终于恍然大悟。卡车的轮子驶过水洼，溅起的水一直喷到他们站立的地方。

"你怎么知道溅起来的水会喷到我？"

少年为难地垂着双眉，微微偏着头。

"为什么知道？我最怕别人问我这个问题，只能说，就这样知道了。"

"是噢。"圆华在回答时,猜想可能经常会有人问他这个问题。也就是说,经常发生这种事吗?

但是,圆华还有比仔细思考这件事更重要的事。

"谢谢你,帮了我的大忙。"圆华看到少年的牛仔裤裤脚湿了,向他道歉说,"对不起。"

"你没必要道歉啊,幸好泥水没有溅到你的白色衣服。"他指着圆华身上的白色连帽衣说。

少年个子很矮,但仔细观察后,发现他比圆华年纪稍长。他的鼻子很挺,一双细长的眼睛很清澈,在学校一定很受女生的欢迎。

"你去研究所有事吗?"少年看着建筑物问道。

"我爸爸忘了带东西,我来送给他。"

"哦,你爸爸是?"

"他姓羽原……"

少年微微睁大眼睛:"开明大学的羽原医生?"

"你认识他?"

"当然啊,他是我的恩人。"

少年指着自己的头说:"他帮我动手术,四年前。"

圆华微微偏着头,随即惊讶地看着他的脸。

"你该不会就是从植物人奇迹康复的少年……"

"对,"他点了点头,"就是我,所以羽原医生是我的恩人,救命恩人。"

圆华惊讶不已。她知道手术成功了,却没想到竟然完全康复了。她一直以为即使清醒了,仍然会有某些障碍,但无论怎么看,眼前的少年都像是正常人。不，他刚才的敏捷根本连圆华也自叹不如。

"没想到你恢复得这么好。"

她坦率地表达了感想。他露出灿烂的笑容说："多亏了羽原医生。"

任何人听到有人对自己的父亲表达感谢，都不可能不高兴，圆华也很自然地露出了笑容。

"呃，你叫……"圆华问道。

少年回答说他叫甘粕谦人，是个很少见的姓氏。圆华也向他自我介绍，谦人说她的名字很好听。

"你还要继续回诊吗？你看起来已经完全康复了啊。"

谦人脸上仍然带着笑容，用下巴指了指建筑物说："这里并不是医院啊。"

"啊，对噢。"圆华看了建筑物的入口后，将视线移回谦人身上，"你也有事来这里吗？"

"不能算是有事……"他拨了拨头发，"我住在这里。"

"啊？你的家在这里？"

"不能说是家，但因为我没有其他住处，所以也可以算是家。"

"你为什么要住在这种地方？"

他露出狐疑的眼神看着她问："羽原医生没有告诉你我的事吗？"

"完全没有，"圆华摇了摇头，"因为爸爸在家里完全不会谈工作的事。"

"是吗……既然这样，我也不能说。因为他们要求我不能告诉任何人。"

"是秘密吗？"

"是啊。"他耸了耸肩。

听到他这么说,圆华反而更想知道。

"即使我向你保证,绝对不会告诉别人也不行吗?"她没有轻易放弃。

"不行啊。"他笑了起来,"你应该也很清楚,这种保证有多不可靠。"

圆华无言以对,因为他说得完全正确。

"要不要进去?我为你带路。"

"嗯,太好了。"

他熟门熟路地走进建筑物的入口,圆华也跟着走了进去。微暗的灯光下,放了几张沙发和桌子,一个男人正在角落的座位看杂志,除了他以外,并没有其他人。

两人继续往里面走,有两个好像车站自动检票口的东西。旁边有一个柜台,柜台内坐了一个女人。

少年走向那个女人,和她说着什么。女人笑脸相迎,点着头看向圆华,似乎了解了情况,然后拿起电话,不知道打电话去哪里。

她打完电话后对少年说了什么。他点了点头,回头看向圆华,向她招手,叫她过去。圆华走了过去。

"羽原医生正在忙,你可以把手机交给我,我等一下会交给医生。"

"哦,是吗?"圆华从口袋里拿出全太朗的手机放在柜台上,"那就麻烦你了。"

"我会负责转交。"

圆华确认那个女人放好手机后,和少年一起离开了柜台。

"谢谢你,帮了我的忙。"

"小事一桩，我可以问你电话吗？"

"啊，当然可以啊。"

圆华也想问他的电话。虽然对他没有心动的感觉，但有好感，而且对他神秘的部分也很有兴趣。他们当场互留了电话。

谦人送她到门口，圆华看到了刚才的水洼。

"你家离这里近吗？"谦人仰望着天空问道。

"搭电车十五分钟左右，车站是——"

谦人听到她说的站名后，立刻利落地操作着自己的智能手机，屏幕上出现了地图。

"在这里西边十二公里处，你家离车站近吗？"

"走路七八分钟。"她不知道谦人为什么问她这些问题。

"是噢，那就很难说。"

"怎么了？"

谦人指着天空说："二十五分钟后会下雨，你从这里走去车站要五分钟，再加上等电车的时间，在你下电车时，刚好开始下雨。这把伞又可以派上用场了。"

"天气预报这么说吗？"

"不是天气预报说的，但应该会是这样。"

圆华不知道该说什么，所以没有说话。"再见。"他向圆华道别后，走进了建筑物。

圆华纳闷地走去车站，等了一会儿，搭上了电车。在电车上时，发现天色渐渐暗了下来。

电车抵达了羽原家附近的车站，圆华刚走出车站，天空就下起了雨。她打开雨伞，拿出智能手机确认时间，离谦人刚才预言的时间刚好过了二十五分钟。

那天晚上，全太朗回家后，为圆华送手机的事道谢。

"你真是帮了大忙，原本想打电话给你，但又不好意思叫你送过去。你竟然能够找到那里。"

"我先去了医院，他们说你在那里。爸爸，你现在都在那里工作吗？呃，是不是叫数理学研究所？"

"不是一直在那里，只是偶尔。你为什么问这个问题？"

圆华想了一下，把遇见甘粕谦人的事告诉了他，还说是谦人为她带的路。

全太朗的表情顿时严肃起来："他有没有给你看什么？有没有对你说什么？"

看到父亲的严厉眼神，圆华发现自己不应该说这件事。她摇了摇头说，只是带她进去而已。

"这样啊。"虽然父亲点着头，但似乎有点怀疑。

那天之后，圆华很在意谦人的事。他在那里干什么？为什么要保密？

她决定传短信给他。首先为那天的事道谢，同时告诉他，正如他所说，后来真的下起了雨，她感到很惊讶。

他立刻回了信息，说很高兴用这种意想不到的方式遇到了恩人的女儿，同时用开玩笑的方式说，不得不隐瞒很多事，也让他感到痛苦。虽然文字很轻快，但圆华总觉得他内心很沉重。

他们互通信息，聊了一些无关紧要的事。看他所写的内容，发现他并没有其他可以互通信息的朋友，关于这件事的理由，他说"当交际范围太广时,持续隐瞒就会很麻烦"。

圆华看了这些内容后,觉得其实他也很想说出秘密。她思考着如何才能巧妙地引导他说出来,却找不到好方法。

这时,他们决定见面,并不是由哪一方提出,而是很自然地发展。开明大学旁有一个大型商场,里面有影城和购物中心,他们约在那里见面。

相隔一个月再见到甘粕谦人,发现他看起来有点成熟。圆华很担心自己穿的衣服不好看。她穿了一件粉红色短裙,针织衫外面套了一件米色连帽夹克。她对自己穿的衣服是否可爱完全没有自信,但他称赞说,她的衣服很好看。

他们看到一家水果吧,正想走进去,发现刚好座位都满了。谦人巡视店内后说,先等一下看看。

"应该很快就会有空位。我原本就想坐窗边的座位,所以刚好。"

结果,不到五分钟,就有一对夫妻带着孩子走了出来。走进店内一看,女店员正在收拾窗边的桌子。

"你怎么知道这张桌子会空出来?"圆华坐下后问道。

"我并不确定,因为人的行动很难预测,但我有几个判断根据。"

"根据?什么根据?"圆华探出身体。

谦人耸了耸肩。

"如果要详细说明,就会没完没了。像是那个妈妈很快喝完果汁,已经喝完咖啡的爸爸很不耐烦地用手指敲着桌子,那个男孩很无聊地甩着脚,而且他们三个人并没有聊天。并不是有什么决定性的要素,只是靠整体的感觉判断。人在准备做下一个行动时,一定会发出某种信号,只是当事人并没有感觉到。"

圆华眨了眨眼睛,注视着谦人的脸。

"刚才只是看一眼,你就能观察得这么仔细吗?"

"只要看一眼就足够了。"谦人的嘴角露出笑容,然后,他看向窗外,微微皱起眉头,"傍晚五点果然会下雨,我原本想好要带伞,结果还是忘了。"

"下雨?"圆华看了自己的手机,"天气预报没说要下雨啊。"

"嗯,天气预报没说,但会下雨。"谦人自信满满地说。

和上次一样,圆华忍不住想。上次他也正确预测会下雨,甚至预测了下雨的时间。她想问他为什么会知道,最后决定放弃,因为她觉得这应该和他内心的秘密有关。

他们喝着果汁,聊着音乐和学校的事,其实几乎都是圆华在说,谦人只是当听众。从之前互传的信息中,圆华隐约察觉他并没有上学,但是并非没有读书,他在数理学研究所认真读书,内容应该比普通学校教的更难。虽然并没有问过他,但圆华有这样的感觉。

走出水果吧,他们一起走去游乐场。因为谦人说他想玩游戏,但他中途停下脚步,从地上捡起什么东西,看起来像是心形的纸片。圆华在旁边探头张望,发现上面印了星星图案和当红的摇滚乐团名字。她想起那个乐团正在附近的活动中心开演唱会。

"可能是用来撒在音乐会会场的纸片。"谦人说,"听说最近很流行撒这种东西,虽然看起来像纸片,但其实是泡沫塑料薄片,可能是带回家的歌迷不小心掉的。"

"音乐会会场撒这种东西吗?为什么?"

"当然是为了炒热气氛啊。"

圆华看着心形薄片,忍不住纳闷:"这种东西可以炒热气氛?"

"你看了就知道了。"

谦人巡视周围,然后走向扶梯,但并没有搭上扶梯,而是在前面停下了脚步。

这里是三楼,但因为中间是挑高的开放空间,所以可以看到一楼。谦人看着下方。

"很好,下面没什么人走动,不会扰乱空气,应该会成功。"

"什么意思?"

但是,谦人没有回答她的问题,小心翼翼地四处张望,把手伸到栏杆外,把那张心形的泡沫塑料薄片抛向空中。

下一刹那,圆华忍不住惊讶地"啊"了一声。

她以为泡沫塑料薄片会飘落下去,没想到并不是这么一回事。心形的薄片保持水平,缓缓地在空中斜向下降,简直就像是超小型的滑翔翼,而且滞空时间长得出乎意料。

"在音乐会进入高潮时,从天花板撒下数百片这种东西,观众不是会陷入疯狂吗?"

听到谦人这么说,圆华觉得有可能,但双眼仍然追随着心形纸片的去向,想象着歌迷也许会争相抢夺。

但是,之后才更令她惊讶。心形滑翔翼稍微改变了行进方向来到一楼,最后竟然降落在服务中心的柜台上。柜台内的女人对突然出现在眼前的东西感到惊讶,战战兢兢地拿了起来,四处张望着,似乎在寻找到底是从哪里飘过来的。

谦人小声地笑了起来:"失物当然要交到服务中心。"然后回头看着圆华。

圆华说不出话来。她不知道该如何理解刚才看到的景象。谦人刚才丢下去时,似乎就瞄准了服务中心的柜台,但是,这里离服务中心有相当远的距离,真的能够做到吗?

她看得目瞪口呆。谦人拉着她的手说:"走吧。"

他们走去游乐场后,玩了各式各样的游戏,赛车、战争游戏,以及配合音乐节奏打鼓的游戏。在玩游戏时,谦人和普通的少年没什么两样,技术并没有特别高超,有时候还输给圆华。

但是,渐渐接近尾声时,发生了惊人的事。因为圆华说她想要夹娃娃机里的布偶。

谦人的眼睛一亮:"你想要哪一个?想要几个?"

圆华看着夹娃娃机,说了三个布偶的名字,说只要其中一个就好。

谦人点了点头,从皮夹里拿出三个一百日元硬币。

然后,他简直像在变魔术,每次把一百日元硬币投进夹娃娃机后,就抓起一个布偶,简直像是直接用手抓。因为实在太过轻而易举,圆华差一点忘记是在游乐场。不到五分钟,圆华的手上已经抱了三个布偶。

"你还想要其他的吗?"谦人喜滋滋地问。

圆华默然不语地摇摇头。她说不出话来,所以也没有向他道谢。

谦人问她接下来要去哪里,圆华说她有点累了。

"那我们休息一下。"

游乐场外面刚好有一张长椅,两个人并肩坐在长椅上,可以隔着窗户俯瞰附近的公园，但因为天色昏暗，景色并不佳。这时，突然有雨滴打在窗户上。圆华惊讶地看着手表，发现时间是五点多。

"没有雨伞怎么办？买一把好像有点浪费，"谦人说，"因为八点雨就会停了。"他说话的语气，似乎完全不认为自己的预测可能会不准。

圆华把抱在手上的三个布偶放在旁边，转身看着他。

"你为什么有办法做到？"

谦人的脸上掠过一丝阴影。圆华的话刺激了他的内心。

"这根本不寻常。"圆华说，"你可以准确说中天气，也可以轻易夹起娃娃。不，不光是这样而已，刚才让心形的纸片飞下去，和第一次见面时，你可以预料到水洼的水会溅起来，这些都不是普通人能够做到的，我不能问这些事吗？"

谦人始终看着窗外，什么都没说。他当然不可能没听到她说话，可以强烈感觉到他在犹豫、思索。

他的嘴唇终于动了起来："我真是太矫情了……"

"啊？"

谦人腼腆地笑了笑，轻轻叹了一口气。

"你当然会在意，当然会觉得奇怪。我明知道会有这样的结果，却没有掩饰自己的能力，不仅如此，还故意在你面前卖弄，设法引起你的注意，希望你发问。我太矫情了，连我都讨厌自己。"

"谦人……"

谦人坐直了身体，转身看向圆华。

"不瞒你说，我有很多话想告诉你，所以才想和你见面。我不希望用短信的方式，而是想当面告诉你。"

圆华深呼吸后，注视着他的脸。

"我隐约察觉到了，我察觉到你内心有很大的秘密，因为无法告诉任何人而痛苦不已，很希望有人能够和你分享，所以我今天做好了心理准备。"

"被你预料到了？"

"嗯，"圆华点了点头，"虽然我平时并不是一个直觉很准的人。"

谦人露出意味深长的眼神，轻轻摇了摇头。

"不瞒你说，不是你想的那样，是我通过互传短信时，让你产生这样的预料。"

"啊？什么意思？"

"第一次在研究所见到你的时候，我不是说，住在那里的理由是秘密吗？其实我心里觉得可以告诉你。不……不对。"谦人摇了摇头，"我很想告诉你。老实说，我一直很想告诉别人，却始终找不到适合的对象。见到你之后，我觉得终于找到了。所以那天告诉你下雨的时间，用这种方式吸引你的注意力。"

"既然这样，你应该更早告诉我啊。"

"虽然我对自己的直觉很有自信，但我希望再多了解你一些。在和你多次互传短信时，更确信自己的直觉没有错，所以我在传给你的短信中，让你能够感受到我想对你说出心中的秘密，为了让你能够像你刚才所说的，做好心理准备。"

圆华摸着自己的胸口。一切都是谦人精心策划的吗？但是，为什么要这么大费周章？

"你可以摸一摸这里吗？"谦人说完，扭转身体，按着脖子后方。

圆华伸手摸了那个位置，轻轻按压后，手指有一种奇怪的感觉。

"怎么样？"

"嗯……很硬，里面好像有什么东西。"

"没错，里面的确有东西，是电池和脉冲波发射器，发射器和装在大脑内的电极相连，都是羽原医生帮我装的。"

"当时的手术……"

"因为动了那次手术，我才能够像普通人一样活动、说话和吃饭，但过了一阵子之后，我发现并不是这么一回事，我已经变成和普通人完全不一样的人了。"

他向圆华娓娓诉说。

手术后，他的意识越来越清醒，终于可以和外界沟通了。第一次能够发出声音的喜悦难以用言语形容。不久之后，他的手脚可以活动，也可以正常饮食。他觉得自己简直就像获得了重生，得到了一个新的身体，为了能够充分运用身体所做的训练让他乐此不疲，每天都在成长进步，他可以真实体会到自己在学习。

在手术后一年多，他开始感到有点不对劲。不，其实更早之前就隐约有这种感觉，只是当时专心于恢复身体功能，并没有仔细思考这件事。

用一句话来形容这种不对劲，就是他发现自己的直觉变得很敏锐。

在很多事情上，他都能够隐约察觉接下来会发生的情况，尤其对于物理现象特别明显。比方说，棒球被打到空中，或是足球被踢向空中时，他可以立刻预测球会沿着怎样的轨道，落在哪个位置。在地毯上滚动的高尔夫球也一样，在击杆的瞬间，就知道会停在哪个位置。

除了物理现象以外，还可以预测其他事。他走在医院的走廊上时，突然知道手术室马上要进行手术，也可以预料到在候诊室内的病患中，下一个站起来的人是谁。

他觉得这些事说出来会被人嘲笑，所以就保持沉默，但在定期检查时，终于告诉了羽原。他做好了被羽原说成是错觉的心理准备，但羽原并没有这么做。

不久之后，羽原就把谦人带去大学附近的数理学研究所，在那里接受了几项训练和测试。

之后，羽原向他说明了他大脑中发生的情况。

根据羽原的说明，谦人的预测并不只是直觉而已，还有明确的根据。在多次观察现象后，就可以掌握事物的物理特性，预测结果。

之所以能够知道开始动手术的时间，以及猜中病患在候诊室内的行动，都是因为经验的累积。因为平时经常看到护理师和病患，从他们不经意的举动中，可以察觉到这些事，但因为不是物理现象，所以并不是每次都能说中。

谦人听了之后感到很意外，因为他几乎完全没有意识到自己获得了这些经验法则。

为什么会产生这种能力？当然和那个手术不无关系。

谦人之后的生活完全改变了。他从开明大学医院的病房搬到了数理学研究所，接受各种测试和训练。

羽原和其他人想要了解谦人能力的极限，为此准备了有关物理现象的庞大数据，谦人牢记在脑海后，渐渐可以立刻预测很多事。

"夹娃娃机是物理初步中的初步，能夹到娃娃是理所当然的。让心形的纸片按照我的意图飞有点困难,但因为扰乱空气的因素不多,所以成功了。"

"……你太厉害了!"圆华目不转睛地打量着谦人的脸,"原来你有了超能力。"

"我觉得这和超能力不太一样。"他皱着眉头,抓了抓头,"因为我无法透视,也无法在不用手的情况下移动物体,更无法瞬间移动,只能预测而已,而且局限于物理现象,对于有动物介入的事就无法预测,就好像我完全无法预测野猫要去哪里。"

"即使这样,也已经够厉害了。为什么要保密呢?"

谦人抱着双臂,发出"嗯"的声音:"有很多因素,因为大人的因素。"

圆华"哦"了一声,觉得最好不要追问。

"只要是物理现象,所有的事都可以预测吗?"

"不,不是这样,有很多事无法预测。即使给我看了很多地震的数据,我也无法预测地震。我猜想是因为人类还没有发现预测所必需的数据,而且乱流也无法预测。"

"乱流?"

"就是混乱的乱,流动的流。液体和气体都是一种流动状态,如果无法预测乱流,就无法知道未来的天气。"

"但你不是可以预测吗?"圆华指着窗外,"你也准确预测了下雨。"

谦人皱着眉头,摇了摇头:"这种程度还不够。"

"是吗?"

"我可以随时预测自己身边的情况,但只是什么时候会下雨,什么时候雨会停的程度而已。这样不行,只有能够预测突然在局部发生的现象，才能够控制乱流。"

"突然在局部发生的现象是指？"

"有很多啊，像是雷雨、下击暴流，还有龙卷风。"

"龙卷风？"圆华感到一惊。

"目前的天气预报都使用了超级电脑，但预报这些现象的准确率仍然很低，龙卷风最多只有百分之十而已，也就是说，在十次之中，有九次都失误，可见有多难。"

圆华的嘴里感到苦涩，她没有想到会在这个时候、这个地方，回想起那场噩梦。

"但是，羽原博士和数理学研究所的其他人认为，即使超级电脑不行，我仍然有可能做到。"

"什么意思？"

"他们认为在我大脑中进行的不只是计算而已，还有其他的事。比方说，即使是天气预报，我可能采取了和电脑完全不同的方法，还说如果不这么想，很多事情无法有合理的解释。果真如此的话，对人类来说，就是划时代的进步。物理上有纳维—斯托克斯方程……你不知道吧？"

"纳维……我连听都没听过。"

"那是至今仍然没有解决的物理学问题。据说一旦解开这个难题，将能够为科学带来无法估计的影响。数理学研究所的人说，这里面可能有某些启示。"谦人指着自己的头。

"如果解决了这个问题，就可以预测龙卷风吗？"

"理论上。"

"太厉害了。"圆华握紧双手,"真希望可以早日实现。"

"是啊,但未来的路可能还很长,"谦人耸了耸肩,"我一个人的力量不够,需要有合作的伙伴。"

"那就找更多伙伴啊,我爸爸为什么不让更多人成为像你一样的人?"

"因为有限制。我是因为发生了意外,刚好接受了这个手术,但好像不能对没有遭遇意外的人动手术。"他又接着说,"要成为拉普拉斯的恶魔,必须有充分的心理准备。"

26

"你有没有听过数学家拉普拉斯?是一个法国人,他的全名叫皮埃尔－西蒙·拉普拉斯(Pierre-Simon Laplace)。"桐宫玲问青江。

"拉普拉斯?不,我没听过。"

"假设有智者能够了解这个世上所有原子的目前位置和运动量,他就可以运用物理学,计算出这些原子随时间发生的变化,进而完全预知未来的状态——"桐宫玲用好像在朗诵诗歌般的语气说道,"拉普拉斯提出了这个假设,之后,这个假设中的智者被称为拉普拉斯的恶魔。谦人的预测能力和拉普拉斯的恶魔很相近,所以,数学研究所将针对他的能力所进行的研究命名为拉普拉斯计划。既然称为计划,当然设定了最终目标。研究所设定的目标大致有两个,一个是了解他的大脑内到底发生了什么事,另一个就是从刚才一再提到的重现性的立证工作。前者将是一条漫长的路,后者也有巨大的障碍。无论如何,都不可避免地需要进行人体试验。到底要去哪里找被试验者?伦理上是否允许这种事?关于这个问题,厚生劳动省和文部科学省的公务员,以及警察厅的人都不愿意提供意见。虽然他们内心一定希望我们在正常人身上动手术,但因为担心发生意外,所以谁都不愿说出口。这时,有一名少女去找拉普拉斯计划的实际负责人,也就是研究所的所长。她对所长说了令人惊讶的事,她说,她自愿成为拉普拉斯计划的试验对象。"

青江瞪大了眼睛,吞了口水后,才张开嘴:"圆华……"

"没错。"

"她不是向羽原博士提出的吗?"

垂着头的羽原摇了摇头后,抬了起来。

"她完全没有和我商量,我完全没察觉到她竟然知道拉普拉斯计划。"

"所长也很惊讶,因为这个计划是绝对机密,参与计划的所有相关人员都签下了保证书,保证连家人也不可以透露。问了圆华小姐是从哪里得知这个计划,圆华小姐回答说,是谦人告诉她的。只有谦人没有签保证书,因为研究所请他协助,当然不可能这么要求他。"

"她自愿成为试验对象的理由是什么?"

"她说,自己也想具备像谦人一样的能力,想要解开纳维—斯托克斯方程之谜,想要帮助他人。"

青江又听到了无法理解的名词:"什么方程?"

"纳维—斯托克斯方程,是有关流体力学的难题,至今仍然没有解开。经过多年的研究，发现谦人的预测能力很可能和那个方程有关，一旦能够进一步了解这一点，一定能够为科学带来飞跃性的进步。可以用数学的角度分析超级电脑也无法百分之百模拟的乱流，理论上，甚至可以了解一百年之后的天气，也能够正确预测夺走圆华小姐母亲生命的龙卷风。"

"啊！"青江忍不住叫了一声。他终于恍然大悟，原来是这么一回事。

"研究所的回应是？"

"所长立刻召集了相关人员，当然也包括羽原博士，听说讨论了很久。我当时并不在场……"桐宫玲将视线投向羽原，似乎希望由他接着说下去。

羽原似乎了解了她的用意，深深地叹了一口气，点了点头。

"会议之前，圆华告诉了我这件事。她心意已决。我威胁她说，万一发生意外，可能会留下后遗症，她丝毫不为所动，若无其事地说，反正爸爸一定会救我。我知道自己很难说服她，于是问她，为什么不事先和我商量？她回答说，如果她事先告诉我，只会遭到反对，甚至可能剥夺她直接找所长的机会。她说得没错。"

"嗯。"青江发出闷哼，"圆华当时还是初中生吧？竟然可以想得这么周到。"

羽原露出苦笑，摇了摇头。

"是谦人让她不要告诉我，直接去找所长。他是拉普拉斯的恶魔，很擅长解读人心。我认为圆华之所以自愿成为试验对象，也是在相当大的程度上受到了他的诱导。"

青江想起桐宫玲曾经的断言，圆华看人比任何人更有眼光。难道具备了拉普拉斯的恶魔的能力，就可以做到这一点吗？

"会议的结果如何？"

羽原痛苦地撇着嘴说："除了我以外的人意见都很一致，也就是完全交给我判断。因为动手术的是我，我也是被试验者唯一的亲人，所以这样的意见或许理所当然，但我很清楚，所有人都不想错过这个机会，恐怕再也不会出现这么理想的试验对象。我烦恼不已，我要把女儿的身体当试验品吗？万一有什么三长两短，到底该怎么办？同时，我又不希望辜负众人的期待。不，其实还有一个更重要的原因——"他双手抓了抓头发后，抱住了自己的头，"我无法克制探究心，到底是否有重现性？是否能够再度创造一个拉普拉斯的恶魔？一旦有重现性，也许可以掌握人类走向全新进化的关键——"

羽原放下双手，重重地吐了一口气，浑身的力气似乎放松了。他露出自虐的笑容看着青江。

"我选择了成为疯狂科学家的路，把圆华，把亲生女儿用来做人体试验，把健康的女儿的大脑切开，植入了经过基因改造的癌细胞，并装了电极和仪器。如今我觉得，这是身为父亲，不，是身为一个人不可原谅的行为。"

"但手术获得了成功吧？"

"算是成功了，但手术后一个星期，她昏迷不醒，我陷入了绝望。如果女儿一直不醒，我打算让她安乐死后，自己也一死了之。圆华在第八天睁开眼睛，回应我的呼唤。我无法站立，整个人瘫在地上，像小孩子一样哭了起来。"

青江觉得能够理解。

"圆华就因此踏上了拉普拉斯的魔女之路吗?"

羽原点了点头。

"因为她原本就很健康,所以比谦人更顺利地获得了各种能力,出院之后,和谦人一起在这个研究所生活,协助拉普拉斯计划。时间过得真快,一转眼,四年快过去了。"

"圆华小姐目前和谦人具备相同的能力。"桐宫玲继续说了下去,"对她来说,有栖川宫纪念公园的表演并不是一件难事。"

"赤熊温泉和苫手温泉发生的事,果然是甘粕谦人所为吗?"

桐宫玲有点痛苦地皱着眉头,和羽原互看了一眼后,再度面对青江。

"很遗憾,这种可能性相当高。谦人在去年春天突然失踪,离开了这个研究所。我们不知道他这么做的目的,但似乎演变成了最糟糕的情况,他犯了罪。"

"动机呢?他为什么要杀人?"

"这……"桐宫玲说到这里,摇了摇头,"不能告诉你,因为和你没有关系。"

"都已经说了这么多,却突然卖关子,请你告诉我。你说和我没有关系,但既然我没有对外公布温泉区发生的那两件事的真相,就有权利知道为什么会发生这么悲惨的事件。"

"但是……"桐宫玲看向羽原,似乎在征求他的意见。

天才医学博士眼中露出痛苦,微微收起了下巴。

"好吧,那就由我来说,但请你不要忘记,目前只是我们的想象而已,同时也希望你保证,绝对不会告诉别人。"

"没问题,我可以保证。"

羽原舔着嘴唇。

"一月初,圆华也失去了踪影。在谦人失踪之后,她一直说想去找谦人,所以她失踪应该就是为了这个目的,除此以外,我们也一无所知。但是,在刑警中冈先生来这里,以及听了你和圆华相遇的经过之后,大致能够猜到发生了什么事。正如你刚才所说,我们也推测温泉区所发生的事应该是谦人所为,既然执着于硫化氢,可见和他以前遭受的悲剧有关系。我相信你知道我在说什么。"

"就是他姐姐用硫化氢自杀,也导致他母亲死亡的事件……"

"没错,谦人原本有灿烂的未来,但有人让他恨之入骨,让他不惜毁了自己的未来。而且既然执着于硫化氢,他的动机很明确,那就是复仇。"

这句话像铅块般沉入青江的内心,他忍不住咕噜一声吞着口水。

"他姐姐的自杀……不是自杀吗?是伪装成自杀的谋杀吗?"

"这只是推测而已,但这不是唯一的合理解释吗?"

"没错,果真如此的话,的确想要杀了对方,但是,呃……"青江摸着额头,意想不到的发展让他有点难以理解,"果真如此的话,有几个疑点。首先是谦人,他不是失去了记忆吗?他不是不记得他的姐姐自杀,并把他的母亲也一起卷入的事吗?不,之前听说他甚至忘了自己曾经有过姐姐和母亲。在这种状况下,会想要复仇吗?难道他最近恢复了记忆?"

羽原听了青江的问题后频频点头,似乎认为他问了一个好问题。

"其实我也有一个多年无法理解的问题。甘粕才生先生的博客上提到我第一次和谦人沟通时的场景,你还记得吗?"

"嗯,大概记得,通过让他想象咖喱饭和足球,观察他大脑的反应。"

"你记得真清楚。没错,当时让他回答了几个问题,但他几乎完全不记得自己的经历,忘了名字,忘了自己的家人,也忘了自己住在哪里。"

"好像是。"

"但是,"羽原压低了声音,"他回答了自己的年龄。"

"啊?"

"问他年龄时,他回答是十二岁。虽然他的实际年龄是十三岁,但这个错误并不是太大的问题。因为发生意外时,他才十二岁,他当然不了解之后已经经过了一段时间。问题在于即使答错了,但他为什么能够回答与年龄相关的问题。人类的记忆有好几个种类,比方说,记住时钟、手帕、桌子等物品名字,和记住人名的系统并不相同。这也就是失忆的人仍然不会忘记日文、使用东西的方法、规则和习惯之类的。失去记忆时,通常都是忘记自己的经历和人际关系,谦人的情况也是如此,但他仍记得自己的年龄。这件事一直让我耿耿于怀,因为年龄也是经历的一部分。"

"你的意思是说,谦人根本没有失去记忆吗?"

"如果这么认为,就能够合理解释这次的事件,如果这一切真的是谦人的复仇。"

"这怎么可能……"

"我在说这些事时仍然半信半疑,因为除了回答年龄以外,完全没有任何理由怀疑谦人失去记忆这件事。但是,在发生了这次的事件,不得不怀疑他是凶手时,我才肯定他果然没有失去记忆。因为正如你所说的,没有人会向自己已经不记得的人复仇。"

"他为什么要假装失去记忆?"

"这件事也是我的推测,但是在此之前,我们先来验证一下甘粕家所发生的悲剧。"

"你认为不是事故,而是杀人命案。但是,为什么呢?呃,在赤熊温泉丧生的那个人叫什么名字……"

"水城义郎,影视制作人。"桐宫玲回答,"在苦手温泉死亡的是演员那须野五郎,本名叫森本五郎。"

"没错,的确是这两个人。你的意思是,那两个人杀了甘粕谦人的家人吗?到底有什么目的?"青江上下挥动着双手,然后又立刻说,"不,这太奇怪了。不太可能,虽然我不知道演员那须野五郎的情况,但制作人应该和那起事件无关,因为谦人的姐姐自杀时,他正在北海道,和谦人的父亲甘粕才生在一起。博客的文章上提到了这一段。"

羽原露出痛苦的表情,用力点了点头。

"你说得对,水城义郎有不在场证明,但不能因此断定他和那起事件没有关系。水城可能是共犯,只是实际动手的可能另有他人,比方说,会不会是那个姓那须野的人动的手呢?"

"这……或许有这样的可能性,但他们为什么要这样做?有什么动机呢?"

羽原用力吸了一口气,摇着头,深深叹着气。

"不知道,但我猜想他们并没有直接的动机,因为他们和被害人几乎没有关系。也许另有主谋,主谋有明确的动机,水城和那须野都只是共犯而已。"

"另有主谋？"

"对。"

"是谁？"

羽原缓缓眨了一下眼睛，似乎想要让心情平静。

"和被害人有密切关系的人，而且也和水城、那须野有关系，这个人也和水城一样，有明确的不在场证明。"

青江一时不知道羽原在说谁。有这样的人吗？但下一刹那，他突然想到了，但难以置信。

"你该不会怀疑他的亲生父亲……怀疑甘粕才生先生？怀疑他杀害自己的女儿和妻子，还有自己的儿子？"

羽原没有立刻回答，用力深呼吸了两三次，胸口和肩膀都用力起伏着。

"我知道这样的想象很荒唐，我也不愿意这么想，但从这个角度思考，就可以解释谦人假装失去记忆的理由。"

青江思考着羽原的这句话，试图了解其中的意思，脑海中随即浮现出一个想法。

"谦人知道真相……知道他父亲是凶手……"

"对，"羽原轻声回答，"如果从这个角度思考，就可以合理解释很多事。谦人了解真相，但变成植物人的少年没有任何方法可以告诉他人。即使好不容易能够和外界沟通，也只能用YES和NO来回答对方的问题。毫不知情的甘粕才生理所当然地用父亲的角色和他接触，扮演一个失去妻女，儿子也受重伤的可怜男人，而谦人无论如何都试图断绝和父亲之间的关系，于是，他决定假装失去了所有关于甘粕谦人的记忆——这种想象太离奇了吗？"

青江说不出话来，因为他的常识难以接受这种事。

"所以，"他小声嘀咕了一声，看着羽原，"谦人想要杀他的父亲？"

"应该是。"

"太荒唐了，不可能，"青江拍着桌子，"我无法相信这种事，父亲想要杀死全家，儿子得知后，想要向父亲复仇……"

"除此以外，还有其他的可能性吗？"

"……动机是什么？甘粕才生杀害全家的动机是什么？"

"这……我就不知道了。"羽原静静地回答，"我无法想象他内心的想法，但是，青江教授，你应该也曾经在新闻中看到过青春期的少年杀害全家的事。"

"甘粕才生是成年人，不是青春期的少年。"

羽原一脸沉痛地陷入了沉默，但并不是因为青江的反驳而无言以对，而是似乎陷入了犹豫。

"怎么了？"青江问道。

羽原叹了一口气，拿起平板电脑操作了几下，再度打开了屏幕的电源。液晶屏幕上出现了几十只小动物，在玻璃箱内跑来跑去。青江立刻知道那是实验用的小白鼠。

"甘粕父子……"羽原说，"他们有严重的缺陷。"

27

看到走上楼梯的人，中冈猜想应该就是这个人。因为那个人的年纪和甘粕才生相仿，只是浑身散发的感觉和身为创作者的甘粕完全不同。他穿着西装，头发整齐分开，戴着眼镜，抱着大衣和公文包。

男人停下脚步，巡视着店内。中冈站了起来，向他微微欠身。

男人有点紧张地走了过来，可以感受到他的警戒。

"你是宇野先生吧？"

"对。"

"不好意思，在你百忙之中打扰。"中冈拿出名片。

"不会。"对方也递上了名片。宇野孝雄的名字上方，印着营业部长的头衔。

坐下来之后，找来了服务生，问了宇野想喝什么后，点了两杯咖啡。

"我在电话中也说了，"宇野缓缓开了口，"现在几乎……不，我和甘粕完全没有来往。"

"我知道，你们只是读同一所初中和高中，在大学的时候偶尔有来往而已。"中冈拿出了记事本和圆珠笔。

"是啊，但在大学期间，最多只和他见了三四次而已，因为每次见面，都觉得话不投机。应该说，我听不懂他在说什么，或许是因为他学有专精，感觉越来越奇怪了，所以我很惊讶。"

"你说听不懂他说什么，是指电影方面的事吗？"

"当然啊。"宇野点了点头。

宇野和甘粕不光就读同一所初中和高中，高中时，还一起参加了电影研究社。

甘粕才生在高中毕业后，进入了私立大学艺术学院的电影系，宇野说的"学有专精"应该就是指这件事。

"你们在初中和高中时，关系还不错吧？"

"初中时，因为并不是一直同一班，所以不是特别要好，但在高中时，经常和社团的朋友一起，每个星期要看好几部电影，放学后，也会在咖啡店聊好几个小时。"宇野可能想起当时的事，表情稍微柔和了一些。

"你也很喜欢看电影吗？"

"会参加那种社团，当然很喜欢，只是比不上甘粕。"

咖啡送了上来，中冈喝着黑咖啡。

"呃，"宇野露出探询的眼神，"请问可不可以告诉我是在调查什么事件？和甘粕有关吧？"

中冈伸出右手，微微鞠躬说："不好意思，因为我们有规定，所以无可奉告。"

"是吗？"宇野把咖啡拿到自己面前。

"甘粕先生很奇怪吗？"

听到中冈的问题，宇野把牛奶倒进咖啡时，露出了苦笑。

"是啊，他热爱电影，爱到无法自拔。我从来没有听过他谈论电影以外的事，但他并不是只知道电影的事，而是在各方面都有丰富的知识。无论谈论小说还是音乐，最后都会和电影结合。他的记忆力也很惊人，在学校时的功课也很好，成绩经常名列前茅，而且在运动方面也是全能。"

中冈耸了耸肩:"那不是很完美吗?"

"完全没错。我经常对他说,他是天之骄子,但他听了也不会露出开心的表情,也不会感到得意,他总是说,这种程度还不行,必须以更完美为目标。我刚才说他很奇怪,但也许可以说是完美主义。总之,他的理想很高。"

"只针对自己吗?不会要求别人完美吗?"

"那倒不会,基本上,他对别人没有兴趣。我们知道他功课很好,但他应该完全不知道我们的情况。"宇野说到这里,似乎突然想起了什么,"不过——"

"怎么了?"

"有一个例外,他也会要求除了他以外的人达到完美境界。"

"谁?"

"他交往的对象。"

中冈重新拿好圆珠笔:"他当时有女朋友吗?可不可以请你告诉我名字?"

"不,还不算是女朋友,而且不止一个人。我不记得她们的名字。"

"这是怎么回事?"

"他功课好,运动能力也很强,长相也不差。只要甘粕追求女生,几乎都无往不利,问题在于都交往不久。每次交往一段时间后,就立刻分手了。我问他为什么分手,他说对女生很失望。这种事连续发生了很多次,我曾经和其中一个女生聊过,那个女生对甘粕很不满。明明是甘粕追求她,但他态度却很傲慢,要求她改变服装和发型,要求女生配合他的兴趣爱好。那应该就是要符合甘粕理想中的女生吧。"

中冈停下了记录的手。

"他为什么会有这种完美主义？你有没有听他提起过？"

"我没有听他详细谈过，但应该在很大程度上是受他父亲的影响。"

"他的父亲是……"中冈翻着记事本，他之前已经调查过甘粕才生的父亲，"是雕刻家甘粕太生先生吧？"

"好像是这个名字，听说是天才雕刻家。"

"我调查之后，才知道这个名字。上网查了之后，看到好几件他的作品，看了之后很惊讶，难以想象是用木头雕刻的。"

甘粕太生的风格是用木雕来表现大自然存在的所有事物，他作品的精致程度令人叹为观止。动物好像随时会动起来，植物的花瓣好像在随风摇曳，不光充满真实感，更好像在传达某种思想，对艺术一窍不通的中冈都忍不住觉得，原来这就是天才的作品。

"甘粕很在意他的父亲，"宇野说，"他曾经说，因为自己身上也流着和父亲相同的血液，所以不能丢脸。虽然自己不会雕刻，但一定可以做些什么，而且还说，应该就是电影。"

"你知道他的父亲并没有和他们同住吗？"

"是吗？不，我不知道。"

"甘粕先生小时候他就搬离了家。"

"是吗……"宇野露出困惑的表情，似乎真的是第一次听说这件事。

"对了，"中冈问，"你有没有看那个博客？"

宇野把喝到一半的咖啡放回桌上，一脸认真的表情点了点头："我看了。"

中冈问的是甘粕才生的博客，和宇野联络时曾经对他说，如果方便的话，请他看那个博客，并把网址告诉了他。

"看了之后有什么感想？"

"这个……呃，"宇野微微张大眼睛，"我很惊讶，虽然知道他成为电影导演，但不知道发生了那种事。老实说，该怎么说呢……我很同情他。"

"你说你们大学毕业后，就再没见过面，所以你当然也不认识他的太太和儿女吧？"

"对，看了博客后才知道。我家也有年龄差不多的孩子，所以非常能够感同身受。"

"你对甘粕先生的家人有什么感觉？"

"什么感觉……"

"任何事都没有关系，只是印象也没问题。"

"好吧，该怎么说，我觉得不愧是甘粕。看那个博客的文章，觉得他真的做到了妻贤子孝，但我猜想他女儿很感性，所以才会发生那种事……也许继承了甘粕的完美主义，所以为某些问题烦恼。我看了之后，有这样的感觉。"

"也就是说，"中冈看着他问，"对甘粕先生来说，是理想的家庭吗？"

"我的确有这种感觉。"

中冈点了点头，合起记事本。

"谢谢你的协助，给了我很大的参考。"

"这样就可以了吗？"

"对，谢谢你。"

宇野露出茫然的表情，把咖啡喝完后说："那我就先告辞了。"然后站了起来。走去楼梯的中途，他又转过头，似乎欲言又止，最后鞠了一躬，走下了楼梯。

中冈找来服务生，又加点了一杯咖啡，再度打开记事本，回想着宇野的话。

理想的家庭……吗？

如果说出真相，如果他知道事实和博客大相径庭，甘粕的妻子和儿女的事完全都是杜撰，不知道宇野会露出怎样的表情。

这几天，中冈都在四处查访，了解甘粕才生和他的家人。因为甘粕萌绘的同学所说的事太出乎他的意料，他无法相信。

但是，在问了几个人之后，他终于得出结论。萌绘的同学所说的话属实，博客的内容不符合事实。

甘粕才生的妻子由佳子有一个姐姐嫁到千叶县的柏市，由佳子经常向她发泄对丈夫的不满。

"他很少回家，完全不帮忙照顾孩子，只要一回家就骂小孩，小孩子当然都讨厌他。儿子和女儿都避着他，当我妹妹委婉地提醒他时，他恼羞成怒，把我妹妹痛骂一顿，说都是她把小孩子宠坏了。我觉得那个人根本不配当父亲。"

由佳子的姐姐也承认，甘粕的女儿萌绘在初中时代曾经学坏。

"我妹妹也曾经为这件事非常烦恼，幸好萌绘上了高中后热衷舞蹈，我妹妹也很高兴，说萌绘终于变得乖巧了。没想到竟然在这个节骨眼上发生那种事，我至今仍然搞不懂。"由佳子的姐姐哭着说道。

中冈决定去调查萌绘初中时代的情况，找到了当时和她要好的同学，其中一个女生说出了令人惊讶的事实。

萌绘初中时曾经怀孕、堕胎。

"对方是一起玩的男生，比她大两岁。她发现自己怀孕后来找我商量，我也无法回答她到底该怎么办，最后被她妈妈发现，带她去了医院。因为是早期，所以在学校也没什么人知道……"

那个女生说，不知道萌绘的父亲甘粕才生是否知道这件事。

了解越多，越发现和博客文章之间的矛盾，甘粕才生为什么要写那些文章？

说到矛盾，甘粕才生拿给出版社的传记内容也很奇怪。因为传记中提到，萌绘出生的秘密成为她自杀的动机。她是由佳子和外遇对象所生的孩子，和甘粕才生之间并没有血缘关系。但从萌绘的同学的证词中可以发现，萌绘对于自己的鼻子和手的形状很像父亲而感到不开心，显然认为自己是甘粕才生的亲生女儿。

甘粕才生到底是怎样的人？中冈决定去找几个认识年轻时候的甘粕才生的人了解情况，因为这样才能够了解他这个人。中冈找到了甘粕才生大学的同学，以及他在当助理导演时一起工作的人打听。

从结论来说，没有人对甘粕有任何负评，每个人都极为肯定甘粕的能力。综合他们的意见后可以发现，"他总是严格要求自己，是绝对不会松懈的完美主义"，和宇野的意见相同。

还有另一个共同的意见。甘粕才生虽然不会要求他人完美，但对女朋友例外。他曾经交过好几个女朋友，但每次都很快分手，有的人说他"太挑剔"，有人说他"要求很高"。他心目中有标准的女朋友形象，一旦发现对方不符合，马上就失去了兴趣。

三十岁时，甘粕才生和默默无闻的女演员由佳子结了婚。由佳子是他经过寻寻觅觅，终于找到的理想女人吗？甘粕当时的朋友都对此表示否定。

由佳子虽然不够理想,但可能因为她的娘家做生意,富裕的家境让甘粕决定和她结婚。甘粕当时还没有建立身为电影导演的地位,由佳子娘家财力的强大后盾弥补了不足的部分。

中冈合起记事本。续杯的咖啡不知道什么时候送了上来,他喝了一口,已经有点冷了。

完美主义。博客和传记都与事实不符——

他觉得仿佛可以看到什么。雾霭中浮现出隐约的轮廓,只是有什么东西阻碍雾霭散去。中冈不知道那到底是什么。

目前仍然无法掌握甘粕才生的下落。他打了好几次电话,手机都没开。虽然多次留言,但甘粕才生并没有回电。他到底躲在哪里?

正当他把记事本放进口袋时,手机响了,是成田打来的,问他目前人在哪里。

"在新桥的咖啡店,为那件事向相关人士了解情况。"

"是吗?所以已经结束了?"

"结束了。"

"那你马上回来,我有事找你。"成田冷冷地说道,他心情似乎不太好。

"是什么事?"

"见面再聊。"成田说完后,挂了电话。

到底是什么事——中冈喝完咖啡,拿起账单,站了起来。

回到刑事课,成田又把他带去了吸烟室。吸烟室内没有其他人,成田从烟盒里拿出一支烟,但并没有马上点火,他说出的话完全出乎中冈的意料。

中冈嘟着嘴问:"叫我收手?这是怎么回事?"

成田把烟放进嘴里,用打火机点了火,皱起眉头吐着烟说:"就是这个意思,就是你听到的意思。你要从温泉区的事件收手,不要再追查了。"

中冈想问理由,但把话吞了下去。根据以往经验,他知道上司会在什么情况下说这种话。

"上面有指示吗?"

成出突出下唇,点了点头。

"分局长中午找我,刑事课长也在,说我最近似乎派了你去调查某一起案子,但要赶快收手。"

中冈咂着嘴。

"为什么会曝光?难道是因为苫手温泉的事件,要求对方的县警协助调查租车公司出了问题吗?"

"不,不是这个原因。"成田手指夹着烟,摇了摇头,"应该是上面的指示,听分局长的语气,可能和警视厅总部或是警察厅有关。"

"警察厅?"

"分局长说,这起案子不要再追查了,也不要对外透露,之前看到的、听到的都要赶快忘记。只要按照指示去做,就不追究擅自侦查,以及没有报告侦查内容的责任。我们好像误闯了危险丛林。"

"既然这样,就更想查清楚啊,想亲眼看看丛林里到底有什么妖魔鬼怪。"

成田拿着烟的手摇了摇。

"别乱来,如果你被调走,我也会很伤脑筋。既然上面愿意不追究,就已经算很幸运了。"成田最后吐了一口烟,在烟灰缸里按熄了烟,"千万不要轻举妄动。"他走出吸烟室,粗暴地关上了门。

中冈也走出吸烟室,看到成田快步走在走廊上的背影。从背影就知道,上司情绪很烦躁。

自己到底查到了什么?这起事件背后隐藏了什么不能让辖区分局的刑警了解的隐情?

之前看到的、听到的都要赶快忘记——

也就是说,中冈已经掌握了一部分极机密事项,只是他并不知道是什么。

等一下——中冈停下了脚步。

那个人怎么办?泰鹏大学的青江怎么办?他也和中冈一样,深入了解了这两起事件,他也被封口了吗?但是,他不是警察,无法像对待中冈一样命令他,那要怎么封他的口?

向他说明真相。

这是唯一的方法。

中冈拿出手机。他当然仍然保留着青江的电话。

28

千佐都正在翻阅装潢书时,旁边的智能手机响了。她拿起来一看,用力深呼吸，因为屏幕上显示了"木村"的名字。

电话接通了，她"喂"了一声。

"你一个人吧？"

"对，我在家里的客厅，没有其他人。"

"很好。"电话中传来轻声嘀咕，"我打算采取行动了。这是最终步骤，要在今天执行。"

"今天？这么仓促？"

"我之前不是就说了大致的日期吗？所以叫你不要安排其他事，随时等我的联络。"

"我知道，只是没想到这么突然。"

"因为有某些状况，没办法太早决定详细日期，你还记得步骤吧？"

"记得，但能够顺利吗？如果他不回电怎么办？"

"你不必担心，他一定会打给你，没有理由不打给你。"

他总是充满自信，而且从来不透露其中的原因，令千佐都感到不安，但至今为止，他的话每次都应验。

"即使他会回电，我这样临时找他，他也不一定愿意马上就见面，因为他也有自己的事。"

"到时候只能重新安排，你说会再联络他，然后挂上电话。但我猜想他无论如何都会设法安排，即使再不方便，也会优先安排这件事。"

他用断定的语气说道。既然他这么说，只能认为可能就是这样。

"我可以马上打电话给他吗？"

"嗯，那就拜托了。"

"好。"

挂了电话后，千佐都站了起来，打开了矮柜的抽屉，从里面拿出手机。那是义郎的手机，在他死了之后，仍然没有去注销号码，就是为了今天。

她试图开机，但电池用完了。充电器也放在抽屉里，她把充电器接上手机，把插头插进旁边的插座，然后打开手机，点开通信簿，在"G"行中找到了对方的名字。

她的心跳加速，用右手按着胸口调整呼吸，在脑海中整理了要说的话。木村事先已告诉她要怎么说。

她吞了口水，正想要按下通话键时，手机响了。有人打电话进来，手机上没有显示号码。

她正在迟疑，不知道该不该接起电话，铃声断了。对方挂断了电话。

千佐都有点不知所措，注视着手机。到底谁打来的？还是打错了？难得开机，竟然就有人打错电话，有这么巧的事吗？

她又等了一会儿，手机没有再响，可能真的是有人打错了电话。

她决定忘记这件事，目前自己有重要的工作，不能分心。

她确认了液晶屏幕上的号码后，按下了通话键，把手机放在耳旁，听到了拨号声。

她突然感到不安。万一对方接起电话怎么办？虽然木村说不可能，但凡事都会有万一。如果对方接起电话，要先挂掉吗？不，如果这么做，会不会让对方产生警觉？

但她多虑了，电话随即传来语音信箱的声音。千佐都松了一口气，握着手机的手忍不住用力，接下来是首要关键。

手机中传来"哔"的声音。她吸了一口气。

"请问是甘粕才生先生吗?我是水城义郎的太太千佐都,我有重要的事和你谈,请你联络我。是否可以请你听到留言后,打电话到水城的手机?我想你的手机上应该显示了号码,但还是再留一次。"

她重复了两次电话号码后,说了一声"麻烦你了"后,挂了电话。

她把连着充电器的手机放在矮柜上,回到了沙发,整个人瘫倒在沙发上。虽然只是留言而已,腋下却冒着冷汗。

很快就结束了,一切都快结束了——

她看着茶几上的小月历,回想起来,已经快三个月了。也就是说,从那次邂逅至今,已经将近一年了。

那一天,千佐都独自开着玛莎拉蒂从美体中心回家。

准备驶入住家附近弯曲的小巷时,视野突然被挡住,她完全不知道发生了什么状况,陷入了慌乱,不顾一切地踩了刹车。

但是,在车子完全停止之前,就听到"砰"的撞击声,千佐都慌忙下车察看。

一个年轻人蹲在路旁,她浑身的血都冲向脑袋。

"你没事吧?"千佐都跑过去问道。

年轻人皱着眉头,点了点头:"对,我没事。"但他痛苦地按着腰。

"呃……是我的车子撞到你了吗?"

"不知道,但应该是吧,我在走路,突然从后面……"

"对不起,我刚才突然看不到前方。"

千佐都看向自己的车子,一张报纸贴在风挡玻璃上,可能是被风吹过来的。

一阵喇叭声。后方有车子。

"等我一下。"千佐都对年轻人说完,拿掉风挡玻璃上的报纸,坐上玛莎拉蒂,把车子开到路旁。

她再度回到年轻人身旁,年轻人仍然蹲在那里。

千佐都从皮包里拿出手机:"要不要叫救护车?还需要报警。"

年轻人轻轻摇了摇手。

"一旦报警,之后会很啰唆,你也不想被问东问西吧?"

"但是,这种事必须按规矩……"千佐都说道。

年轻人苦笑着说:"别担心,我不会事后找你麻烦。不如这样,我们现在去医院检查一下,看了诊断书之后,再决定要不要报警。"

千佐都觉得年轻人的提议很合理。

"如果你认为这样比较好的话……"

"那就这么办。这附近有医院吗?"

"我知道一家医院,我们去那一家。"

她让年轻人坐在副驾驶座上,开车去了医院。千佐都虽然很焦急,但很庆幸他看起来不像坏人。他的打扮不像是混混,说话很客气,长相也很有气质。

在医院检查后,发现只有轻微的擦伤而已。他拿着诊断书时,脸上已经没有疼痛的表情。

"这样就解决了,如果去报警,警察也会觉得麻烦,你也终于放心了吧?"

"是啊……啊,对了。"千佐都从皮夹里拿出几张一万日元的纸币递给他,"不好意思,没有信封,就当作是慰问金。"

他在脸前摇着手。

"我不要啦,你刚才已经付了医药费。"

"当然应该由我付医药费啊,你收下吧,不然我会很不安。"

年轻人看着千佐都的手陷入了沉思,终于点头说:"嗯,那这样吧,下次你用这些钱请我吃饭,最好吃烤肉,你觉得怎么样?"

千佐都惊讶地看着年轻人的脸。他露齿一笑说:"别担心,我并不是想勾引有夫之妇。不瞒你说,这个月我手头有点紧,最近都没吃什么好料。"

他的表情和语气很柔和,消除了千佐都内心萌生的警戒。

"如果是这样,我很乐意请客。烤肉就好吗?吃法国餐或意大利餐也没关系。"

他摇了摇头。

"吃套餐时,会有前菜或是沙拉之类的很麻烦,我只想吃烤肉。"

"好,那就去吃烤肉。"

他们当场决定了时间和约定的地点。千佐都已经很久没和丈夫以外的男人单独吃饭,而且对方是比千佐都小大约五岁的年轻男孩。千佐都渐渐为这件事感到开心。

这就是和他的邂逅。三天后,他们在西麻布的烤肉店一起吃饭。

他自我介绍说,他叫木村浩一,是开明大学的学生,目前暂时休学。

千佐都问他在学校学什么,他想了一下后回答说:"用一句话来形容,就是……预测。"

"预测?预测什么?"

"所有的事。预测世界上发生的一切。比方说——"他拿起一个小盘子放在千佐都面前,然后又拿起酱汁的瓶子,"把酱汁倒进盘子里,你觉得会是什么形状?"

千佐都微微皱着眉头,觉得他问的问题很奇怪。

"不知道,但应该是圆形吧。"

木村低头看着盘子说:"有点扭曲的心形。"说完,把瓶子微微倾斜,倒了少许酱汁。

千佐都太惊讶了,因为白色盘子中出现了深褐色的心形。

"真的耶……你怎么会知道?"

"这是预测啊,根据酱汁的黏性、盘子表面的状态进行综合判断。"他把盘子拉了过来,把烤好的牛五花放在心形上,送进嘴里,"嗯,真好吃,肉很棒。"然后高兴地眯起了眼睛。

这个男孩真奇怪。千佐都心想,但对他的印象并不坏,觉得和他吃饭一定很有趣。

没错,当时只是这么想而已。这个男孩真奇怪——除此以外,并没有其他的想法。

他们在吃饭时聊了很多。木村很擅长倾听,问了千佐都很多问题。千佐都并没有需要隐瞒的事,所以都不假思索地回答了。即使不是什么有趣的内容,他都敏感地做出反应,露出各种表情。如果以前在酒店上班时都是这种客人,上班就开心多了。她不由得想起以前的事。

"我们还可以见面吗?下次由我请客,因为我打工的地方就快发薪水了。"吃完饭,木村对她说。

"好啊,一言为定。"千佐都回答。她并不是说说而已,而且她有一种预感——自己早晚会和这个男孩上床。她觉得这样也不坏。和义郎结婚后,她从来没有和其他男人上过床,因为并没有这种欲求,但也许这只是错觉,只是因为没有遇到合适的对象而已。

那一天比她想象中更快到来了。第二次吃饭后,木村在饭店酒吧对她说,他订了房间。

"虽然第一次遇到你的时候,我说过并不想勾引你。对不起。"他在吧台前鞠躬道歉,"因为上次吃饭太开心了,我觉得你是一个很出色的女人。当然,如果你不愿意就算了,我绝对不会再找你。"

木村看起来不像是情场老手,上次见面时,就知道他是一个诚恳的人,可以感受到他是鼓起勇气说这番话。

"让我想一下。"千佐都回答,但其实心里早就已经决定了。一个小时后,他们已经在预约的房间内。

千佐都猜得没错,木村的性经验并不丰富,但有足够的年轻活力弥补这方面的不足。千佐都用全身迎接他像野生动物般的律动感和满溢的热情,他们的汗水湿了床单。

那天之后,他们每隔几周就会见一次面。起初千佐都只是把他当炮友,对他并没有任何感情,只觉得找到了一个理想的玩伴,主导权掌握在自己手上,无论要持续或是结束这段关系,都取决于自己,一旦玩腻了,或是觉得有危险,和他分手就好。

但是,千佐都发现,在多次见面后,两个人之间的关系渐渐发生了变化,她已经离不开木村了。和他相处的时候很愉快,快乐的时光在转眼之间就结束了。她终于发现,自己渴望这样的时光。她嫁给比她年纪大很多的男人,过着有钱却没有刺激的生活,如今已经到了极限。

千佐都在木村面前无话不谈,甚至在他面前吐露对丈夫的不满,以及想要摆脱目前的生活。

"那就摆脱啊。"木村在床上抚摸着千佐都的头发说。

"怎么摆脱？"她问。

"你是不是希望你老公早死？虽然原本想忍耐二十年，但现在觉得越来越痛苦，对不对？"

"是啊……"

"既然这样，就让那一天提早到来，并不是什么困难的事。"

"啊？但是，"千佐都摇了摇头，"不行啦，我不可能杀人。"

木村意味深长地笑了笑："但你曾经想象过。"

千佐都没有回答，他哈哈大笑起来。

"别担心，你什么事都不用做，我只是说，要让那一天提早到来。那一天就是你老公的死期。他不可能长生不老，早晚都会死，只是让这一天提前而已。"

"我听不懂你的意思，这不就是杀人吗？"

"广义来说，也许是这样，但在刑法上，并不算是杀害。先说结论，就是让你老公意外身亡，而且是极度接近自然灾害的意外身亡。让他去灾害发生的地方，然后在那里送命。自然灾害是不可抗力，无法追究任何人的罪责。你觉得怎么样？"

木村探头看着千佐都的脸。

她眨了眨眼，看着年轻情人的眼睛。

"你怎么知道会发生自然灾害？"

"我不是说过，我在大学读的就是预测吗？也可以在某种程度上预测哪里会发生怎样的自然灾害，到时候你只要带你老公去那里就好了。当然，你必须远离那里，但不需要太长的时间。"

"那是怎样的自然灾害？"千佐都问道。

木村的眼睛似乎一亮。他端正的脸变得毫无表情，挤出了"硫化氢"三个字。

听木村说，那是致死率很高的剧毒气体，然后又告诉她以下的情况。

日本处于火山地带，到处都有火山气体的发生源，温泉区就是其中一个发生源，地面下会释放出硫化氢气体。某些地方即使在正常情况下没有问题，在某些气象条件下，也可能会达到致死浓度。这些地方会禁止民众进入，但日本各地还有许多仍然没有被发现的危险地区。

只要找到这种地点，把义郎带去那里，即使不需要亲自下手，也可以将他置于死地。

千佐都听了，有点怀疑事情是否能够这么简单。

"即使没有成功，也不会有任何问题，绝对不会引起怀疑，而且可以一试再试，没有比这更安全的方法了。你只要做一件事，就是邀你老公去温泉区，谎称要去散步，带他去危险地区。"

千佐都觉得如果这么简单，自己应该可以胜任，最重要的是，没有任何危险。

"你下决心了吗？"木村问。

千佐都说了当初木村约她去开房间时相同的回答："让我想一下。"

但是，也许和当时一样，她内心已经下定决心。

千佐都在新潟县的长冈出生、长大。

父亲是镇上工厂的职员，母亲比父亲小十岁。千佐都和父母，以及祖父母一起住在一栋不大的房子。父亲的收入并不高，所以生活很穷困。

在千佐都懂事时，年近八十岁的祖父已经有了失智症的征兆，经常走失，她至今仍然记得，曾经多次看到父母拿着手电筒出门寻找。

更糟的是，在千佐都读小学时，祖母跌倒后导致腰和腿骨折，之后就一直躺在床上。祖母当然无法再照顾祖父，所有的压力都集中在母亲身上，因为她必须同时照顾失智症的祖父和整天躺在床上的祖母，没有亲戚可以帮忙。父亲虽然试着寻找养老院，却迟迟找不到，也曾经去找公所商量，但无法找到有效的解决方案，只有时间慢慢过去。

父母每天晚上都会吵架。母亲总是情绪暴躁，经常迁怒于千佐都。父亲整天愁眉苦脸，很少开口说话。

千佐都读初中时，父母终于离了婚。千佐都跟着母亲一起生活。母亲白天在超市上班，晚上在居酒屋工作。母亲深夜疲惫不堪地回到家时，看着千佐都的脸说："女人能不能幸福，完全取决于男人，结婚之前，一定要彻底调查对方的情况。不光是对方本人，还要同时调查对方的父母和兄弟姊妹。否则结婚之后，不知道会被迫接什么烂摊子。最好嫁给年纪很大，有足够经济能力的人，即使对方的父母还活着，也不需要熬太久，而且只要有钱，事情就好办多了。我也应该嫁给这种人，浮夸的爱情根本没办法填饱肚子。"

千佐都曾经看着母亲辛苦多年，这些话深深刻进了她的脑海。

虽然父母离了婚，但她会定期和父亲见面。每次见面，就觉得父亲越来越瘦，气色也很差。一问之下才知道，父亲提早退休，以便在家里照顾父母。

千佐都曾经偷偷回去老家，因为玄关的门锁着，所以她想绕去庭院。这时,她听到了咆哮声,接着是另一个人的吵嚷声。

千佐都战战兢兢地张望,发现祖父坐在地上,拍打着手脚乱叫着,好像小孩子在无理取闹。父亲站在他身旁。

"不可以这样!我不是说过不可以吗?"父亲斥责着祖父,打他的耳光,声音中充满焦躁和悲怆。

千佐都立刻了解了情况。祖父可能失禁了。曾经那么孝顺父母的父亲,竟然动手打自己的爸爸。她的脑海中浮现出"虐待"这两个字。

她蹑手蹑脚地离开了老家,觉得母亲说的话果然正确。如果有钱,父亲也不会变成那样。

高中毕业后,她立刻去了东京。她以前很崇拜的学姐在六本木上班,曾经对她说,如果千佐都想去酒店上班,可以去找她。千佐都对母亲说了实话,母亲并没有反对。

"这是你的人生,你可以走自己的路,但千万不要被坏男人骗了。"母亲用这番话送她离开了家乡。

她在六本木上班后,很快就掌握了诀窍。有很多客人都会捧她的场,也经常有人追她。她和其中几个人有了关系,但他们都不是千佐都的白马王子。她觉得继续留在六本木恐怕也找不到理想的对象,所以去了银座,仍然迟迟没有遇到看上眼的人。

她换到第二家在银座的店之后,遇到了水城义郎。听到他是单身,千佐都立刻产生了兴趣,聊了之后,发现他是有钱人,内心更加兴奋。虽然听说有老母,但已经送去养老院,所以并没有问题。

义郎也很中意千佐都,当他展开追求时,千佐都说,如果不是玩玩而已,可以交往。

"如果不是玩玩而已,而是真心交往,我可以答应。"

义郎说:"当然是真心,以结婚为前提交往,你觉得如何?"

千佐都微笑着点头。当天晚上,她就和义郎上了床。

和比自己年长将近四十岁的男人的婚姻生活并不坏,义郎让她享尽奢华,实力派制作人的太太这个身份让她觉得很神气。虽然义郎的亲戚没给她好脸色,但只要不和他们来往就好了。

但如果木村可以让义郎早死,这样的安排也不错,继承大笔遗产,趁身体仍然年轻时建立新的人生,简直就像是美丽的梦。

下一次和木村见面时,木村问她:"你下定决心了吗?"

千佐都略带犹豫地问:"只要把我老公带去温泉区就好吗?"

木村露出心满意足的笑容,告诉她说,地点在赤熊温泉,然后又补充说,时间在十一月或十二月。

"那个时候应该具备了各种条件,你要掌握你老公的行程。"

"好。"

虽然计划已经展开,但千佐都完全没有真实感。吃饭时看着义郎,她暗想着也许明年他就不在世上了,仍然感到很不真实。

但她仍然期待木村的计划可以成功,并要求义郎买保险。因为结婚后,她调查了丈夫的资产,发现并没有自己想象的那么多。没想到义郎完全没有起疑心,反而露出惹人讨厌的笑容说:"我就在猜想,你差不多会提出这要求了。因为当初你就是为了钱才嫁给我,没问题,交给你去处理,你就去买吧。"

虽然义郎知道千佐都是为钱而结婚,但一定觉得千佐都不可能做杀夫这种蠢事。在某种意义上来说,这的确是事实。

十二月初，千佐都邀义郎一起去泡温泉。

"真难得啊，你以前对泡温泉根本没兴趣。"

"才不是呢，听说那里是很棒的秘汤，我们去玩嘛，我会负责安排所有的事。"

"既然这样，那就交给你处理。"义郎对年轻的妻子邀他去泡温泉感到高兴。

木村事先指示了日期，那是"自然灾害发生概率高的日子"，她以那一天为中心，安排了三天两夜的行程。

没想到旅行的日子即将到来时，木村提出了意外的要求。他说，有一件事要拜托她。

"如果顺利，希望你下次帮我的忙。我也希望有人早死，而且有两个人。"

千佐都倒吸了一口气。她完全没有想到木村会提出这种要求。到底要帮他什么忙？会不会是犯罪？

"别担心，不是什么困难的事，和这次一样，不需要你亲自动手，不会有人怀疑你。"

木村继续说道："我希望你看你老公是怎么死的，到时候，你就知道了。"

既然他这么说，千佐都没有理由拒绝。木村的说话技巧具有一种魔力，总是让千佐都的心偏向意想不到的方向。

那一天终于到了。

千佐都按照木村事先指示的时间，邀义郎一起离开了旅馆。她频频看手表，前往木村告诉她的地点。中途义郎讶异地问："喂，是不是走错路了？这里看起来不像有瀑布啊。这条路是正式的路吗？不是兽径吗？"

"别担心，不可能搞错。"

不一会儿，终于到了那个地点。千佐都对义郎说，她把东西忘在旅馆了。

"我马上就回来，你在这里等我。"

"相机根本不重要啊。"

"既然都已经来了，当然要拍照。你在这里等我，不要乱走噢。"千佐都头也不回地跑走了，义郎没有追她。

之后的情况她已经对警察和消防队的人说了很多次。她回到旅馆，把电池装进相机，回到刚才的地方，发现义郎倒在地上。她巡视四周，没有发现任何异样，只闻到淡淡的臭鸡蛋味。

千佐都双腿发抖。

是真的，一切都是真的，木村没有说谎——想到这是现实，顿时感到害怕。

她打电话回旅馆："出事了。我老公在山路上昏倒了，一动也不动……"她的声音都破了音，那绝对不是装出来的。

也许那时候就踏上了不归路。千佐都开始对木村这个人感到害怕，更不敢违抗他。她如约把名叫那须野五郎的演员带去苦手温泉的散步道入口，她在之后的新闻报道中得知，他也因为火山气体中毒身亡。

木村打算让另一个人走上死亡之路。千佐都必须协助他，虽然他说这次是最后的步骤，但真的是这样吗？自己会不会从此沦为死神的助手？

得知木村的第二个目标是甘粕才生时，她怀疑自己听错了。因为那个人曾经出现在义郎的守灵夜，怎么会有这么巧的事？

也许——

木村当初就是为了这个目的接近自己，让报纸粘在她车子的风挡玻璃上，故意撞上车子，却没有受伤——他应该有办法做到。

她在电话中问木村这件事，木村用不感兴趣的声音说："这种事根本不重要，不管是偶然还是刻意，根本没有太大的差别，以结果来说，我们都达到了各自的目的。"

"你该不会也想杀水城，只是利用我而已？"

"这也和你没有关系，你损失了什么？你没有任何损失吧？"

"……你到底是什么人？"千佐都问，"木村不是你的真名吧？你到底是谁？"

"千佐都，"木村难得叫她的名字，冷漠的声音令千佐都感到害怕，"这个世界上，有些事还是不知道比较好，是否要我为你预测你今后的命运？"

千佐都说不出话来，不知道木村如何解释她的沉默。他说："没错，这样就对了。你不需要知道任何事，这样的话，你的人生并不坏。"

那个仿佛来自黑暗深处的声音，至今仍然萦绕在千佐都的耳边。

她希望赶快解脱，她不希望和木村有任何牵扯。这次绝对是最后一次。

她听到铃声回过神，放在矮柜上的义郎的手机在响。

她站了起来，吞着口水走了过去。手机屏幕上显示了"甘粕"的名字。

29

圆华正在吹头发时,听到了手机的闹铃声。她把吹风机丢到一旁,走出浴室。手机放在床上,她慌忙操作,关掉了闹铃声。

终于来了——

圆华开始做出门的准备,虽然头发还有点湿,但现在没时间了。因为不知道对方什么时候会采取行动,或许不会立刻行动,但提前准备,才能万无一失。

换好衣服,最后戴上了粉红色毛线帽。武尾不可能没看到自己,但为了以防万一,还是给他一个好认的记号。

她走出饭店大门,过了马路。不一会儿,出租车就来了。她举手拦下了出租车,上车后,告诉了司机地点。可能因为距离太近,所以司机似乎有点不高兴。

圆华从皮包里拿出小镜子,察看后方的情况。果然不出所料,白色厢型车紧跟了上来。坐在驾驶座上的是武尾,他戴了一副黑色眼镜,难道是想变装?

即将靠近目的地,圆华请司机停车,付了车资下了车,看向数十米外。

那里有一栋白色围墙围起的豪宅,在寂静的住宅区中格外显眼。那是水城义郎的家,目前只有他的遗孀独自住在那里,而且她此刻应该在家。

为了等待甘粕才生的电话。

不,也许甘粕才生已经打电话给她了,她正在准备下一步的行动。

圆华转身向后走，走向不远处的路旁停着的厢型车。坐在驾驶座上的武尾把椅子放倒，用帽子遮住了脸。

她走向厢型车的左侧，打开后方的拉门。躺在座位上的男人惊叫了一声，坐了起来。他是在数理学研究所工作的年轻职员。

坐在驾驶座上的武尾转过头，瞪大了眼睛，似乎说不出话来。

"你回研究所去，"圆华对男职员说，"就说被我发现了，赶快去！"

男职员不知所措地看向武尾。武尾默默点头后，男职员抱着旁边的行李袋下了车。

圆华坐在后车座上，目送着快步离去的男职员背影问武尾："他知道多少情况？"

"几乎什么都不知道，只是我睡觉的时候，由他负责监视。我叫他如果看到你从饭店走出来，就马上叫醒我。"武尾把放倒的椅子拉回原位，脱下了帽子。

"是吗，真辛苦啊。"圆华探头看向旁边的纸箱，里面放了面包和饮料。

"我没想到会被你发现。"

"你以为我是傻瓜吗？我劝你把眼镜也拿下来，你戴眼镜的样子超蠢。"

武尾拿下了眼镜："你接下来有什么打算？"

"咦？太奇怪了，你不是不可以向我发问吗？"看到武尾露出尴尬的表情沉默不语，圆华的嘴角露出笑容，指着风挡玻璃外说，"那里不是有一栋白色围墙的房子吗？"

"对。"武尾点了点头。

"等一下会有一个女人出来,我正在等她出来。之后的行动,到时候再告诉你。知道了吗?"

"知道了。"武尾精神抖擞地重新坐好。

圆华靠在椅背上跷着腿,拿起纸箱里的奶油面包吃了起来。面包不太甜,很好吃。

她想起谦人很爱吃甜食。在研究所时,谦人和圆华分别接受不同的测试和训练,但休息时间相同。他经常在休息时吃巧克力之类的甜食。

他们聊了很多,也有很多是只有他们两个人才了解的内容。也曾经讨论过,如果在地球上好几个地方监视海底的起伏和实时的温度变化,是否有可能预测地震,一般人难以了解这种讨论有多么快乐。

在聊天的过程中,她发现谦人多年来,内心都有着深沉的孤独。即使可以预测各种事,但如果没有可以分享的伙伴,反而会产生一种与世隔绝的感觉。圆华有谦人这个伙伴,但多年来,谦人都是孤军作战。

也许正因为如此,他才会向终于得到的伙伴敞开心扉。有一次,谦人告诉圆华一件重大的事,圆华一时难以相信。

那是关于甘粕家发生的硫化氢事件。那不是自杀,而是谋杀,而且谦人知道凶手。

"我是听凶手亲口说的,所以千真万确。"

谦人没有说出凶手的名字,但圆华已经知道了。因为谦人是在他植物人状态时知道了凶手,当时能够见到他的人有限。

谦人说,行凶的动机只是因为凶手的自私,是疯子基于自私自利所犯的罪。

"不能让这个人逍遥法外,我一定要惩罚他。所以,到时候——"

谦人注视着圆华说,"之后的事就拜托你了。"

圆华察觉到了他的想法。他打算离开研究所去复仇,从此再也不回来。在完成复仇后,他打算走向死路。

"不可以这样。"她小声嘀咕道,但并没有继续说服谦人。因为她知道,说了也是白费口舌。

那天之后,圆华就整天提心吊胆,她很担心谦人。虽然她曾经打算找别人商量,但最后不愿意打破保守秘密的约定。

她担心的事情终于发生了。谦人失踪了。其他人都不知道发生了什么事,急得团团转,但圆华仍然没有说出真相,只说想要去找他。结果大人们可能察觉到情况有异,名义上为她找了一个保镖,但实质上是派人监视她。

时间一天天过去,她无法帮上任何忙。然后得知了赤熊温泉的事,她知道谦人终于采取了行动。在得知水城这个被害人的情况后,推测他应该是甘粕才生犯罪行为的共犯。

圆华无法继续苦等。刚好首都圈即将下大雪,而且天气预报错估了形势,一旦错过这个机会,就没有下次了,她制订了逃脱计划。

她顺利逃走之后,立刻前往赤熊温泉了解状况,的确是谦人所为。但谦人必须有共犯,圆华猜想应该是被害人的妻子。于是,她住在和他们相同的旅馆,在半夜偷看了住宿登记,调查了水城夫妻。

谦人接下来会采取什么行动?在甘粕才生之前,还打算消灭其他人吗?没想到苦手温泉也发生了同样的事。虽然不知道被害人的身份,但从学者青江口中得知是一个不红的演员,她更确信那是谦人所为。

为什么要拘泥于硫化氢中毒?希望他们体会自己所承受过的痛苦

吗？难道没有想到会引起甘粕才生的警戒吗？

在思考这个问题时，她发现了谦人的用意。他故意让甘粕才生知道他在为八年前的事复仇，而且谦人借此告诉甘粕才生，主谋就是自己，自己并没有丧失记忆。

为什么要这么做？目的只有一个，就是要把甘粕才生逼出来。对甘粕来说，了解真相的谦人是阻碍，会想方设法除掉他。当甘粕才生为了杀害谦人而接近他时，谦人可以反过来报仇。

谦人预料到这些事，所以故意设下陷阱，而且会利用唯一的共犯水城千佐都。谦人会命令她打电话给甘粕，而且会使用水城义郎的电话。如果是陌生的号码，甘粕会无法判断。在接到水城打来的电话后，他会发现是陷阱。没错，谦人猜到甘粕明知道是陷阱，仍然会赴约。

圆华打电话到水城义郎的手机。果然不出所料，手机关机，但早晚会开机，到时候，谦人的复仇计划将迎接最后一章。圆华改造了手机，每隔五分钟，就以不显示来电的方式拨打电话到水城义郎的手机。一旦接通，她的手机就会发出闹铃声，刚才的闹铃声就是由此而来的。

水城千佐都会打电话给甘粕才生，但心生警戒的甘粕可能不会立刻接电话。她会留言，甘粕听到留言，才会打电话给她。

之后呢？很可惜，圆华目前还无法预测。

圆华猛然发现武尾在小声说话。有人打电话给他。他说了声："我知道了。"挂了电话，然后把手机放回口袋。

"你和谁通电话？有什么新情况吗？"圆华问。

"是桐宫打来的，她要我目前听从你的指示，我说知道了。"

桐宫似乎从刚才的职员口中了解了情况。

"是吗？太好了，那接下来就要慢慢等了。"

"呃，"武尾微微转过头，"我可以发问吗？"

"照理说不可以，但我特别准许你发问。你要问什么？"

"如果有女人从那栋房子走出来，要跟踪她吗？"

"我的确这么打算，有什么问题吗？"

"如果是这样，我要告诉你一件事。"

"什么事？"

"这辆车子装了追踪器，GPS的定位数据会随时传给当局。"

"当局？"

"警察当局，由警察厅主导的特别小组已经展开了行动。"

圆华仰头看着车顶："干吗不早说？"

"对不起。"武尾缩起脖子。

"追踪器装在哪里？不能拆下来吗？"

"如果没有特殊的工具，恐怕拆不下来。"

糟了。圆华心想。目前还不希望警方插手。

但是，到底该怎么办？至少不能用这辆车跟踪水城千佐都。

需要另一辆车，而且需要另一个帮手。有这种人选吗？要找一个不了解状况，却愿意提供协助的人并不容易，只能找稍微了解情况的人。

她想起一个人。虽然之前已经说，不想把对方卷进来，并且主动断绝了关系，所以再去找他，的确有点自私，但现在顾不得那么多了。

她从口袋里拿出手机。

30

小雨不停地下,从今天早上开始,天空就一直灰蒙蒙的。青江站在窗边,茫然地看着窗外。圆华和甘粕谦人应该可以准确预测这场令人烦心的雨会下到什么时候。

听到敲门声,他回答说:"请进。"门缓缓打开,奥西哲子走了进来:"客人好像离开了。"

"嗯,不好意思,可以麻烦你把这里整理一下吗?"他指着桌上的茶杯。

"好的。"奥西哲子说完,把两个茶杯放在托盘上,"那位刑警是不是叫中冈先生?"

"是啊,怎么了?"

"没什么,他离开之前,去了隔壁的房间,问了我一些有点奇怪的问题。"奥西哲子双手拿着放了茶杯的底盘。

"他问了什么?"

"他问……最近青江教授有没有什么和以前不一样的地方?有没有人来找过你?"

"你怎么回答?"

"我回答说和以前没什么不一样。这样回答有什么不妥吗?"

"不,这样很好,中冈先生说什么?"

"他看起来很不满,似乎想要说,根本不可能。"

"是吗?"

"即使,"奥西哲子露出真挚的眼神,"即使他再问一次,我也打算回答相同的答案,这样没问题吧?还是希望我如实回答说,教授这一阵子郁郁寡欢,好像在为什么事烦恼。"

青江惊讶地看着认识多年的女助理,但她一脸若无其事,似乎并不觉得自己说出了什么奇怪的话。

"不,"青江回答说,"这不太妥当,所以……希望你按照今天的方式回答。"

"好,那我先告辞了。"奥西哲子点了点头,转身准备离开。

"啊,对了,奥西。"当她转过头时,青江对她说,"谢谢你。"

奥西哲子微微笑了笑,走出了房间。

青江坐在椅子上,启动了进入休眠状态的笔记本电脑。今天必须处理好几件工作,但因为中冈的话在脑海中挥之不去,所以他无法专心。

中冈昨天傍晚打电话给他,说有重要的事要谈,能不能见个面。青江答应了。因为他也很好奇,中冈到底掌握了多少真相。

一个小时前才离开的刑警告诉他说,他要从温泉区事件中抽手。因为接到了上司的命令,但他猜想应该是高层施压。

"上司还指示我,绝对不要对外透露目前为止调查到的一切,我也要赶快忘了这些事,而且完全没有向我说明理由。"中冈一口气说完,似乎想要把内心的焦躁一吐为快。

青江问他能不能接受,他摇着手说,当然不能接受。

"我怎么可能接受?所以我才联络你,从某种意义上来说,你比我更深入涉及这两起事件,如果当初你没有提出其中的问题,我也不可能展开行动。所以,向我施压的那些人不可能放过你,我猜想他们一定采取了某些行动。怎么样？我的推理没错吧？"中冈充满自信地说。

青江暗自觉得中冈太了不起了，那些人的确采取了行动。如果中冈更早找上门，事情可能会大不相同。

但是，青江只能摇头，而且告诉中冈，并没有发生任何事。

"真的吗？没有人来封你的口吗？"

"真的。"青江回答。

"那就太有意思了。"不知道为什么，中冈双眼发亮，"教授，要不要赌一把？"

中冈提议说，由青江公布目前为止所掌握的事。两个温泉区都发生了匪夷所思的硫化氢中毒事故、遇到了奇怪的女生，以及两名被害人的共同点，还有甘粕才生和谦人的事，会引起舆论哗然，最后必定可以查出真相。

中冈还掌握了惊人的最新信息。

"你还记得那个博客吗？就是甘粕才生的博客，里面的文章全都是胡说八道。甘粕只是用对自己有利的方式杜撰了这些故事。"

青江问他，哪些部分是杜撰。中冈说，全部都是胡说八道。

"只有他的女儿和太太因为硫化氢而死，儿子谦人变成植物人这件事是事实，但是甘粕才生和家人的关系完全不是博客所写的那样，儿女都痛恨父亲。"

中冈列举了向萌绘的同学打听的情况，断言根本不可能有博客中所写的美满家庭。

中冈也调查了甘粕才生年轻时的情况，听说甘粕是极端的完美主义者，也会严格要求家人追求完美，中冈认为这也可能成为儿女讨厌父亲的原因。

"教授，有这些证据，媒体绝对不可能善罢甘休，要不要我介绍熟识的记者给你？"中冈双眼发亮地问道。

但是，青江并没有点头，他告诉中冈，自己不想这么做。

"为什么？难道你不想了解真相吗？你之前不是说，如果在温泉区发生的事不是事故，而是人为的事件，你就有义务把真相公之于世吗？现在这样好吗？"中冈语带责备地问。青江仍然坚持拒绝的态度。中冈对他的态度产生了怀疑。

"教授，你是不是知道了什么？是不是有人找过你，向你说明了情况？我没猜错吧？"

青江回答说没这回事，并说自己日后会持续观察在温泉区发生的事件，但只是作为研究工作的一部分，没有太多时间关心是否可能会是刑事案件，同时拜托中冈，不要把自己卷进去。

请你离开——他最后这么对中冈说。

中冈狠狠瞪着他，然后站了起来。他直到最后，一口都没有喝奥西哲子倒的茶。

虽然很对不起中冈，但青江只能采取这种态度。中冈不了解，这可能是关系到整个日本，不，是关系到整个人类未来的问题。一旦公开甘粕谦人和羽原圆华的存在，就会引起全世界的混乱，所以绝对不能轻易公开这件事。

事件本身也很快就会落幕，虽然不知道会以什么方式，但一定会结束。

向中冈施压的应该是警察厅，数理学研究所和警察厅有密切的关系。那些公务员听了羽原全太朗的报告后,一定去向警视厅施压了。

完美主义——青江想起了中冈的话。

如此一来,所有的拼图都完整了。虽然难以接受,但已经可以清楚了解事件的全貌。

他想起羽原全太朗给他看的影片。

那是雄鼠攻击刚出生的幼鼠的影片。

"这只雄鼠没有交配的经验,那只幼鼠当然不是它的孩子。不是只有这只雄鼠与众不同,而是所有没有交配经验的雄鼠都会攻击刚出生的幼鼠,毫无例外。原因在于刚出生的幼鼠会发出费洛蒙,这种费洛蒙会刺激雄鼠的锄鼻神经回路的部分,进而诱发雄鼠的攻击行为。但是,当雄鼠有了交配的经验,和怀孕中的雌鼠同居后,感应费洛蒙的器官可以抑制信息传达,所以不会对幼鼠采取攻击行动,反而会有为幼鼠保暖、舔幼鼠身体的养育行动。事实上,即使是没有交配行为的雄鼠,只要切除感应费洛蒙的器官,就不会再有攻击行动。"

羽原说完,又播放了刚才的雄鼠和刚出生的幼鼠依偎在一起的影片。

"没有交配经验的雄鼠之所以会攻击刚出生的幼鼠,很可能是希望更早得到和幼鼠的母亲,也就是雌鼠交配的机会。因为雌鼠在哺乳期间,会抑制自己的发情。成为父亲的老鼠会抑制攻击行为,以免误杀了自己的孩子。总之,这些行为都是为了保护继承了自己基因的子孙,从生物学的角度来看,是极其合理的行为。"

羽原说完,对青江淡淡地笑了笑。

"你是不是搞不懂我为什么要和你谈这些?"

"不……我大致能够猜到,和甘粕父子有关吧?"

羽原露出严肃的表情,点了点头。

"父亲杀害亲生的孩子——一般人认为不可能有这种事。为什么?通常都会回答,因为有父爱。父爱到底是什么?是从哪里产生的?从结论来说,根源在于这里,在大脑。"羽原指着自己的太阳穴,"父亲为了保护孩子所采取的养育行为,是所有哺乳动物的共同习性,目的在于有效地留下自己的基因。这一点上,无论老鼠和人类都一样,通常人类不会像老鼠一样,对新生儿采取攻击行动,行为也不会单纯受到费洛蒙的影响。但是,就像老鼠一样,人类的养育行为,男性的父性行为也是遗传上的程序,为了方便起见,将这种程序称为父爱。一旦这种程序遭到破坏,或是原本就有缺陷,会有怎样的结果?"

"没有养育行为和父性行为吗?"

羽原缓缓而又深深地点头。

"我们从各个方面研究了甘粕谦人的大脑功能,正如我曾经多次提到的,他的信息处理能力超强,除此以外,还有特别值得一提的事。一般人除了对婴儿,看到小猫、小狗或是小企鹅,都会觉得可爱。我们曾经研究过许多试验者,了解了在这种情况下,会刺激大脑的哪一个部分,我们称之为父性模式,在想要保护弱者时,就可以发现父性模式,但谦人几乎不会出现父性模式。起初我以为是硫化氢中毒产生的影响,在仔细调查后发现并非如此,而是先天性的。我称之为父性欠缺症,同时也知道这种症状的遗传性极强,可以推测甘粕才生也是相同的情况。"

羽原停顿了一下，又继续说道："而且，我认为残暴的罪犯或多或少都有这种大脑的缺陷，环境的影响并不大，而是天生的基因关系。对他们来说，动机并不重要，甚至有人只是因为想杀人看看，就把朋友杀了。我不知道甘粕才生为什么要杀害家人，他应该有他的理由，对他来说，这样就足够了，他的大脑中，无法发挥'不可以杀家人'这种普通人具备的功能，对他来说，这种想法也根本没有意义。"

青江感到极度震撼。平时所认为的"爱"竟然只是大脑中的程序，对缺乏这种程序的人来说，常识根本无法对他们的心理发挥任何作用。

"以上就是我能够告诉你的一切，你还有什么疑问吗？"羽原问道。

"事件要怎么处理？"

"不知道。数理学研究所相关厅省的高层已经了解了情况，他们会采取相应的手段，因为谦人是国家财产。"

"可能被抹掉吗？"

"嗯，"羽原偏着头，"很难说，也不清楚能不能构成杀人事件。"

"甘粕才生会怎么样？他八年前可能犯下了杀人罪。"

"所以，"他说，"我劝你也不要继续插手这件事，这是为你好。请你回到自己的研究室，专心投入自己的工作。恕我再度提醒，请你把一切埋在心里，即使告诉别人，对你也不会有任何好处，别人只会觉得你疯了。"

青江原本就不想告诉别人，而且正如羽原所说，别人也不可能相信。

"请再让我问一个问题，"青江竖起食指，"你对圆华小姐成为拉普拉斯的魔女有什么看法？"

羽原沉默片刻，才终于开口说："有一次，圆华对我说：'爸爸，这个世界是按照物理法则在运作。'"

青江偏着头问:"什么意思?"

"我也问她这句话是什么意思。圆华说,可以把人当成一个原子来认识这个世界。她举了庙会的人潮向我解释这件事。"

"庙会?"

"庙会的时候,狭窄的通道上有很多摊位,很多人都会在通道上走来走去,但不会撞成一团,你认为是什么原因?"

"因为看到有人迎面走过来时,就会主动让路吧?"

"这是原因之一,但不光是这样。如果一直看着前方,参加庙会不是无法尽兴吗?"

青江回想起庙会的情景,被他这么一说,似乎的确是这样,最后终于想到了。

"庙会的时候都会自动形成人潮,有两个相反方向的人潮,因为跟着人潮走,所以才不会撞到吧。"

"你说对了。"羽原说,"即使没有人指挥,也会自然而然地形成人潮。为什么?首先请你想象一下无秩序的状态,为了不断闪躲迎面而来的人,迟迟无法前进。但是,只要使用一种方法,走起来就轻松多了。那就是跟在往相同方向前进的人的身后,如此一来,就不必闪躲迎面而来的人。走在前面的人很辛苦,但那个人也只要跟在别人身后,就可以减轻负担。当队伍逐渐壮大时,就可以让迎面而来的人闪躲。来往的队伍人数相当时,就会在通道左右形成两个人潮。"

青江在脑海中想象着这种情况,羽原的话很有说服力。"原来如此。"

"重要的是,大家在走路的时候都没有意识到这件事。在无意识中,选择了对自己最轻松的方法、最方便的快捷方式,不光是庙会的队伍而已,我刚才也说了,就连爱也是遗传程序的产物,即使每个人认为自己是基于自由意志行动,但以人类社会这个整体来看,根据物理法则来预测这些行为并不是太困难的事。"

"我大致能够了解你的意思。"

"圆华和谦人除了物理现象以外,应该也可以隐约看到现代社会的发展和人类的未来,但是,他们无能为力,只能预测。最近圆华有点变了,不再像以前那么开朗,变得有点厌世。虽然她没说,但我猜想她可能看到了不太乐观的未来。"

"说起来,真是对她太残忍了。"羽原小声嘀咕后,又继续说道,"正因为不知道未来如何,人类才能拥有梦想。我没有资格指责甘粕才生,因为在夺走了孩子人生这件事上,我和他一样罪孽深重。"

青江在脑海中回想着羽原的话,思考着羽原圆华。虽然只见过几次面,却对她念念不忘。不知道她此刻在哪里、在做什么,是不是找到了甘粕谦人。

无论她人在哪里,都希望她平安。青江回想起在有栖川宫纪念公园的事,他很希望有机会再度看到那个奇迹。

他正在想这些事时,听到了手机铃声。他的手机放在抽屉里,拿出来一看屏幕,顿时惊讶不已。屏幕上显示了"圆华"的名字。太巧了。他慌忙接起电话。

"是我。"

"我问你一件事,"羽原圆华劈头问道,"你有没有车子?"

31

刚才开始下的雨不时增强，圆华用手机查了各种气象资料，不时确认天色，从行道树晃动的情况推测风向。

"好诡异的天气，有些地方可能会产生奇怪的云。"

"奇怪的云……吗？"

"对，可怕的云，可能是凶兆。"

武尾并没有问她是怎样的云，他可能不想问太多问题。

圆华收起手机，看向水城家。大门仍然紧闭，无法预测千佐都什么时候出门，她今天不打算出门了吗？

"圆华小姐，"武尾看着后视镜说，"后面来了一辆白色皇冠。"

圆华转过头，看到一辆白色轿车靠近，然后在圆华他们的厢型车后方停了下来。

一看手表，距离刚才打电话不到一个小时，看来他用了最快的速度赶来这里。

圆华打开车门，下了厢型车，在雨中跑向后方的车子，确认青江坐在驾驶座上，打开了副驾驶座的门，立刻上了车。

"不好意思，这么麻烦你。"她拍着衣服上的雨水道歉。

"老实说，我真的被吓到了。"青江说，"突然说要向我借车子，而且还说详情晚点再谈。"

"因为没时间了，谢谢你，真的很感谢。"

武尾从前方的厢型车跑到驾驶座旁。

"教授，你让他开车，你开前面那辆厢型车回家吧。"

"等一下,你还没告诉我是什么情况。"

"下次告诉你,一定会告诉你,所以今天先回去。"

"不行,我现在想知道,如果你不告诉我,车子就不借你。"青江双手紧紧握着方向盘。

圆华叹着气,现在没时间磨蹭,不知道千佐都什么时候会出现,武尾左右为难地站在车外。

"OK,好,我告诉你。我一定会告诉你,你先把驾驶座让给他。因为我们接下来要跟踪一个人,你不是跟踪的专家吧?"

"跟踪?要跟踪谁?"

"我也会告诉你。"

"是不是想趁我下车时,然后就开着车子逃走?"

"我不会这么做。"

"不,我不相信。"青江解开安全带,把椅背压倒后,开始爬向后车座。他似乎真的不相信圆华。

当青江爬到后车座时,武尾坐到了驾驶座上。

"教授,你了解多少情况?"圆华用眼角看着武尾在调整座位时问道。

"大致情况已经听你父亲说了,像是你和甘粕谦人的特殊能力之类的事。"

"其他呢?关于这次的事件,他没有说什么吗?"

"羽原博士推理出一个可能,简直令人难以相信。发生在两个温泉区的事是甘粕谦人的复仇,起因是八年前的硫化氢中毒事件,那起事件的主谋是甘粕才生,所以谦人最后将要对付他的父亲。"

圆华用力呼吸，摇了摇头。

"不愧是天才大脑科学家，竟然可以洞悉这一切。虽然是我爸爸，但还是感到佩服。所以，他察觉到谦人是假装失去了记忆。"

"羽原博士说一直对谦人记得自己年龄这件事产生怀疑，在这次的事件发生后，终于确信了这件事。"

"是噢。"圆华想起父亲的脸，再度嘀咕说，"太了不起了。"谦人也曾经说，当初回答年龄可能是很大的失策。

"真是太难以相信了，父亲竟然想要杀死全家人。如果不是羽原博士告诉我父性欠缺症的事，我可能至今仍然无法相信。"

"父性欠缺症？那是什么？"

"你不知道吗？甘粕父子都有这种大脑缺陷。"

"那是怎样的缺陷？"

"比方说，以老鼠为例——"青江说到这里，生气地瞪着圆华，"等一下，为什么一直都是我在说？不是应该由你向我说明情况吗？"

"但如果我不先确认你了解多少，不知道要从哪里开始说明啊。"

"我不是说了，我已经了解了大致的情况吗？"

"圆华小姐，"武尾叫着她，"出来了。"

"啊！"圆华看向前方，一辆红色的玛莎拉蒂正从水城家的车库驶出来。

武尾发动了引擎。圆华转头看向后车座，双手在脸前合十拜托说："教授，对不起，我们要开始跟踪了，请你先下车。"

"啊？你说什么？你什么都还没说。"

"下次告诉你，绝对会告诉你，拜托了。"

"不行,我不相信。"

"圆华小姐,"武尾说,"如果再不出发,就跟不上了。"

圆华想了两秒,指示说:"出发。"武尾踩下了油门。

红色玛莎拉蒂行驶在同一个车道,相隔了五辆车,车速并不快,努力想小心开车。也许是觉得如果违反交通规则,被警车拦下就惨了。

千佐都离家之后,在普通道路上行驶片刻,很快上了高速公路,已经开了约三十分钟,目前还不知道她要去哪里。

坐在后车座的青江不发一语。刚才圆华已经告诉他为什么要跟踪水城千佐都了,他似乎也已经接受,原本很想让他下车,但一直没有机会,圆华已经决定,只能带着他一起跟踪了。

青江说了父性欠缺症的事,圆华听了之后,完全同意这种说法。因为谦人在有些方面表现得很残酷。一起去参加庙会时,他看到有摊位在卖小鸡,说很想烤来吃。圆华说,这样太残酷了。他一脸纳闷地说,为什么可以吃鸡肉,不能吃小鸡?又有一次,谦人告诉圆华,一个住在大学医院的男孩得了不治之症,从出生时,就知道他只能活几年而已,所以应该更早让那个男孩安乐死。圆华说,对父母来说,即使只有短短几年也很重要。谦人说,他无法理解,对父母来说,小孩子只能活几年,不是也很痛苦吗?

谦人似乎从甘粕才生那里继承了这种基因,他们父子很快就要对决。不知道会发生什么事,只知道绝对不会平静。

圆华根本不在乎甘粕才生的死,他理应受到报应,问题在于谦人,无论如何都要阻止他在发泄积怨多年的愤怒后自我了断。

她看着前方的玛莎拉蒂,思考着这些事,后方传来青江的声音。

"谦人有没有告诉你，甘粕才生试图杀了全家的动机？"

"他说是自私，"圆华看着前方回答，"是疯子基于自私自利所犯的罪。"

"具体来说呢？"

圆华摇了摇头："他没说。"

"是吗……"

"为什么这么问？"圆华把头稍微转向后方，"教授，你知道什么吗？"

"谈不上知道，但有一名刑警在追查这起事件，我之前不是向你提过刑警中冈先生吗？他告诉了我有关甘粕才生有趣的事。听说甘粕从年轻时代开始就是完美主义者，随时都希望自己是一个完美的人，也强迫他的女朋友符合自己的理想。"

"果然是怪胎，所以呢？"

"甘粕之所以想要杀全家，会不会是因为觉得他们不够完美？"

"啊？"

"无论妻子还是儿女，都和他所描绘的理想相去甚远，并不完美。所以他决定消灭他们，把他们杀了。会不会是这么一回事？"

"什么？既然不喜欢，自己滚出去就好了啊，可以和太太离婚，也不要和孩子住在一起，然后再建立自己的理想家庭就好。是不是他舍不得付抚养费？"

"应该不至于，我猜想应该和钱无关，对甘粕来说，他们活在世上这件事就让他无法接受，所以光是离开他们，并没有意义。"

"这也未免……"圆华没有继续说下去。青江的说法和谦人形容"是疯子基于自私自利所犯的罪"完全吻合。

"圆华小姐,"武尾说,"玛莎拉蒂有动静。"

"啊!"她看向前方,玛莎拉蒂打了左转向灯,似乎要去休息站。

武尾也打了方向灯,驶入了通往休息站的路。为了避免引起怀疑,在保持适度距离的同时继续跟踪,最后把车子停在离玛莎拉蒂二十米的位置。

千佐都下了车,看了手表后迈开步伐。

"是不是去上厕所?"武尾问。

"也许吧,我们也去上厕所吧。"圆华下了车,幸好雨变小了。

千佐都果然去了厕所。圆华也跟在她后方走进厕所,从小隔间走出来时,千佐都正在洗手台前注视着自己在镜子中的脸,她的眼神充满紧张,好像在下定决心。

圆华重新打量她后,发现她真的很漂亮。谦人到底用什么方法拉拢到了她?虽然事先必定经过仔细调查,做好周到的准备后才接近她,但最后一定是靠男女关系。因为这种方法最合理,但这种想法让圆华内心产生了不悦,圆华自己也不知道是不是因为嫉妒。

她跟着千佐都走出厕所,回到车上。武尾和青江已经在车上了。

她看向玛莎拉蒂。千佐都上了车后,仍然没有动静。

周围好像突然变暗了。不,准确地说,感觉黑暗靠近。圆华巡视四周,然后倒吸了一口气。

一个身穿黑色大衣的男人缓步走来,浑身散发出可怕的不祥气息。虽然五官端正而有气质,但双眼没有一丝温暖。

圆华确信,那个人就是甘粕才生。虽然谦人很不愿意,但他们父子的长相有很多共同点。

身穿大衣的男人果然走向玛莎拉蒂，向车内张望后，坐进了副驾驶座。

好戏终于要上场了。这时，旁边传来咚咚的声音。她转向左侧一看，一个身穿西装的男人站在旁边。

圆华打开车窗："有什么事吗？"

"你是羽原圆华小姐吧？"

"是啊……"圆华忍不住警戒起来，这个人为什么知道自己的名字？

"请你放心，我不是坏人，我是警察厅刑事局的人。"

"警察厅？"

"请你马上下车。"

"啊？怎么回事？"

"我接到指示，要保护你，麻烦你了。"男人微微鞠躬。

看来刚才被跟踪了。除了厢型车装了追踪器，他们还派人监视。

圆华在迅速思考的同时看向玛莎拉蒂，千佐都他们随时会离开，她担心不已。

"你不必担心那辆红色的车，我的同事已经在追踪了。你和我一起留在这里，接应的车马上就到了。"男人说完，弯腰看向驾驶座，"是武尾先生吧？"

"对。"武尾回答。

"请你在下一个出口下去后开回东京，接下来由我们接手。"

武尾看向圆华，征询她的意见。圆华从男人的话中察觉，似乎只有一辆车在跟踪，既然这样，只能赌一赌运气了。

"先这么办吧。"圆华说。

"好。"武尾点了点头。

圆华打开车门下了车,玛莎拉蒂仍然没有动静。

"你的证件给我看一下。"她对男人说。

男人露出惊讶的表情,随即苦笑着,亮出了证件。

"这样你相信了吗?"

圆华没有回答,巡视周围后问:"哪一辆是你同事的车?"

"停在那里,"男人用手指着,"深蓝色休旅车旁的黑色轿车。"

圆华找到那辆车后,立刻大步走了过去。驾驶座上的男人一脸诧异地看着她,因为玛莎拉蒂没有动静,所以车子并没有要离开的迹象。

圆华绕到驾驶座旁,敲着玻璃窗。车窗缓缓下降,圆华看了方向盘旁,正如她的预期,钥匙插在固定的位置。

"怎么了?"驾驶座的男人抬头看向圆华。

"给我看一下你的证件。"

"啊?"

"你的证件,赶快!"

身后的男人不耐烦地说:"快给她看一下。"

驾驶座的男人拿出证件,圆华拿在手上仔细打量。

"可以了吧?"男人从驾驶座伸出手。

"为什么不是警视厅,而是警察厅的人出动?"

"你不需要了解这种事。"男人说完,看向远方,随即"啊"了一声。

圆华转过头,玛莎拉蒂开走了。

"惨了,赶快,赶快还给我。"

"好啦。"圆华把证件丢在副驾驶座上,男人生气地转身去拿证件。说时迟,那时快,圆华把手伸向方向盘旁,拔出了钥匙。

她只听到"啊"的叫声,但不知道是驾驶座上的男人,还是站在旁边的男人发出的声音。因为听到叫声时,圆华已经全速跑了起来。她不顾一切地跑向青江的皇冠车。

但是,皇冠车就在眼前时,她的肩膀被人抓住了。那只手用力拉她的肩膀,她差一点跌倒。

"放开我!"

"不行,把钥匙还给我。"

圆华握紧钥匙,身体缩成一团,但男人压在她身上,硬是想要从她手中抢走钥匙。

下一刹那,身体突然变轻了。回头一看,那个男人倒在地上,摸着腰,皱着眉头。

武尾站在男人身旁。他把男人推开了。

另一个男人——刚才坐在驾驶座的男人跑向圆华,但他的手碰到圆华之前,就被武尾抓住,从背后架住了他。

"这里交给我,"武尾说,"请青江教授开车。"

"好。"

圆华再度跑向皇冠车,青江站在车外。

"赶快开车!"她冲进副驾驶座的同时叫道。

青江一坐上驾驶座,立刻发动了引擎驶了出去,用力转动方向盘。圆华在系安全带的同时看向武尾。他和两个男人扭打成一团,但可能是因为看到青江的车子顺利开走了,他突然放松下来。

原来他除了监视我,也是我的保镖——圆华突然这么想。

32

握着方向盘的手颤抖不已,不光是手,膝盖也微微颤抖着,身旁好像有一股阴气不断飘来,千佐都从小到大,从来不曾这么害怕过。老实说,她很想逃离,但是,她不可能这么做。事到如今,她再度体会到自己被带进一个原本不应该踏入的领域。

甘粕才生按照电话中的约定,出现在刚才的休息站。因为下着小雨,空气中弥漫着雾霭。身穿黑色大衣的他走过来的样子,仿佛是来自不祥世界的使者。

千佐都看到他的脸忍不住惊讶。因为她从他的脸上看到了木村的影子。为什么之前都没有发现?她的直觉告诉她,他们是父子。

得知甘粕才生是第三个目标后,她看了甘粕才生的博客。博客中出现了名叫谦人的儿子,文章中描写了他逐渐脱离植物人状态的情况,之后顺利康复了吗?然后想要杀死自己的父亲吗?

甘粕向车内张望后,坐在副驾驶座上,对她说:"原来你一个人。"

"是啊,为什么这么问?"

"没事,因为我以为你会带人来。嗯,是噢,所以他等在我们等一下要去的地方吗?"

"……谁啊?"千佐都问。

甘粕喉咙发出呵呵呵的笑声。

"你别装傻了，我全都知道了，正因为知道，所以你临时打电话叫我出来，我也答应来这种奇怪的地方。我在电话中不是什么都没问吗？我全都知道。"

千佐都无言以对，拼命吞着口水。甘粕问："他还好吗？我儿子还好吗？"

果然是这样，他们是父子，而且甘粕知道，他儿子在等一下要去的地方等他。

千佐都没有吭声，甘粕再度发出奇妙的笑声。

"当然很好，否则不可能做这种事，不可能想要连续杀三个大男人。"

千佐都感到不寒而栗。甘粕似乎也知道，他儿子想要取他的性命。这对父子是怎么回事？千佐都完全无法理解。

"但是，我很好奇，他是怎么怂恿你的？按常理来说，即使可以提早拿到遗产，也不会成为杀人的帮凶。"

"我没有，"千佐都终于挤出了声音，"我才没有成为杀人的帮凶。"

"咦？是这样吗？"

"我只是和我丈夫一起去赤熊温泉。"

"哦哦，结果刚好遭遇硫化氢事故？"

"没错，不然你以为我做了什么？"她用颤抖的声音反驳道。

"好吧。"甘粕沉默片刻后说，"不光是你先生那件事，那须野在苫手温泉死亡那件事，也被认为是不幸的意外，不是刑事案件。到底是怎么做到的？老实说，我也想不出来，但我很清楚，那不是单纯的意外,也知道是有人安排的。那天之后,我就一直在等待,等待他和我联络。虽然我不知道他会用什么方式,但我知道他一定会和我联络,结果就接到了你的电话。我终于恍然大悟,原来他拉拢了你,我虽然不知道你发挥了什么作用,但他用某种魔术杀了两个人,这是事实,不是吗?"

千佐都不知该如何回答,她知道自己反驳也没有用。

"走吧,"甘粕说,"开车吧,他应该快等不及了。"

千佐都没有说话,把车子开了出去,她发现自己的身体在发抖,而且一路颤抖着开车。

甘粕不时干咳几下,始终没有说话。虽然千佐都对接下来不知道会发生什么事感到害怕,但她只能按照木村,不,按照甘粕谦人的指示行动。

不一会儿,终于来到了目的地的出口。千佐都打了方向灯,甘粕小声嘀咕说:"原来是这里。"然后又用鼻子"哼"了一声。他可能猜到了什么,但没有多说什么。

33

青江握着方向盘时,忍不住怀疑眼前的一切到底是不是现实。今天早上,他还在大学的研究室,但目前在高速公路上跟踪一辆红色玛莎拉蒂,刚才又在休息站见识了有如动作片的武打场景。这是和不久之前的自己无缘的世界,如今,自己却置身其中,虽然明知道这一切不是梦，但还是没有真实感。

前方的红色车闪着方向灯，似乎要从下一个出口下去。青江紧张得全身僵硬。

"怎么会在这种奇怪的地方下高速？"坐在副驾驶座上的圆华说，"为什么要特地来这种地方？"

青江当然不可能知道，他偏着头说："谁知道啊。"

他跟着玛莎拉蒂下了高速。之前都隔了几辆车跟踪，但接下来恐怕有难度，可能需要保持距离，才能避免被对方发现。

来到普通道路后，路上的车子果然很少。在第一个信号灯等红灯时，就停在玛莎拉蒂的后方，可以看到甘粕才生和水城千佐都的背影，他们并没有看后方，似乎并没有发现被跟踪了。

信号灯变成绿色时，玛莎拉蒂驶了出去，青江也踩了油门。

玛莎拉蒂在下一个路口左转，青江跟着左转后，心里觉得不太妙。因为狭窄的道路似乎通往附近的山上。道路只有一条，所以很好跟踪，但被对方发现的危险性也因此增加。

青江稍微放慢了速度，因为他觉得保持间隔比较好。

雨越下越大，雨刷的节奏加快，青江定睛看着前方。道路蜿蜒曲折，红色的车子不时从视野消失。

正在旁边操作手机的圆华自言自语地说："是这个吗？"

"怎么了？你发现了什么吗？"

"我在纳闷，为什么要来这种地方，所以就试着查了一下。因为谦人决定来这里，一定有他的用意。结果发现以前甘粕才生曾经在这里拍过电影。"

"原来是外景地。"

"是一部名叫《废墟的钟》的电影,是甘粕所拍的最后一部作品。"

"我记得曾经在网络上看过这部电影的名字,原来就是那部电影。"

这时,前方出现了岔路,玛莎拉蒂驶向明显是岔路的右侧小路。青江更加放慢了速度,慢慢驶向道路入口。那里有一块广告牌,看到广告牌后,他踩下了刹车。

因为上面写着"此路不通"。

"不太妙噢,继续往前开,会被对方发现。"

圆华想了一下后说:"没关系啊,继续往前开。"

"为什么?此路不通啊。"

"这样才好啊,前面就是他们的目的地,是终点,谦人就在那里。只要能够见到他,被发现也没关系。"圆华充满自信地说。

青江无言以对,松开了踩在刹车上的脚。

34

虽然狭窄,但铺了柏油的道路是缓和的上坡道,周围是一片郁郁葱葱的树木。如果是以前经过充分整理的时候,来访者只要经过这里,应该就会感到兴奋。

千佐都直到最近才知道这里。因为木村带她来过这里,他还说,这里是最后的地方。

不一会儿,看到了前方的建筑物。虽然墙壁和屋顶看起来都是灰色，但很久以前，应该是明亮的白色。有着成排装饰艺术风格（Art Deco）的窗户，但千佐都知道所有的玻璃不是破了，就是已经残缺了。

这栋房子似乎是战前所建，曾经是德国军人的别墅，但主人很早就去世了，之后数次易主，每次都改变用途，最后终于变成了废弃屋，听说在废墟爱好者之间很有名。

道路被拉起的绳索拦住了，上面挂着"禁止进入"的牌子。虽然松开绳子，车子就可以开进去，但前面有很多瓦砾散乱，如果硬是开进去，轮胎压到金属片可能会爆胎。千佐都停了车。

"请走着进去。"千佐都对副驾驶座上的甘粕说了这句话之后，拿起放在后车座的大衣和雨伞，打开了车门。

一下车，外面的空气很冷。她急忙穿上大衣，撑起了伞。天空仍然下着小雨。

甘粕也下了车，看着建筑物说："真怀念啊。最后一次来这里是十年前，几乎没什么变化。"

说完，他突然笑着看向千佐都说："这也难怪，因为八十岁的老太太变成九十岁，也不会有太大的改变。"

虽然甘粕可能想要开玩笑，但千佐都笑不出来。"走吧。"她迈开了步伐。

她小心看着脚下，走向建筑物。虽然远看是一栋雅致的洋房，但走近一看，发现已经摇摇欲坠，难以想象整栋房子还能够继续耸立在那里。墙壁上有无数裂痕，好像随时都会倒塌。

正面的门口也同时是车道，水泥地面也满是裂痕，杂草顽强地从裂缝中探出头。

玻璃已经碎裂,只剩下雕饰着图案的铁框架的门半开着。千佐都把身体从门缝中挤了进去,眼前应该是以前的大厅,角落放着破桌椅。挑高的天花板很高,通往二楼回廊的楼梯位于右侧。

千佐都看了手表,几乎是预定的时间。

"请你在这里等,他很快就会来了。"

甘粕才生打量着她问:"那你呢?"

"我在外面等。"千佐都准备走向玄关,但右手被甘粕用力抓住。

"这可不行,你要一起在这里等。"甘粕说完,仰头看着二楼的回廊,"谦人,快出来,你在吧?我们面对面谈一谈啊,还是你要直接制造硫化氢?如果你这么做,也会把这个女人卷进去,这样也没问题吗?为了报仇,即使把无辜的人卷入也在所不惜吗?"

从腹底深处发出的低沉声音在昏暗的空间中回响,远处响起雷鸣,似乎在呼应他的声音。

楼上传来木头挤压的声音。二楼正面的回廊上出现一个人影,他就是木村——甘粕谦人。

甘粕才生的喉咙发出了咕噜的声音,双眼发亮:"主角出现了。"

35

把车子停在红色玛莎拉蒂旁,圆华和青江一起走向前。他们知道千佐都和甘粕才生去了哪里,应该是前方那栋建筑物,如今已经变成了废墟。甘粕才生之前可能就是在这栋房子里拍摄了电影《废墟的钟》。

雨虽然不大，但风变大了。圆华抬头看着天空，她很在意刚才听到的雷声。

"真像……"青江一边走，一边说。

"什么？"

"不是啦，我是说那栋房子。"他用下巴指着前方的废墟，"墙壁不是都是裂痕吗？我觉得很像是乐高。"

"乐高？"

"玩具积木啦，可以搭出各式各样的形状。说来有点丢脸，这是我的兴趣，我曾经搭过很多知名的城堡或是桥，可惜每次搭完之后，拍照留念一下就要拆掉，因为放在家里，会被骂说很占地方。"

一道闪电闪过圆华的脑海。她停下脚步。青江可能误会了，向她道歉说："对不起，我说这种不合时宜的话，我想放松内心的紧张，结果——"

"我知道了！"圆华说。

"啊？"

"我猜到了谦人的想法。"

"啊？什么意思？"

现在没有时间解释。圆华巡视四周，开始搜集各种信息。地形、天空的颜色、建筑物的配置等，她花了一分钟的时间，从这些信息中得出了结论。

"回车上。"她转身跑了起来。

"怎么了？你想干什么？"青江问。

"先别问了,赶快,没时间了。"

回到车旁,在坐上车之前,她拆下了挂着"禁止进入"牌子的绳子。

"发动引擎往前开。"她一边说,一边坐进副驾驶座。

"这条路吗?地上都是瓦砾啊。"

"但还是能开吧,车子坏了,我负责赔偿。"

青江露出"搞不懂你在想什么"的表情发动了车子,每次碾过瓦砾,车子就弹起来,青江很难控制好方向盘。

车子开到建筑物前时,圆华请他停车。青江踩了刹车。

"再稍微往右开五米左右,再往前一点。嗯,就是这里,你关掉引擎,我们下车吧。"

车子和房子之间有十五米的距离。圆华在脑袋里计算,确认应该没问题。虽然不知道结果,但可以破坏谦人的计划。

问题是自己和青江怎么办?她再度巡视四周。

这时,天空突然暗了下来,大滴的雨滴从天空飘落。

36

谦人默然不语地在回廊上走动,然后缓缓走下楼梯,来到一楼后,用力深呼吸后开了口。

"差不多是去年一月的时候,我看电视时,看到水城义郎。难得露面的他在电视上说,不久的将来,将会有一部震撼的作品问世。虽然目前无法公布详情,但那是一部根据真实事件改编的电影,将由故事的主角亲自执导。听了之后，我确信那个人就是你，同时还知道你和水城之间的孽缘未断。当时，我想到了这次的复仇计划。虽然我一直想要报仇，但因为不知道你的下落，所以无从下手。但是，我相信只要接近水城义郎，一定可以等到机会。"他说到这里，摊开了双手，"我手上没有东西，你要不要放开她？"

"我可不是滥好人，会相信你的话，"甘粕才生说，"只要我放了这个女人，搞不好哪里就会喷出毒气。"

谦人冷笑着说："我原本的确想在这里用硫化氢杀你，让你死在你最后一部电影中出现的这栋废墟中，烂人很适合死在最烂的电影舞台上。"

"哦，你不是从来不看我拍的电影吗？"

"我当然没看，但我知道那是一部烂电影，我在某个厕所的垃圾桶里看到电影的简介，知道有出现这栋废墟，于是决定在这里杀了你。但是，我在多次实地勘察后，觉得还有比中毒身亡更出色的死法。只要让你在今天这一刻站在这里，就可以做到，这是上天赐予的机会。"

"是吗，怎么个死法？"

"你马上就知道了。总之，我不会使用硫化氢，所以你可以放心，放开那个女人。"

"如果是这样，我可以放了她，但在此之前，我们先聊一聊。告诉我，你是什么时候知道的？"甘粕才生稍微降低了音量，"你什么时候知道那时候是我制造了硫化氢？"

千佐都惊讶地看着他。他打算要杀了全家人吗？

"那还用问吗？当然是一开始就知道了啊。"谦人镇定自若地回答，"你赶到医院时，确认四下无人，忍不住说，太棒了，成功了，可以拍成电影。"

"原来是这样。"

"然后，你开始打电话，打给水城义郎。我至今仍然清楚记得你当时说了什么。你说：'水城先生，听我说，虽然我儿子没死，但变成了植物人，不能活动，也不能说话，应该也没有意识，只是活着而已。这样的情况不是太有趣了吗？比起全家都死更悲惨，可以成为一个好故事。'然后，你稍微改变了说话的语气，有点不满地说：'水城先生，你现在感到害怕了吗？你不是说，想要真正的故事，想要富有震撼力的真实故事吗？没事，完全不需要担心，那须野那个家伙有没有完成任务？有没有好好当我的替身，为我提供不在场证明？'"谦人流畅地说完后，重重地吐了一口气，"怎么样？你记得很清楚吧？"

甘粕才生点了点头。

"被你这么一说，我好像的确打过电话。原来当时你有意识。"

"你知道我听到这些话时是怎样的心情吗？我无法相信，我很希望是因为自己变成了植物人，所以做了噩梦。虽然不久之后，大脑功能恢复，可以和外界沟通，但我不知道该用什么态度面对你，所以只能假装失去记忆。"

"原来如此，原来是这么一回事。"

"当你得知儿子摆脱了植物人状态，一定急得像热锅上的蚂蚁，因为不知道儿子恢复后会说什么，但得知儿子失去了记忆，就感到安心，然后开始写博客，写下一堆胡言乱语的文章。"

"但是有很多人留言说，看了博客之后很感动。"

"无聊透顶，这种事到底有什么意义？"

甘粕才生撇着嘴，哑了一声。

"你不懂，你什么都不懂。"

"什么意思？"

"你知道我为什么要杀了你们吗？用一句话来说，就是对你们感到失望。你们不配成为甘粕才生的家人，全都是失败作品。因为娶那种女人当老婆是失败之作，生下来的孩子也都是废物，尤其是萌绘，只是一个小鬼，竟然就怀孕了。当时我就觉得这样不行，失败的作品必须重做，我只能重新建立一个适合我的家庭。"

"既然这样，离婚不就解决问题了吗？"

甘粕才生泄气地皱着眉头说："所以我说你根本没搞懂，堂堂的甘粕才生，怎么可以在这个世界留下失败作品呢？无论如何都必须完成完美的作品。既然无法指望活在世上的你们能够符合我完美的要求，那就让你们消失，重新修正过去的记录。既然你看过那个博客，你应该也知道，在博客文章中，你们是我出色的家人，就连脑袋不灵光的萌绘，也变成了聪明乖巧的女儿，不久之后，将会以纪实小说的方式出版，而且日后还要拍成电影，当然由我执导，那时候，甘粕才生的家庭才最终完成。"

谦人摇了摇头说："你疯了。"千佐都也有同感。

"水城先生，"甘粕才生看着千佐都说，"他听了这个计划后，说很有趣。因为女儿自杀而失去一切的男人将自己的前半生拍成电影——只要好好制作，一定可以大卖，也可以成为甘粕才生新的代表作。他对我是否真的会执行这项计划感到半信半疑，虽然协助我制造不在场证明，但事情真的发生后，他和那须野反而开始害怕，说什么和他们没有关系，他们只是开玩笑。我很失望，姑且不论只是为钱卖命的那须野，我希望水城先生可以展现勇气。幸好得知警方认为是自杀后，他的态度立刻变了样，主动问我'完美家庭'的后续进展。没错，'完美家庭'就是那部电影的片名——谦人，这个名字很不错吧？"

谦人摇了摇手说："扭曲真相，哪里谈得上完美？太荒唐了。"

"真相？"甘粕才生挑动单侧眉毛，"你说的话太奇怪了。那我问你，真相到底是什么？由谁来判断？到头来，记录的一切不就代表了真相吗？当别人看到那些记录时，就成为真相。看看这栋废墟，这栋废墟有什么真相？无论过去曾经发生过什么，如果在不为人知的情况下消失，就无法称为真相。因此，大部分平凡的人没有留下任何真相就消失了。你去看看网络的世界，到处都在诋毁别人和抱怨，一旦找到攻击的对象，就争先恐后开始指责对方。自己无法创造出任何东西，也完全不思考，不负任何责任，只因为事不如自己的愿，就开始整天抱怨，这种人能够创造出什么真相？如果说真相这两个字太费解，也可以用历史这两个字来代替。这种人无论有没有来到这个世界，对这个世界都没有任何影响。你们原本也是如此，你们都是无足轻重的人，正因为这样，所以才幸福。因为你们将成为我电影中的角色而留下来，而且变成了出色的人。"

外面再度响起雷鸣，而且雷声比刚才更近了，雨也下得更大了。

谦人摇了摇头，看了看手表："不必再演说了，我听够了。"

"是吗？那要来了断了吗？"甘粕才生把手伸进大衣内侧，拿出了一个黑色的东西。千佐都发现那是手枪时，忍不住惊叫起来。

"你竟然带了这种东西。"谦人的声音中并没有害怕。

"因为工作，我需要和各种人打交道。我十多年前拿到这个，当时完全没有想到会用在这种场合。"

"你杀了我之后，要怎么收拾残局？"

"太简单了，儿子在父亲最后一部电影的舞台自杀——怎么样？是不是很意味深长？可以为'完美家庭'的故事增色。"甘粕才生说完，终于松开了千佐都的手。

"快逃！"谦人大叫着，"快逃出去，不可以留在这里。"

千佐都走向玄关，但外面突然变黑，同时听到有什么东西散落的声音，她并没有立刻发现原来是下起了冰雹。

像地鸣般的轰隆声越来越近。千佐都才觉得从玄关的门缝吹进来的风很冷，整个人就立刻被吹向后方。她不知道发生了什么事。

强风从窗户吹了进来，甚至连眼睛也睁不开。她用双手捂住脸，从指缝中窥视。碎玻璃飞舞，谦人和甘粕才生也蹲在地上，可能也无法站稳。

这到底是怎么回事？发生了什么状况？室内已经这么可怕，户外到底是怎样的状况？

就在这时，在刹那的无声状态后，随着贯穿全身的破坏声，整栋房子都摇晃起来。千佐都看向声音传来的方向，看到了令人难以置信的景象。一辆白色车子倒退着撞破墙壁，冲进屋内。

气浪从撞破的墙壁吹了进来，千佐都的身体被吹向另一侧墙壁，然后被压在墙上，连手脚都无法活动。

整栋房子都发出吱吱嘎嘎的声音。哐当、哐当，不断传来东西遭到摧毁的声音，最后连千佐都身后的墙壁也开始倾斜。

我会死。千佐都想道。

37

轰隆声、爆炸声和碎裂声,以及各式各样的声音和巨大的震动消失后,圆华仍然没有动弹。她用手臂抱着戴了毛线帽的头,弯着双膝蹲在那里。

她感受着冰冷的雨打在脖子上,心情才终于平静下来。她竖起耳朵,只听到呼啸的风声和雨打在地面的声音。

圆华抬起头,旁边的青江仍然抱着头。

"教授,已经没事了。"

青江缓缓放下双手,抬起头。他的双眼因为充血而发红。

他们逃进离建筑物有一小段距离的长方形洞穴内,以前应该是净化槽的一部分。

圆华走了出去。雨仍然在下。

看到那栋房子,她倒吸了一口气。那已经不是房子,而是巨大的瓦砾山。屋顶消失了,墙壁只剩下一半。她在瓦砾堆中看到了青江的白色皇冠,整辆车翻了过来。

失败了吗?

光是用车子冲撞还不够吗?

一部分瓦砾堆动了起来,从下面露出一个细瘦的身体时,圆华松了一口气。那张端正的脸和一年前完全一样。

圆华跑了过去，协助他一起拨开瓦砾。谦人发现了圆华，露出惊讶的表情问："你怎么会在这里？"

"因为我在找你，"圆华回答，"一直在找你。"

谦人站起来后，稍微摇晃了一下，鲜血从他手背上流了下来。

"你没事吧？"

"我没事。圆华，你是跟踪甘粕才生来到这里吗？"

"是啊。"

准确地说，是跟踪水城千佐都，只是说来话长。

"你发现了我的计划。"

"对，所以我来阻止。"

谦人露出尴尬的表情后，看着翻覆的车子。

"这是你的杰作吗？"

"嗯。"圆华点了点头。

"我知道会出现积雨云，但没想到你想要加以利用，但是当我发现废墟即将倒塌时，终于了解了你的企图。我详细预测气象后惊讶不已，因为所有的条件都显示会发生下击暴流。"

下击暴流——从积雨云下降的气流向地面俯冲，带着巨大的破坏力肆虐周围。

"而且是强大的下击暴流，风速超过每秒六十米，这栋废墟根本不堪一击，一旦开始崩塌，就会在转眼之间摧毁，里面的人存活的概率等于零。不是和瓦砾一起被吹走，就是当场被压在瓦砾堆下。只有一个方法可以防止这种情况，那就是在崩塌之前，就先破坏其中一部分。风会从缺口进入，增加内部的压力。虽然无法保住建筑物，但风力除了来自外侧,内侧也会有风力,所以我立刻计算了车子被风吹动后命中房子的撞击点。"

"结果,房子的屋顶被掀走,也只有不到一半的瓦砾崩塌。"谦人露出笑容,"你竟然可以预测到下击暴流。"

"你忘了?我们曾经好几次讨论纳维—斯托克斯方程。"

"是啊,乱流很难预测。"

"深有同感,但我们都成功预测了。"

他们相互望着对方时,听到了叫声。

"圆华。"回头一看,青江弯着腰,探头看着瓦砾堆下方。

他们走过去一看,甘粕才生仰躺在那里,下半身被瓦砾压住了,无法动弹。他还眨着眼,可见还活着。

"原来还活着。"谦人嘀咕着,想要走过去。

圆华张开双手,挡在他面前:"不行。"

"你让开。"

"不行,我不会让你动手。"

谦人难过地垂着眉尾:"这是我活到今天唯一的目的。"

"我知道,所以才不行。从今天之后,要为其他目的而活。你别指望我会改变心意,你是拉普拉斯的恶魔,所以应该很清楚。"

谦人皱着眉头,闭上了眼睛,片刻之后,才睁开眼睛。

"你打算怎么处理他?"

"不知道,应该会有人来处理。"

"他是凶手。"

"我知道,但是,这个世界上有各式各样的制裁方法。"

谦人再度陷入了沉默,然后把一只手插在运动衣的口袋,踏出一步。

"谦人,不行。"

"我知道,我不会动手。"

谦人站在甘粕才生旁,低头看着他。

"我很希望你知道我在植物人状态时的心情,简直就像被活埋般绝望。手和脚都无法动弹,无法说话,却还活着。有时候真的希望自己死了,我希望你也体会相同的心情。我想要活埋你,就在这里,和我一起。没有人会来救我们,只有我们两个人在这里等死,就连谁先死,也是一种乐趣。"他从口袋里拿出一样东西,是录音笔,"我把你的话全都录下来了,原本要代替我的遗书,但如今我会当作护身符带在身上,为了防止你拍那种荒唐电影的护身符。"

谦人把录音笔放回了口袋说:"还有一件事,虽然你犯了很多错,但我要告诉你最大的错误。你刚才说,大部分平凡的人没有留下任何真相就消失了。这种人无论有没有来到这个世界,对这个世界都没有任何影响。但是,事实并不是这样,推动这个世界运转的并不是一小部分天才,或是像你这种疯子,那些乍看之下很普通,看起来好像没有价值的人才是重要的构成要素。人类是原子,即使每一个个体都很平凡,无自觉地活在世上,然而一旦成为集合体,就会戏剧性地实现物理法则。这个世界上没有任何个体不具有存在的意义,没有任何一个!"

谦人转过身,然后一瘸一拐地走了起来,没有看圆华一眼。

"你不拦住他吗?"

圆华叹了一口气说:"那是白费力气。"

谦人头也不回地离开了,脚步毫不迟疑。他一定已经看到了未来,建立了某种方针。

圆华的眼角扫到有什么东西在动。灰头土脸的水城千佐都在瓦砾堆的缝隙中挣扎。她似乎也活着。

圆华走过去问她:"你没事吧?"千佐都突然听到陌生女人问她,似乎感到惊讶。她趴在地上,说不出话来。

鲜血从她的额头流到太阳穴。虽然只是几厘米的伤,但伤口并不浅。她似乎也发现了,摸着伤口,痛得脸都皱了起来,看到手上的血,吓得脸色发白。

"不必担心,花不了一千万日元,就可以把这道伤口整掉。"圆华说,"这点小钱不痛不痒吧?你托谦人的福,变成了亿万富翁。"

千佐都似乎想要反唇相讥,狠狠瞪着圆华,但圆华并没有耐心等她。

圆华拿着手机,为到底该打电话给谁想了十秒钟后,最后选择了桐宫玲的电话。

38

接到报案电话后,中冈赶到麻布十番商店街内一家高级首饰店。首饰店位在大楼的一楼,店门前的那条路是单行道。

"那两个人一开始就戴着面罩吗?"中冈看着陈列了戒指和项链的橱窗,问女店员。

"应该是,我记不太清楚。因为我正低着头核对销售清单。听到'喂'的一声才抬起头,一把刀子亮在我面前。"年轻的店员说话声音发着抖。

"然后呢？"

"然后他就拿出一个黑色袋子，要我把钱装进去，还说要把所有的钱都装进去。所以，呃，我就这么做了。"

"装了多少金额？"

女店员露出害怕的表情摇了摇头。

"不知道，因为我只顾着装钱……"

这也难怪。至于金额，事后再清点就知道了。

"你记得男人穿的衣服吗？"

"好像是黑色的衣服……还是灰色。对不起，我记不清楚。"

"体格怎么样？是胖还是瘦？还有身高呢？"

女店员偏着头。

"好像很普通。身高……可能和你差不多。"

"声音有什么特征？"

"不知道……"

"是标准的日文吗？还是有什么口音？"

"我没注意，也许有吧。"

总而言之，就是她完全没有记住抢匪的任何特征。这样也没关系。中冈看得很开，因为有时候当事人提供一些不够明确的线索，反而会误导侦查方向。

"这时候，另一个人在干什么？"

"我没有看清楚，事后才听说，另一个人手上拿着枪。"

中冈看向站在旁边的另一个年长的女店员。

"那个人用枪抵着你吗？"

"对。"她点了点头,脸色苍白。

"那个男人有没有说什么?"

"他叫我不许动,就只说了这句话而已。"

"当时店里有没有客人?"

"没有。因为快打烊了,正打算锁门时,他们突然冲了进来。"

"你看到他们冲进来吗?"

"没有。因为我正在整理商品,当我发现时,他们已经在店里了。"

"当时已经蒙面了吗?"

"对。"她回答后,突然很没自信地补充说,"应该吧。"看她慌乱的样子,恐怕无法期待能够提供什么线索。果然不出所料,即使问她关于抢匪的特征,她也无法回答。

勘验完现场后回到分局,刑事课长低头看着他搜集的资料,重重地叹了一口气。

"在打烊前闯进店内,只抢走现金。两名抢匪中,一人持刀,另一人持枪。这和上周在日本桥发生的抢劫案一模一样。"

"而且都是针对店面不大的店家下手,可能是认为那些店家的防盗意识不强吧。"成田股长说。

"逃离现场的车辆也和那起抢劫案很相似,认为是相同的抢匪所为应该没错吧?"一股的侦查员说。

"虽然不能妄下结论,但可能性很高。可能会和那里的分局合作。好,侦查方针是——"

刑事课长指示了大致的方针后,结束了侦查会议。中冈回到自己的座位,操作着智能手机,确认邮件和网络新闻。

虽然没有重要的邮件，但他发现了一则新闻，不由得感到惊讶。"电影导演甘粕才生因下击暴流受伤"，他急忙点开了详细的内容。

S县发生了被认为是下击暴流的骤风，受灾情况逐渐明朗，在倒塌的废墟中发现的其中一名伤者是电影导演甘粕才生先生。甘粕先生下半身被压在瓦砾堆中，腰和腿都发生了骨折，所幸并无生命危险。同时发现的另一名伤者，是去年年底去世的影视制作人水城义郎先生的妻子千佐都女士。千佐都女士脸部受到轻伤，该废墟正是甘粕先生导演的电影《废墟的钟》的外景地。

中冈看完报道，忍不住思考到底是怎么一回事。甘粕才生始终下落不明，没想到他的名字竟然出现在这种报道中，而且和水城千佐都在一起。为什么他们两个人会去那个废墟？

他陷入了沉思。

"怎么了？"有人拍他的肩膀，回头一看，是成田。

"你一脸凝重的表情看着手机，发生什么事了吗？"

"你看看这个。"中冈把报道拿给成田看。

成田看着报道，表情越来越凝重。他把手机放在中冈面前问："看这些干什么？"

"你不觉得奇怪吗？甘粕和水城千佐都，他们两个去那种地方干什么？"

成田无力地撇着嘴说："我怎么知道？"

"上面要求我们从那起事件抽手之后，他们就见了面，这也未免太巧了——"

"中冈，"成田把脸凑了过来，"忘了这件事。我们只是棋子，而且是卒子。这个世界是由比高层更高层的人在运作，小卒子什么都别想，一步一步往前走就是了，不需要想其他的事。"

中冈没有吭声。成田连续拍着他的肩膀说："明天开始继续加油。"然后转身离开了。

中冈再度看了一眼手机上的报道，想着千佐都脸上的伤不知道严不严重，随即觉得这种事根本不需要自己操心，就关掉了那篇报道的画面。

39

青江走向自动检票机前，就看到了矶部的身影。矶部穿着工作服，向他挥着手。他仍然戴着像牛奶瓶底般的厚眼镜，脸上的表情很开朗。

"教授，你好，好久不见。"青江走出检票机时，他满脸笑容地上前迎接。

"看到你这么有精神，真是太高兴了。"青江说。

"当然有精神啊，因为终于解决了，这下子终于可以高枕无忧了。不，真的给你添了很多麻烦，太对不起了。"

"你不需要向我道歉。"

"不不不，"矶部一边走，一边摇着手，"如果本地的警察和消防人员更详细地调查现场，就不会发生那种事了。他们太疏忽了，所以我代替他们向你道歉。"

"原来是这样。"

青江和上次一样，坐上了矶部开的车前往赤熊温泉村。坐在车内眺望车外的景色，发现市区的雪几乎都已经融化了。

青江在前天接到了矶部的电话，他劈头就说："出大事了。"

听矶部说，赤熊温泉所发生的并不是事故，而是恶作剧的可能性相当高。县警总部收到一封匿名信，信中说出了事情真相。写信的人说，硫化氢是他人为制造的。信上写了制造硫化氢的步骤、使用的药剂、容器，以及丢弃这些物品的地方。侦查员前往现场调查后，的确发现了相关物品。

"真是太会找麻烦了，温泉区的业者都气坏了，真想叫他赔偿今年冬天的损失。话说回来，目前仍然不知道那个人是谁。"矶部开着厢型车时说道。

"听说写信的人承认，他也在其他地方做了相同的事。"

"是啊，他说原本只是觉得好玩，才会在赤熊温泉制造气体，没想到有人中毒身亡，他急坏了，觉得自己闯祸了，没想到被当成事故处理，所以他也不知道是不是自己害死了人。于是就在多个温泉区试了好几次，结果在苦手温泉也发生了相同的事故，这时，他才终于确信第一起事件也是自己造成的，开始感到害怕。原本不想说出来，烦恼了很久，决定寄信到各地县警说出真相。反正情况就是这样。"

"所以，目前仍然不知道是谁干的。"

"是啊。"矶部皱着眉头，微微偏着头，"这种人一定要抓到，否则就会有其他人想要模仿，出现所谓的模仿犯，真希望警方无论如何都要抓到做恶作剧的人。"

"是啊。"青江嘴上这么说，但内心没有太大的兴趣，因为他知道这个人根本不存在。

在接到矶部电话的两天前,桐宫玲曾经主动找青江,告诉青江说,已经决定要如何处理温泉地的中毒事故。

会当作不明人士的恶作剧行为加以处理——以警察厅为中心的相关人士决定了这样的剧本。

"青江教授,我知道你很不满意,"桐宫玲虽然面无表情,但语气中带着些许歉意,"但是,为了妥善解决问题,这样的处理方式最四平八稳,所以数理学研究所也同意了这个提议,请你也务必同意。我主动提出来这里和你交涉,因为你在这次的事上帮了很大的忙,我不希望不了解状况的公务员颐指气使地对你下达命令。"

她还说,那两个温泉区应该会在近期征询青江的意见。

"请你把真相埋藏在心里,只要当作是恶作剧,就可以拯救两个温泉区的生意,事情就可以圆满解决,不知道你认为如何?"

当桐宫玲淡淡地说完这些话时,他无法固执己见地拒绝。青江答应之后问:"会如何处理甘粕父子?"

"不知道。"她回答说,"目前相关单位正在寻找谦人的下落,但恐怕很难找到他。因为他是拉普拉斯的恶魔,早就看穿了别人会采取什么方法。至于要怎么处理正在住院的甘粕才生,那些公务员也伤透了脑筋。事到如今,很难重新追查八年前的事件,一旦他康复,可能会恢复他的自由。"

甘粕做了那些伤天害理的事,竟然不追究他的罪责。青江觉得实在没道理,但在思考甘粕未来要如何活下去时,不禁有点混乱。那种人活着有意义吗?

他在想这些事时,车子已经来到了赤熊温泉村的集会所。他对这栋长方形的单调建筑物产生了怀念的感觉。

矶部拿出一大沓资料,那是在被认为是危险区域所测量的硫化氢浓度记录。青江看着这些资料,有一种奇妙的感觉。不了解事件背景的平凡人持续不懈地做着自己力所能及的事。这是没有意义的事吗?不,绝对不是如此。这个世界上并没有白费的努力。这也是原子,也是构成世界的要素之一。

"你觉得怎么样?"矶部看着青江,他的眼神好像刚交了考卷的学生。

"没问题吧。"青江仔细确认数据后回答,"这些数据完全没问题,可以认为那起事故是恶作剧,我认为可以解除禁区。"

矶部顿时露出兴奋的表情。

"既然教授都这么说,那我就安心了。警察和消防单位都同意解除,只剩下请教专家意见而已。明天的最终会议上,我会向大家报告,你也表示同意,大家一定会松一口气。啊,太好了,太好了。"

"事件发生后,客人真的变少了吗?"

"少了很多,今年冬天的生意只有往年的三成左右。但现在可以通过媒体报道是恶作剧,希望接下来这段时间可以弥补回来。"矶部整理资料时的说话声音很兴奋。

青江这次住在和上次相同的旅馆,亲切的老板娘面带笑容地迎接他。她似乎也已经了解了情况,对青江说:"教授,你也为了这件奇怪的事多次奔波,辛苦您了。"

在大浴场消除疲劳后,他走去大厅,看到电视前的桌子,想起了圆华。当时有一个男孩打翻了水,水在桌面上散开,她只是把放在桌子上的手机稍微挪了一下,最后手机完全没有湿。现在回想起来,对她来说,预测水流根本是轻而易举的事。

他在沙发上坐了下来,打开放在一旁的晚报,不经意地看着社会版,顿时讶异万分。

那则新闻的标题是《电影导演甘粕才生自杀》。

40

这个好像不错。圆华拿在手上的是一支闪着银光的圆珠笔,按了几次笔芯后问武尾:"你觉得怎么样?"

"我可以说实话吗?"

"当然。"圆华点了点头。

"如果我收到五千日元的圆珠笔,会舍不得用。"

"这样才好啊,因为不用,所以就一直放在抽屉里,每次看到就会想,啊,这是圆华送我的生日礼物。好,这是首选。"

圆华把圆珠笔样品放回原位,看着橱窗内,除了圆珠笔外,还有钢笔、裁纸刀和镇纸等。

即将晚上八点了。他们在下午五点多离开数理学研究所,武尾原本以为圆华今天不会外出了,没想到她突然说要出门。她想起父亲快过生日了,要去买生日礼物。虽然武尾觉得可以明天再买,但这并不是第一次领教她的心血来潮。桐宫玲也知道她的个性,所以没有任何不满,像往常一样默默开车。

虽然逛了好几家店,但始终找不到看得上眼的礼物。十五分钟前,他们走进了这家店。这家店八点打烊,圆华却不慌不忙,可能暗自下定决心,如果这家店一到打烊时间就赶客人,以后再也不会来了。

平时武尾都等在店外,但今天圆华要求他陪她一起逛,因为她不知道要买什么礼物,想参考他的意见。武尾婉拒说,自己没有孩子,无法提供意见,但圆华不答应。

这家金属饰品店并不大,但很安静高雅。圆华正在高级事务用品区挑选商品,后方还有更昂贵的商品。

八点刚过,那两个人闯了进来。武尾刚好看向店门口,一看到他们,立刻感到不对劲。因为两个人都低着头,戴着黑色毛线帽。那两个人把毛线帽用力往下拉,遮住整张脸时,他确信自己的预感没错。那不是毛线帽,而是露眼头套。

"不许出声,谁敢出声就杀了他。"其中一个男人用刀子抵着旁边的女店员。

另一个人巡视店内后说:"不许动,留在原地。"他手上拿着枪。

店内除了武尾、圆华和桐宫玲以外,只有一男一女两名店员。男店员站在武尾他们身旁,吓得一动都不敢动。

手持刀子的男子威胁着女店员,缓缓移动着,可能要走去放现金的地方。拿着手枪的男子一脸威吓的表情瞪着武尾他们。

圆华轻轻戳着武尾的腰说:"喷雾借我一下。"

"别乱来。"桐宫玲小声说道,即使遇到这种情况,她的表情也很冷静。

但圆华不理会她："快把喷雾给我。"

武尾把手伸进西装内侧口袋，他随身携带小型催泪瓦斯防身，只是从来没有用过。

他偷偷把喷雾交给圆华，没有被持枪男子发现。圆华接过喷雾后，观察那两个男人的动静。

持刀男子命令女店员把现金装进他们带来的袋子，有好几沓纸钞，可能超过一千万日元。

圆华假装巡视店内，将喷雾喷向斜下方。持枪男子似乎听到了声音，粗声粗气地问："干吗？敢乱动，小心杀了你。"

如果敢开枪就开啊。武尾在内心嘀咕。因为他早就发现男人手上拿的是玩具枪。圆华应该也发现了。通常催泪瓦斯都要近距离喷向对方的脸，但目前和那两个男人之间相隔十几米的距离。武尾想象着圆华刚才喷出的催泪剂飘散在店内的哪个位置。

持刀男子抢走装好现金的袋子，向持枪男子使了一个眼色，似乎准备离开。两个人走向门口，自动门打开了。

这时，其中一个男人发出了"呃"的奇怪声音，那两个男人当场蹲了下来，用力咳嗽起来，同时发出痛苦的呼吸声。

男店员不知道发生了什么事，看傻了眼。桐宫玲问他："这家店的后门在哪里？"男店员手足无措，不知道她在问什么。桐宫玲大声地问："后门在哪里？应该有后门吧？"

"啊……有，在那里。"

桐宫玲大步走向男店员手指的方向。武尾和圆华也跟在她身后。

"真伤脑筋，逛个街都不太平。"圆华坐进后车座后说道。

"我提醒你,以后再也不可以去那家店了,否则一定会被问一大堆问题。"桐宫不悦地说完,发动了车子。远处传来警车的警笛声。

"爸爸的礼物就口头感谢吧,反正每年都这样。嗯,就这么办。"圆华干脆地说道。武尾听了,觉得她的确有点变了。虽然她的生活恢复了正常,看起来也像以前一样开朗,但总觉得她在逞强。

甘粕才生在上周自杀了。他在病房内,用湿毛巾绕住脖子窒息身亡。因为死法太奇妙,一度怀疑是他杀,但似乎用科学的方法证明了是甘粕自己干的。网络上说,如果不是死意甚坚,这种自杀方法不可能成功。

他自杀的动机不明。虽然大部分意见认为他陷入瓶颈,为无法再拍电影而感到痛苦,但这件事并没有引起太多讨论。在当今的时代,自杀已经不算是大事了。

圆华对于他的自杀没有表达任何意见,也只字不提谦人。

"啊,对了,这个要还给你。"圆华把催泪瓦斯递给武尾,"谢谢。"

"不值得一谢……"

"但不是帮助了别人吗?为了奖励你,我让你有发问的权利,你可以问我任何问题。"

"可以发问吗?"武尾抓着头,因为太突然,他一时想不到。

"但只能问一个。"

"哦……那我只问一个,因为有一件事,我一直很在意。"

"什么事?"

"呃,我想知道,你到底看到了什么?"

"看到?什么?"

"就是啊,"武尾舔了舔嘴唇,"这个世界的未来,到底怎么样?"

圆华没有回答,她陷入了沉默。武尾好奇地回头看着她。她深深地叹了一口气,摇着头说:"我跟你说,还是不知道比较幸福。"